莫泊桑

(1850 — 1893)

Guy de Maupassant

莫泊桑
奇异小说选

火星人

L'Homme de Mars
Contes fantastiques

〔法〕莫泊桑 —— 著

张英伦 —— 译

人民文学出版社
PEOPLE'S LITERATURE PUBLISHING HOUSE

Guy de Maupassant
Contes fantastiques

图书在版编目（CIP）数据

火星人：莫泊桑奇异小说选/（法）莫泊桑著；张英伦译.—北京：人民文学出版社，2022
ISBN 978-7-02-016701-2

Ⅰ.①火… Ⅱ.①莫…②张… Ⅲ.①中篇小说—小说集—法国—近代②短篇小说—小说集—法国—近代 Ⅳ.①I565.44

中国版本图书馆 CIP 数据核字（2020）第 211828 号

责任编辑　黄凌霞
装帧设计　刘　远
责任印制　王重艺

出版发行　人民文学出版社
社　　址　北京市朝内大街 166 号
邮政编码　100705

印　　刷　三河市鑫金马印装有限公司
经　　销　全国新华书店等

字　　数　223 千字
开　　本　850 毫米×1168 毫米　1/32
印　　张　11.375　插页 2
印　　数　1—6000
版　　次　2022 年 1 月北京第 1 版
印　　次　2022 年 1 月第 1 次印刷

书　　号　978-7-02-016701-2
定　　价　39.00 元

如有印装质量问题，请与本社图书销售中心调换。电话：010-65233595

米斯蒂	*125*
抽搐	*132*
恐惧	*140*
一个疯子吗？	*151*
贝尔特	*160*
出售	*172*
小洛克	*182*
客栈	*225*
奥尔拉	*244*
艾尔梅太太	*282*
死去的女人	*292*
穆瓦隆	*300*
火星人	*309*
一幅画像	*320*
催眠椅	*326*
谁知道呢？	*341*

目 录

译者前言	1
剥皮刑犯的手	1
在河上	9
"甘草露,甘草露,清凉的甘草露!"	18
自杀	23
磁气	31
一个怪招	38
恐惧	46
狼	55
圣米歇尔山的传说	63
圣诞节的故事	70
珂珂特小姐	79
现身	86
怪胎之母	96
他是谁?	105
手	115

的结构、人物的勾勒、景物的描绘,也笔墨凝练,精彩纷呈,兴味盎然的内涵和匠心独运的艺术表现,相得益彰。

所以法国文学家法朗士誉之为"短篇小说之王"!所以美国小说家毛姆坦承"我再也找不到更好的老师了"!所以他的小说频现于各国的文学教科书中!所以他的作品在世界范围内为广大的读者喜闻乐见!

这套选集以分类形式全面介绍莫泊桑的中短篇小说,是一个没有先例的尝试。希望它能在彰显天才作家莫泊桑在这一领域的成就丰富多姿的同时,开辟一个新的视角,有助于读者获得更多新发现和新感受。

张 英 伦

二〇二〇年六月二日于巴黎

剥皮刑犯的手 *

大约八个月以前的一天晚上,我的朋友路易·R……约了几个初中时代的同学小聚;我们一边喝趣酒①、抽着烟,一边谈论着文学、绘画,并且像年轻人聚会时常见的那样,不时地讲些笑话。忽然,房门大开,我的一个童年好友像一阵旋风似的冲了进来。

"你们猜我是从哪儿来。"他一进门就大声叫嚷。

一个人应声道:"我敢打赌,你从玛毕耶②来。"

又一个人接着说:"不,看你这个高兴劲儿,肯定是刚借到钱,或者刚埋了你叔叔,要不就是刚把手表抵押给了我

---

* 本篇首次发表于一八七五年《洛林季风桥年鉴》,作者署名"约瑟夫·普吕尼埃";一九〇八年收入路易·科纳尔出版社出版的莫泊桑全集《羊脂球》卷;一九一二年收入保尔·奥朗道尔夫出版社出版的插图版莫泊桑全集《米斯蒂》卷。

① 潘趣酒:一种用朗姆酒加糖、红茶、柠檬、桂皮等调制的饮料。
② 玛毕耶:此处指由舞蹈家玛毕耶于一八四〇年创立的著名大众化舞厅。

婶娘①。"

第三个人力排众议:"你刚才已经喝得晕晕乎乎,闻到路易这儿有潘趣酒香,就上楼来想接茬儿喝。"

"你们都没有猜对,我是刚从诺曼底②的P……村回来,我在那儿待了一个星期,还从那儿带来一位了不起的罪犯朋友,请允许我向你们引见一下吧。"

说到这儿,他从衣袋里掏出一只剥了皮的手;这只手很可怕,黢黑、干瘪、长长的,似乎已经萎缩;肌肉特别强劲,里外都被一绺羊皮纸般的皮肤拉扯着;指甲黄黄的、窄窄的,仍然留在手指尖上;这一切让人隔着一法里③就能闻到恶人的气味。

"你们可知道,"我的朋友说,"有一天我赶上拍卖当地一位非常著名的老巫师的遗物。这巫师每个星期六都骑着扫帚柄去参加巫魔夜会④;他既善神术也会妖法,能让母牛流出蓝色的乳汁,还能让它们长出圣安东尼的伙伴⑤那样的尾巴。这老恶棍却对这只手情有独钟。据他说,这是一个在一七三六年被判处酷刑的有名的犯人的手;这家伙把自己的合法妻

----

① 我婶娘:此处是巴黎市典当局的俗称。
② 诺曼底:旧时法国西北部的一个省,现为一个大区,地域大致相当于现在法国的下诺曼底和上诺曼底两个行政区,前者包括卡尔瓦多斯、芒什和奥恩三省,后者包括塞纳滨海省和厄尔省。作家莫泊桑就出生于诺曼底,他的许多作品都以该地区为背景。
③ 法里:法国古里,一法里约合四公里。
④ 巫魔夜会:中世纪传说的巫师、巫婆在魔鬼主持下举行的集会。
⑤ 圣安东尼的伙伴:指猪。传说中基督教圣徒安东尼在尼罗河附近德巴意旷野隐修时以猪为伴。莫泊桑在作品中常提到圣安东尼和他的猪,显然是受了他的恩师福楼拜在一八七四年发表的长篇小说《圣安东尼的诱惑》的影响。

子头朝下扔到井里,从而犯下了重罪。他这么干我倒觉得没有什么错,可是后来他又把曾为他主持婚礼的本堂神父吊死在教堂的钟楼上。干了这两桩大事以后,他就去闯荡江湖。在他短暂然而恶迹满满的生涯里,他抢劫过十二个行路人,在一座修道院用烟熏死二十来名修道士,并且把一座女隐修所变成了后宫。"

"不过你拿这可恶的东西来有什么用呢?"我们诧异道。

"当然有用,我要拿它做门铃的拉手,好吓跑我的债主们。"

"朋友,"性格沉稳的高个儿英国人亨利·史密斯说,"依我看,这只手不过是用新方法保存下来的印第安人的肉,我建议你还是拿它熬一锅肉汤。"

"别开玩笑了,先生们,"一个已经喝得七八分醉的医科大学生竭力用最冷静的语气说,"你呢,皮埃尔,要是让我给你出个主意的话,快把这段人的残骸按照基督教礼仪埋掉,免得它的主人来向你讨还;况且这只手也许已经染上了恶习,因为你也知道这句谚语:'一朝开杀戒,还会再杀人。'"

"是呀,喝过酒的还会再喝酒。"聚会的东道主紧接着说。他一边说,一边给这个大学生斟满一大杯潘趣酒;对方一饮而尽,烂醉如泥地倒在桌子底下。

这个下场引起哄堂大笑。而皮埃尔则举起酒杯,向那只手致敬,并且说:"我为你的主人即将光临而干杯。"

接着大家又聊了些别的话题,然后便各自归去。

第二天,我路过皮埃尔家门前,就走了进去。那时约莫两

点钟的光景,我见他正一面读书一面抽烟,便问:

"喂,你好吗?"

他回答:"很好。"

"你那只手呢?"

"我那只手?你应该看到了,它就系在我的门铃上,我昨天晚上回家以后就拴上了。不过,说到这件事,你可知道,不知哪个白痴,大概是跟我恶作剧,半夜里来拉响了我的门铃;我问谁在那儿,没有人回答,我就又躺下,又睡着了。"

就在这时,有人拉响门铃,是房东,一个鲁莽无礼的家伙,他进来也不跟人打招呼。

"先生,"他对我的朋友说,"我请您立刻把拴在门铃绳上的那块死尸取下来,不然我就不得不请您搬走了。"

皮埃尔非常严肃地回答:"先生,您是在侮辱一只不该受到侮辱的手;您要知道它属于一个非常有教养的大人物哩。"

像他进来时那样,房东一转身,招呼也不打就走了出去。皮埃尔紧跟着他走出去,把那只手取下来,系在卧室床边的铃绳上。

"这样更好,"他说,"这只手,就像特拉伯苦修会①修士的'兄弟,该死了'②一样,每晚都能让我在入睡以前进行一些严肃的思考。"

聊了一个小时,我就离开,返回自己的住所。

----

① 特拉伯苦修会:又称缄口苦修会,一一四〇年创立于法国索利尼市的特拉伯圣母院,修士们严守苦行,只做祈祷、礼拜和体力劳动。
② 特拉伯修士就寝前互相打招呼的惯用语。

这天夜里我睡得很不好，辗转反侧，心神不安，有好几次猛地惊醒，甚至有一会儿以为有个人溜进了我家，于是起身向衣橱里和床底下察看。早晨六点钟光景，我终于开始昏昏入睡的时候，有人猛敲了一下房门，震得我一骨碌跳下床。原来是我朋友的仆人，他连衣服都没穿好，脸色煞白，浑身哆嗦着。

"先生呀！"他一面呜咽一面大嚷，"我可怜的主人被人杀害了。"

我急忙穿上衣服，跑到皮埃尔的住处。那里已经挤满了人，探讨着，争辩着，不停地扰攘着，每个人都侃侃而谈，以各自不同的方式叙述和评论着这个意外事件。我好不容易才挤到卧室前，门口有人把守，我报了姓名，才让我进去。四名警员站在卧室中央，人手一个记事本，他们在进行侦查，不时地低声交谈，并且做着笔记。两位医生在床前讨论着，皮埃尔毫无知觉地躺在床上。他没有死，但他那样子十分吓人。眼睛瞪得老大，扩大的瞳孔好像在凝视一件可怕而又陌生的东西，流露出莫名的恐惧，手指紧攥着，身体从下巴起盖着一条被单。我揭开被单，只见他脖子上有五个深深嵌进肉里的手指印，几滴血染红了他的衬衫。这时，一件东西让我吃了一惊，我无意中看到他卧室床边的铃铛，但那只剥了皮的手却不见踪影。大概是医生们把它取了下来，免得刺激进入伤者卧室的人吧，因为那只手实在可怕。我没有打听它的下落。

现在我剪下某报第二天关于这桩罪案的报道，警方所能获得的细节已经悉数披露于其中。该报道是这么写的：

昨日发生一桩骇人听闻的凶案，受害者是一个年轻人,皮埃尔·B……先生,法科大学生,出身于诺曼底名门世家。该年轻人于晚十时左右返回住处,声称身体疲倦,行将就寝,打发仆人布万先生退去。午夜时分,后者突被主人发疯般拉响的铃声唤醒。他亦恐惧,点亮一盏灯,等着。铃声沉默大约一分钟,继而又激烈地震响,吓得那仆人失魂落魄,连忙冲出其卧室,唤醒看门人;后者即跑去报警。约一刻钟后,两名警员破门而入。

一幕可怕景象呈现在他们眼前:家具东歪西倒,一切迹象显示受害人曾与凶犯进行一场恶斗。卧室中央,年轻的皮埃尔·B……一动不动地仰面躺在地上,四肢僵硬,面无血色,两眼恐怖地大睁着,颈部有五个深深的手指印。立即应召赶来的布尔窦医生报告称,袭击者想必具有非凡的体力,而且他的手异常精瘦和刚劲,因为在颈部留下五个弹洞般窟窿的手指,掐入肌肉以后又几乎碰在一起。目前尚无任何凭据猜想犯罪动机,也无法推测罪犯为何人。司法当局正在侦讯。

第二天人们在同一家报纸上又读到:

昨日本报叙述之凶案的受害人皮埃尔·B……先生,经布尔窦医生两小时精心治疗已恢复知觉。其生命已脱离危险,唯神志十分堪忧。仍无关于罪犯的任何线索。

的确,我可怜的朋友疯了;七个月的时间里,我每天都去医院看望他,但他没有一丝恢复神志的迹象。疯狂发作时,他偶尔冒出几句古怪的话,而且像所有的疯子一样,他有一个执拗的想法,总以为有个幽灵在追逐他。一天,有人急匆匆地跑来找我,告诉我他的情况更糟了。我果然发现他已经气息奄奄。头两个小时里,他都非常平静;可是突然,他从床上坐起来,我们摁也摁不住,他就像遭遇到什么极度恐怖的事情,一边挥动双臂一边叫嚷:"抓住它!抓住它!它要掐死我啦,救命呀,救命呀!"他号叫着在房间里跑了两圈,接着便倒下死去,脸朝地面。

他是孤儿,我就负责把他的尸体运往诺曼底的小村庄P……他的父母都埋葬在那里。他发现我们在路易·R……家饮潘趣酒、把那只剥了皮的手拿给我们看的那个晚上,就是刚从这个村子回来。他的尸体封闭在一口铅制的棺材里。四天以后,我和给他上过启蒙课的老本堂神父在小墓园里凄然地漫步。有人正在那里为他挖掘墓穴。天气好极了,湛蓝的天空阳光四溢,鸟儿在一片坡地的树莓丛中放歌。我俩都是孩子的时候,曾多少次来这里采树莓吃。我仿佛又看见他沿着树篱溜过来,然后到那边,埋葬穷苦人的那块地的尽头,从我十分熟悉的一个小洞钻进去;等我们回家时,脸和嘴都让莓汁染黑了。我向树莓丛看去,正是果实满枝,便不由自主地摘下一粒放进嘴里。本堂神父已经打开他那本日课经,正低声念着祈祷文,不过我还听得见小径那一头掘墓人的锹声。忽然,听到他们呼叫我们,本堂神父合上经书,我们赶过去看发生了什么事。原来他们发现了一口棺材。他们一锹挖崩了棺材盖。我们看到一具奇长的尸骸仰面躺在棺底,他那凹陷的眼睛似乎还在看我们,向我们挑战。我顿时有一种不舒服的感觉;不知为什么,我几乎有些恐惧。

"哎呀!"这时一个掘墓人嚷道,"你们看,这家伙有一只手腕砍断了,砍下的手就在这里。"说着,他从尸体旁捡起一只已经干枯的手,给我们看。

"嘿,"另一个笑着说,"他好像在看你,要跳起来掐你的脖子,要你把他那只手还给他呢。"

本堂神父说:"好啦,朋友们,让死者安宁些吧,快把棺材盖好,咱们另找地方给可怜的皮埃尔先生挖墓穴吧。"

第二天我把一切料理完毕,就动身返回巴黎。行前我给老本堂神父留下五十法郎,请他做几遍弥撒,让被我们惊扰了尸骨的那个人的灵魂得以安息。

在 河 上[*]

去年夏天,我在离巴黎几法里的地方租了一个濒临塞纳河的小小的乡间住宅,每晚都去那里睡觉。几天以后,我就结识了一个邻居,一个三四十岁的男子,此人确实是我所见过的最奇特的人物。他岂止是个划船老手,简直就是个划船狂,一年到头都在河边,一年到头都在河上,一年到头都在河里。他想必是在船上出生,而且肯定会在最后一次划船的时候死去。

一天晚上我们在塞纳河边散步,我要他讲几段他水上生活的逸闻趣事。这个老好人顿时兴奋起来,神采飞扬,变得能言善语,几乎成了诗人。因为他心怀一股强烈的激情,一股令他如醉如痴的不可抗拒的激情,那就是——河。他说:

---

[*] 本篇首次发表于一八七六年三月十日的《法兰西公报》,题为《荡舟》,作者署名"吉·德·瓦尔蒙";一八八一年收入维克多·阿瓦尔出版社出版的莫泊桑小说集《泰利埃公馆》;一九○二年收入保尔·奥朗道尔夫出版社出版的插图版莫泊桑全集《泰利埃公馆》卷。

啊！提起您此刻看着的在我们身边流过的这条河，我不知有多少回忆啊！你们这些住在街市里的人，你们不知道河是什么。那就去听听一个渔夫是怎么说吧。在他看来，河是神秘、深邃、未知的事物，充满幻象奇境的世界；在那里，夜晚可以看到并不存在的事物，听到从未听过的声响，会像穿过一片墓地一样莫名其妙地令人战栗：实际上河就是最阴森的墓地，只不过这墓地里没有坟墓。

在渔夫们看来陆地是有边有沿的，而在黑暗中，没有月亮的时候，河是无限的。一个海员对海的感受就完全不是一码事了。不错，大海经常是无情的、凶恶的，但是，大海啊，它呐喊，它呼啸，它光明正大；而河却是静悄悄，十分阴险。它从不咆哮，它永远无声地流淌。在我看来，河水永不止息的流动比大西洋上的惊涛骇浪更可怕。

一些善于幻想的人声称：大海的怀抱里隐藏着许多近乎蓝色的广袤无垠的境界，在那里，淹死的人在大鱼中间、在奇异的森林和水晶般的洞穴里翻滚；而河底只有漆黑的深渊，他们只能在淤泥里腐烂。不过当朝阳映照，波光闪耀，河水轻拍着瑟瑟的芦苇覆盖的河岸时，河是很美的。

谈起大西洋，曾有诗人①写道：

> 波涛啊，你们知道的悲惨故事真多！
> 跪着的慈母们畏惧的深深的波涛，

---

① 指法国作家维克多·雨果（1802—1885）。此处所引诗句出自他的诗作《黑暗的海洋》。

涨潮时你们把那些故事互相转告,

正因此,当你们傍晚时向我们涌来,

阵阵涛声里就像充满绝望的哀号。

不过,我却认为,纤细的芦苇用它们的轻声慢语娓娓叙说的故事,要比咆哮的浪涛所讲述的悲剧更凄惨。

既然您要我讲几段往事,我就给您说说大约十年前我的一段奇怪的遭遇吧,那件事就发生在这里。

那时我就像今天一样住在拉封大妈的房子里。我有个最要好的伙伴,此人名叫路易·贝尔奈,现在已经放弃划船运动,也改变了夸夸其谈、不修边幅的习惯,进最高行政法院做事了。他当时住在下游两法里远的C……村。我们每天都在一起吃晚饭,不是在他那儿,就是在我这儿。

一天晚上,我独自回家,比较累了,吃力地划着我的笨重的船,慢腾腾地前进。那是一条十二法尺①长的游船,我夜晚总是使用那条船。我划到一个长满芦苇的滩角附近停下来,想歇一会儿,就是那边,铁路桥前面二百米的地方。天气好极了,明月高照,河水粼粼,空气宁静而又温和。这样祥和的气氛引发了我的兴致,我想:在这个地方抽一斗烟一定很惬意。想到就做;我拎起铁锚把它抛到河里。

船顺流往下漂,直到锚链放完才停住。我在船后身的一张羊皮垫子上尽可能舒坦地坐下来。没有一点儿声响,只偶尔听到河水拍岸发出的汩汩声,轻微得几乎觉察不到。我远

---

① 法尺:法国古长度单位,一法尺相当于三百二十五毫米。

远看见那一簇比一簇高出一头的芦苇,形状很怪异,似乎还不时地骚动。

　　河面非常平静,但是周围异乎寻常的死寂让我感到心慌。小动物们,就连青蛙和蟾蜍这些泥塘里的夜间歌手,全都哑然无声。突然,在我右边,紧挨着我,一只青蛙呱呱叫起来。我打了个哆嗦。那只青蛙静下来,又听不到任何声响了。于是我决定抽几口烟让自己分一分心。可是,尽管我的烟瘾是出了名的,我却抽不下去。刚抽第二口,我就恶心,只好作罢。我哼起曲子来,可是我嗓子里发出的声音让我受不了。无奈,我在船底板上躺下,仰望天空;过了一会儿,倒也平静无事。但是不久,船身轻轻晃动起来,引起我的不安。我感到它似乎在急剧地偏转,一会儿向左,一会儿向右,轮番地碰撞着两岸。接着,我觉得仿佛有一个人,或者一种看不见的力量,把船缓缓地向河底拽,然后又将它托起来,让它重新跌落。我就像在风暴里一样颠簸,四周声音嘈杂。我猛地站起来,只见河水闪烁,一切都静悄悄。

　　我意识到自己有点儿神经过敏了,便决定离开。我拉锚链,船却移动起来,这时我才感到有一股抗力。我使劲拉,锚仍然不上来,它钩住河底的什么东西了,我才拉不动。我再拉,还是不行。于是,我挥起双桨,转动船身,把它划到上游,让锚变个位置。可是没用,锚坚定不移。我恼火了,疯狂地摇晃锚链。锚就是纹丝不动。我泄气了,坐下来,开始思考自己的处境。弄断锚链或者把它和船体分开,我想都不用想,因为锚链粗得很,而且固定在船头一个比我的胳膊还粗的木桩上。

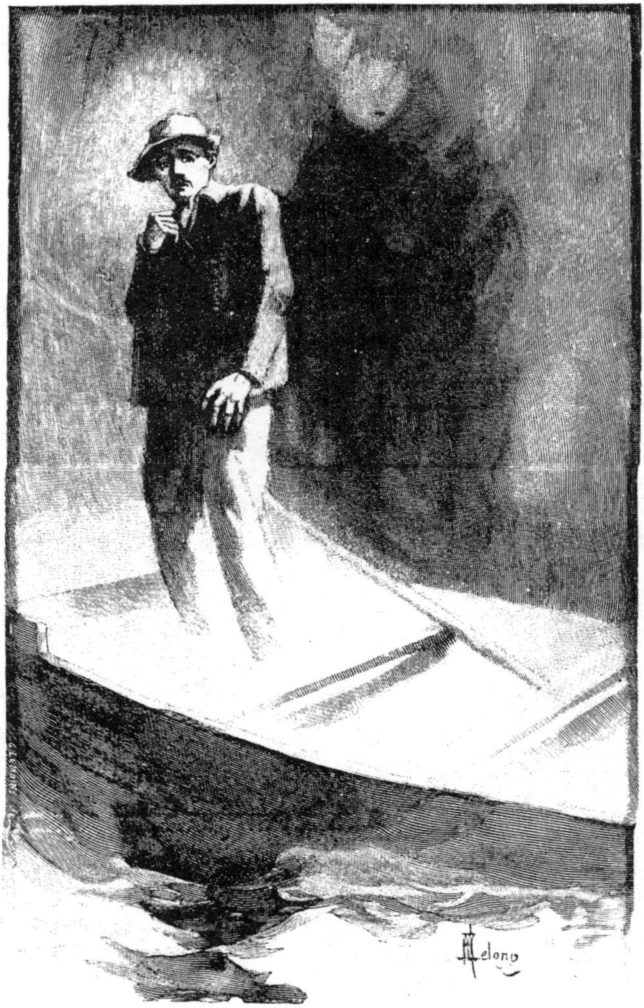

不过,天气依然非常好,我想大概不久就会遇到一个渔夫,他会来援助我的。事已如此,我反倒平静了。我坐下来,终于可以抽一斗烟了。我带着一瓶朗姆酒①,两三杯下肚,居然觉得自己的处境很好玩。天气很热,必要的话,大不了我就在星光下过一夜。

忽然,什么东西碰在船帮上轻轻响了一下。我吓了一跳,从头到脚出了一身冷汗。这声响大概是一块顺流而下的木头发出的,但这就已经够受的了,我又感到莫名其妙地心慌意乱了。我抓起锚链,肌肉绷紧,拼命使劲。锚还是那么牢固。我精疲力竭,又坐下来。

这时,河正逐渐被一层紧贴水面蔓延开的浓浓白雾覆盖,我站在那里已经看不到河,看不到我的脚,也看不到我的船,只能隐约看到芦苇梢,再远嘛,就是被月光照得煞白的平原,以及耸入天空的一些巨大的黑影,那是几棵意大利白杨。我就像齐腰陷在一大片白得异样的棉花里,古怪离奇的想象联翩而至。我仿佛看到有人企图爬上我已经看不清的船;浓雾笼罩下的河里满是怪物在我周围游动。我紧张得要命,太阳穴胀痛,心跳得让我窒息。我失去了理智,竟想到游水逃命,不过这念头立刻让我恐惧得发抖。我想象自己迷失了方向,在浓雾中盲目地跋涉,在无法躲避的水草和苇丛里挣扎,吓得喘不过气来,看不见河岸,也找不到自己的船。我还感到被什么东西抓住两只脚,向黑洞洞的水底拽。

----

① 朗姆酒:一种以甘蔗糖蜜为原料生产的蒸馏酒。

事实上,要想找到一个没有水草和芦苇、可以登岸的地方,我至少要逆水游上五百米;尽管我水性很好,但我十有八九会因为无法在这大雾中辨明方向而淹死。

我试图让自己保持冷静。我自认为有无所畏惧的坚强意志,但是在我身上除了意志还有别的东西,这别的东西却畏惧。我自问有什么可怕呢;我身上的勇敢的"我"在嘲笑怯懦的"我"。我从来没有像那天那样洞悉我们身上有两个对立的存在:一个愿意,另一个抵制,二者轮流占据上风。

这无法解释的愚蠢的畏惧有增无已,正在变成恐怖。我一动不动,睁大眼睛,竖起耳朵等着。等什么呢?我也不知道,但一定很可怕。我相信,那时如果有一条鱼斗胆跳出水面,就像经常发生的那样,也会把我吓倒,身体僵直,不省人事。

不过,费了好大的劲,我终于多少恢复了失去的理智。我又拿起那瓶朗姆酒,大口喝起来。

这时我来了个主意,连续转身朝四个方向使足力气呼喊。嗓子喊哑了,我就听。——很远处,一条狗在叫。

我又喝了几口,便在船底板上伸直了身子躺下。这样待了也许一个小时,也许两个小时,两眼大睁,全无睡意,想象中周围尽是噩梦般的景象。我不敢站起来,虽然我很想。我一分钟又一分钟地熬着。我反复对自己说:"喂,起来!"我却连动一动都害怕。终于,就像弄出一点声响都会危及我的生命似的,我小心翼翼地抬起身,向船外张望。

我被世上能看到的最美妙最惊人的场面弄得眼花缭乱。

那是仙女国的奇异的境界,远方归来的游子讲过而我们听了难以置信的景象。

两小时以前还飘浮在水面的雾逐渐后退,堆积在两岸。河面完全露了出来,河两岸各形成一道绵延无尽头的丘陵,有六七米高,在月光下像晶莹的白雪一样闪亮。其他的东西仿佛都不见了,只见这条金光灿灿的河在两排白色山丘之间流淌。而在上方,在我的头顶上,又圆又大的月亮在淡蓝和乳白的天空中炫耀。

水中的小动物全都醒了:青蛙撒欢地呱呱叫着,声如洪钟的蟾蜍忽而在我左边,忽而在我右边,不时地朝着星星发出一个短促、单调而又凄厉的低音。真怪了,我不再害怕,在这样匪夷所思的景色里,再离奇古怪的事也不会让我吃惊了。

这种情景持续了多长时间,我不知道,因为我终于睡着了。等我睁开眼睛,月亮已经落了,满天乌云。河水凄凉地哗哗流着,风呼呼吹着,天很冷,一片漆黑。

我喝完剩下的朗姆酒,然后一边打着哆嗦一边听着沙沙的芦苇声和凄惨的流水声。我瞪大眼睛看,但我看不清自己的船,甚至看不清举到眼前的手。

不过,浓厚的夜色渐渐消退。忽然,我似乎感到有个黑影儿在离我很近的地方移动,我呼喊一声,有个声音回答,是一个渔夫。我叫他,他靠了过来,我就向他诉说自己的倒霉遭遇。他于是把他的船和我的船并拢,我俩一起拉锚链。锚还是不动。白昼正在到来,阴沉沉,灰蒙蒙,雨绵绵,冷冰冰,一个通常会给你带来忧伤和不幸的白昼。我又远远看见另外一只船,我们向它呼叫。那划船的男子赶来和我们一起用力;于是,锚渐渐松动了。它往上升,但是很慢很慢,好像拖着一个很沉的东西。我们终于看见一个黑乎乎的物体,便把它拉到我的船上。

原来是一个老妇人的尸体,脖子上还坠着一块大石头。

"甘草露,甘草露,清凉的甘草露!"*

我听人说过我叔叔奥利维埃临死时的情形。

我知道,那是在七月,骄阳似火,百叶窗紧闭的大卧室里一片昏暗。当他慢慢地、静静地咽气时,在那炎热的夏日午后令人窒息的宁静中,忽然街上传来清脆的铃声,一个响亮的声音划破闷人的溽暑,喊道:"清凉的甘草露!太太们,快来解热消暑呀!甘草露,甘草露,谁要甘草露?"叔叔身子动弹了一下,某种类似微笑的东西让他的嘴唇嚅动了一下,一缕最后的喜悦在他眼里闪亮了一下,紧接着就闭目长眠了。

我参加了遗嘱启封的仪式。堂兄雅克理所当然地继承了他父亲的财产。作为纪念,赠给我父亲几件家具。遗嘱的最

---

* 本篇首次发表于一八七八年九月十四日的《马赛克》周刊,作者署名"吉·德·瓦尔蒙",甘草露是将甘草浸泡在柠檬水中制成的清凉饮料,十八世纪末至十九世纪末盛行一时;一九〇八年收入路易·科纳尔出版社出版的莫泊桑全集《羊脂球》卷;一九一二年收入保尔·奥朗道尔夫出版社出版的莫泊桑全集《羊脂球》卷。

后一项条文是关于我的,内容是:"我给侄子皮埃尔留下几页手稿,该手稿可在我的写字桌左边的抽屉里找到;另有五百法郎给他买一支猎枪;还有一百法郎请他替我交给他遇见的第一个卖甘草露的小贩!……"

这最后一条让满座的人大感不解。不过交给我的那份手稿对这项令人惊讶的遗赠做出了解释。

我就原原本本把它抄录如下:

人类总是生活在迷信的桎梏之下。他们过去认为世间出生一个孩子,天上就会有一颗星星点亮;这颗星将追随他一生的祸福荣辱,它明亮表示他幸福,它暗淡表示他受苦。他们现在则相信彗星、闰年、星期五以及"十三"这个数字的影响。他们认为某些人会施魔法,抛毒眼①。有人说:"每次遇到他总给我带来不幸。"这一切千真万确。我对此深信不疑。不过我要说明的是:我并不相信有什么生物或非生物的神秘影响力,但是我相信有鬼使神差般的巧合。可以肯定,正是巧合让一些重大事件在彗星造访我们天空时或者在闰年里发生;某些天灾人祸碰巧落在星期五,或者和"十三"这个数字碰在一起;同某些人相遇往往同某些现象的反复出现不谋而合。诸多迷信就是由此产生。迷信所以形成,就因为人们看事情片面而又肤浅,把巧合本身当成了原因,而不做深入的探究。

至于我,我的星宿,我的彗星,我的星期五,我的"十三",

---

① 抛毒眼:有一种迷信,认为有的人的眼睛看了人会给人带来厄运。

我的巫师,却千真万确是一个卖甘草露的小贩。

听说我出生的那一天,有个卖甘草露的在我家窗前叫卖了一整天。

八岁时有一天,我跟保姆去香榭丽舍林荫道散步,当我们横穿大街时,有个干这一行的人突然在我背后摇响铃铛。保姆正在看远处走过的一队士兵;我回过头去看那卖甘草露的小贩。就在这时,一辆闪电般耀眼和迅疾的双驾马车向我们冲过来。车夫叫喊了一声,保姆没有听见,我也没有。我觉得自己被撞倒,翻了几个滚儿,伤得不轻……但是,我至今也不明白是怎么回事,我竟然到了那卖甘草露小贩的怀里;而他为了安抚我,还把我的嘴对准龙头,灌了我几口甘草露……这样一来我就全好了。

我的保姆却撞断了鼻梁骨。即使她继续看那些士兵,那些士兵也不会再看她了。

十六岁那年,我刚刚买了我的第一支猎枪。开猎的前夕,我挽着老母亲去公共马车站。她患风湿病,走得很慢。忽然,我听见我们身后有人叫喊:"甘草露,甘草露,清凉的甘草露!"喊声越来越近,就像在跟着我们,追赶我们!我感到它似乎是冲着我来的,是对我的一种人身攻击,一种侮辱。我相信人们正在看着我,笑话我呢。而那小贩仍然连声叫喊着:"清凉的甘草露!"分明是在嘲笑我的铮亮的猎枪、新的猎物袋和崭新的栗色丝绒猎装。①

---

① 此句中的"清凉",法语为 frais,也可作"崭新"解,因此被理解为影射。

坐进马车,我还听见他在吆喝。

第二天,我一只猎物也没打到,倒把一条奔跑的猎狗错当成野兔击毙,把一只小母鸡误以为山鹑打死。有一只小鸟落在树篱上,我立马开了一枪,它飞了;不过一声凄厉的哞叫吓得我呆若木鸡,这叫声一直持续到深夜……唉!我父亲不得不赔一个穷苦农夫一头母牛。

二十五岁那年,一天早上,我看见一个卖甘草露的老人,满脸皱纹,腰弯背驼,步履维艰,拄着一根木杖,仿佛快被水罐压垮了似的。在我看来,他就像一个神灵,世上所有甘草露小贩的族长、始祖、大首领。我喝了一杯甘草露,付给他二十苏①。一个深沉的声音,就好像从老人背着的马口铁水罐里发出来似的,呻吟着说:"这会给您带来好运,亲爱的先生。"

就在那一天,我认识了我妻子,她让我生活得总是那么幸福。

最后说说一个甘草露小贩如何妨碍我成为省长的。

一场革命刚刚过去。我忽然萌生出做公众人物的欲望。我家道富足,颇有人望,又认识一位部长;于是我请求他惠予接见,并说明拜访所为何事。部长十分爽快地允诺。

到了约定的日子(那是夏天,酷热难当),我穿着一条浅色长裤,戴着一副浅色手套,脚上是一双漆皮包头、浅色呢高帮的皮鞋。路面晒得发烫。人行道都熔化了,脚踩在上面就往下陷。笨重的洒水车把马路变成了污水坑。清洁夫每隔一

---

① 苏:旧时法国辅币,五生丁合一苏,一百生丁合一法郎。

段把这人造热泥浆堆成一堆儿,然后推到阴沟里。我心里只想着接见的事,走得很快,遇到一条夹带着垃圾滚动的污流,我使足劲,一……二……这时,突然一声尖叫,吓人的尖叫,刺进我的耳膜:"甘草露,甘草露,甘草露,谁要甘草露?"像所有受了意外惊吓的人一样,我不由自主地晃动了一下,滑倒了……这真是件可悲而又难堪极了的事……我一屁股坐在稀泥浆里……裤子变成了深色,白衬衫溅满泥浆,帽子在我身边漂浮。那撒疯般的、嘶哑的声音依然在喊叫:"甘草露,甘草露!"而在我面前有二十来人,笑得前仰后合,还冲我做出各种可怕的鬼脸。

我连忙跑回家,换了衣裳,但接见的时间已经过了。

手稿结尾这样写道:

我的小皮埃尔,交一个卖甘草露的朋友吧。至于我,只要在临死那一刻听到一个甘草露小贩吆喝,就可以心满意足地离开这个世界了。

第二天我在香榭丽舍林荫道遇到一个苍老的背着罐儿叫卖甘草露的小贩,看上去十分可怜。我把叔叔那一百法郎给了他。他惊讶得打了个哆嗦,然后对我说:"非常感谢您,少爷,这会给您带来好运的。"

自　杀＊

献给乔治·勒格朗①

几乎没有一天，不在某一份报纸上读到这样的社会新闻：

星期三到星期四的夜间，某街四十号的居民被接连的两声枪响惊醒。枪声可能发自某先生的住所。门开着，人们发现这位房客倒在血泊里，手里还拿着他用来自杀的左轮手枪。

该先生五十七岁，经济挺富裕，过幸福生活所需的一切应有尽有。人们无法探知他下定这致命的决心是什么

＊　本篇首次发表于一八八〇年八月二十九日的《高卢人报》，原题《怎么会开枪自杀》，作者署名"莫弗里涅斯"；一八八三年四月十七日以现在这个文本刊登于《吉尔·布拉斯报》；一八八四年收入保尔·奥朗道尔夫出版社出版的莫泊桑小说集《隆多利姐妹》；一九〇四年收入同一出版社出版的插图版莫泊桑全集《隆多利姐妹》卷。

①　乔治·勒格朗：记者，莫泊桑的好友，一八八三年将莫泊桑介绍给波托卡伯爵夫人，一八八五年和莫泊桑结伴旅游意大利。

原因。

是什么深沉的痛苦，什么内心的创伤、隐秘的绝望、灼热的伤痕，把一些幸福的人推向自杀呢？人们寻找，有人想象是爱情的悲剧，有人假设是金钱的惨祸，由于永远也发现不了丝毫确切的东西，人们就对这些死亡一言以蔽之："神秘"。

在这样一个"自杀原因不明"的死者的案头，我们发现了一封信，是他最后一个夜晚写的，子弹上膛的手枪就放在手边。我们认为这封信很有意义。它没有透露任何人们总在这种绝望举动背后寻找的重大灾难；但它显示了生活中一系列微小的不幸，一个孤独存在的人一次次梦想破灭后的致命的瓦解，道出了只有神经特灵、极其敏感的人才能理解的这些悲惨结局的缘由。

下面就是这封信：

半夜十二点了。写完这封信我就自杀。为什么？我这就来说说，不是为了读这封信的人，而是为了我自己，为了坚定我正在减弱的勇气，让这个行动的不可避免的必然性深入我心，否则这行动只会被延后。

我是由纯朴的父母教养成人的，他们什么都相信。我也曾像他们一样什么都相信。

我的梦持续了很久。最后的残片刚被撕碎。

一个现象在我身上发生已经几年了。所有那些昔日生活里我心目中像黎明一样光辉的事件，在我看来仿佛都黯然失色。事物的意义显露出它粗暴的真相；爱情的真实理由让我甚至对诗意的温情都产生反感。

我们是不断翻新的、既愚蠢又迷人的幻象的永恒的玩偶。

随着人的衰老,我对事物的可怕贫乏、努力的徒劳、期待的虚妄本已心安理得;岂料,今晚,吃过晚饭以后,一道新的亮光让我看清万事皆空。

从前,我很快乐呀!一切都让我高兴:过路的女人,街道的景象,我的住所;我甚至对服装样式也兴致勃勃。但是同样视觉的重复,最后让我的心充满了疲惫和厌倦,就像一个观众每晚都走进同一家剧院会发生的那样。

三十年来,我每天都在同一个钟点起床;三十年来,我在同一个时间、同一家饭馆、吃不同的侍者端上来的同一道菜。

我曾尝试旅游。在陌生的地方形单影只能让我畏惧。我感到自己在世上是那么孤独,那么渺小,我很快就打道回府。

可是回来了,我那些三十年原地不动的家具的一成不变的面貌,买来时崭新的安乐椅的残破的现状,我这套房子的气味(时间久了,每个住所都会有一种特殊的气味),每晚又让我对习以为常感到恶心,对苟且偷生感到难以忍受的忧伤。

一切都在不断地而且可悲地重复。我回家时把钥匙插进锁孔的同样的动作,我总能找到火柴的地方,擦亮磷火时投向房间的第一眼,都让我恨不得从窗口跳下去,结束这些永远无法逃避的单调乏味的事。

我每天刮胡子的时候,都恨不得割断自己的喉咙;而我的面孔,总是同一张,我又在小镜子里看见了它,面颊上抹着肥皂,好几次让我伤心得哭泣。

我甚至不能再接触我以前乐于联络的人,因为我太了解他们,我太知道他们会跟我说什么、我会回答他们什么,我太熟悉他们一成不变的思想的模子、他们推理的习惯。每个人的头脑都像一个马戏场,总有一匹关在笼中的可怜的马在转圈。不管我们怎么努力,怎么迂回,怎么转弯,边界总是那么近、那么圆,既没有意料之外的突出,也没有通向未知的门。只能转圈,永远转圈,背负着同样的思想、同样的欢乐、同样的玩笑、同样的习惯、同样的信仰、同样的厌恶。

今天晚上,雾大得可怕。它包裹了林荫大道①,那里的煤气灯暗淡得就像冒烟的蜡烛。比平常更重的分量压在我肩膀上,我也许会消化不良。

因为良好的消化在生活中至关重要。它给艺术家灵感,给年轻人爱的欲望,给思想家清晰的观念,给所有人生活的欢乐,能让人吃得多(这更是最大的幸福)。胃有病会把人推向悲观和多疑,让人产生悲惨的梦幻和死的欲望。我对这一点实在是深有所感。如果我今晚消化得好,也许我就不会自杀了。

当我在三十年来一直坐的这张扶手椅里坐下,四下张望,我感到一种极其可怕的焦虑,感到自己几乎要疯了。

我寻思做些什么能逃避自我?做什么都让我恐惧,比无

---

① 林荫大道:此处指巴黎市内从巴士底广场到玛德莱纳广场的几条连续的林荫大道,十九世纪末是巴黎最时尚和繁华的地带。

所事事更令我厌恶。于是我想还是整理一下自己的文件。

我早就想清理一下自己的抽屉;因为三十年来我总是随手把信和发票扔进同一个抽屉,其杂乱无章经常让我十分头痛。但是一想到归置东西,我又感到身心都非常地厌倦。所以我从来没有勇气开始这项可恶的工作。

于是我在写字桌前坐下,拉开抽屉,先在旧时的文件里挑选,把大部分销毁。

我在一堆发了黄的文件面前先是不知所措,然后从中拿起一张。

啊!如果您还留恋生活,那就永远也别碰这张桌子,这个往日通信的墓地!如果您偶然打开它,那就抓起满把的信件,闭上眼,一个字也别读,别让一种已经忘却而又认出的字迹把您一下子抛进记忆的海洋;要把这些死去的纸张付之一炬,当它们变成灰烬,再把它们碾成看不见的尘埃……不然,您就完了……就像我一小时以来这样,完了。

唉!我拿起头几封信,重又读来,引不起我半点兴趣。再说,这些都是最近的信,是仍然在世的人写的,我还经常和这些人见面,他们的出现不大会令我激动。可是,一个信封忽地让我战栗了一下。信封上用老大的字写着我的名字;我突然泪水盈眶。这是我最要好的朋友写的,这个朋友是我青年时代的伙伴,我希望做什么,都推心置腹地告诉他;他又那么清晰地出现在我眼前,带着他那和善的微笑,向我伸出手来,我不禁打了一个彻骨的寒战。是的,是的,死人都回来了,因为我看见了他!我们的记忆是一个比现实的宇宙还要完美的世界：它居然把生命还给了已经不存在的人!

　　我的手颤抖着,视线模糊不清,把他对我说过的话全都重读了一遍;我可怜的心啜泣着,感觉受到了一种创伤一样,那么地痛苦,我发出一迭连声的呻吟,就像一个人受着五马分尸的酷刑。

　　于是我就像人们逆水行舟一样,回溯我的一生。我忆起一些久已忘记的人,我已想不起他们的名字,只有他们的面孔活在我脑海里。在我母亲给我的那些信里,我又看到了从前家里的老用人和我们家的房子的形状,以及孩子们记忆中那些难以割舍的微不足道的细节。

　　是的,我突然又看见母亲的各种古老装束,它们因穿的时装和不同时期发型的变化,呈现出的不同的风貌。尤其让我不能忘怀的是,她穿的一件织有老式花枝图案的丝绸连衣裙;我还想起一句话,有一天她穿着这件连衣裙对我说的:"罗贝尔,我的孩子,如果你不挺直身子,你一辈子都会驼背。"

　　接着我又打开另一个抽屉。浮现在我面前的是那些恋爱的纪念品:一双舞会穿的高帮皮鞋,一个撕破的手帕,甚至还有一副松紧袜带、一些头发和几枝干花。我一生中那些甜蜜的浪漫史,即使女主人公们犹在人世,也都已白发苍苍,我不禁陷入往事一去不返的苦涩的忧伤。啊!搭在年轻的额头上的卷曲的金发,手的爱抚,脉脉传情的目光,怦怦直跳的心,允诺亲吻的微笑,允诺拥抱的嘴唇!……还有初吻……那让眼睛紧闭的无休止的吻,在临近拥有的无限幸福中把一切思想都化为乌有的吻!

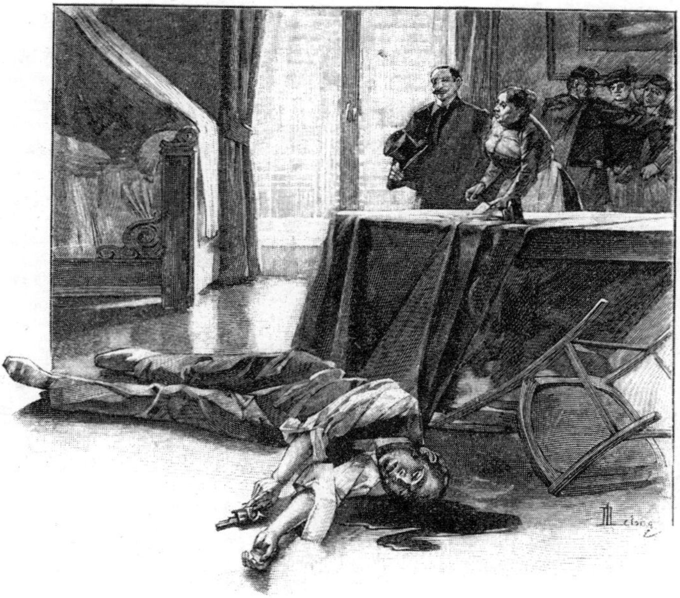

我捧起这些遥远的爱的陈旧的证据，疯狂地爱抚着它们。在我的被记忆折磨的灵魂中，我又看到和每个心爱的人分手时的情景，感到比所有寓言能够想象的地狱酷刑都更惨烈的痛苦。

还剩下最后一封信。它是我自己写的，是五十年前我的写作老师口授给我写的。信文如下：

我亲爱的小妈妈：

  我今天七岁了。这是懂事的年龄，我借此机会感谢你生下了我。

  挚爱你的小儿子。

罗贝尔

完了。我来到了源头；我突然回首，审视我余下的日子。我看到丑陋、孤独的垂暮，即将到来的病弱残疾，一切都完了，完了，完了！我举目无亲！

我的左轮手枪就在那里，在桌子上……我装上子弹……劝你们永远别重读过去的信。

很多人就是这样自杀的，而人们却徒劳地寻觅，希望发现什么重大的悲情。

磁　气[*]

那是一次男人们的晚餐结束以后,他们正没完没了地抽着雪茄,一小杯一小杯地喝着酒。烟雾缭绕;消化让他们感到暖烘烘,懒洋洋;那么多大肉和利口酒掺在一起被吸收,弄得他们微微地头昏脑涨。

他们谈到催眠术、多纳托[①]的戏法和沙尔克[②]大夫的实验。这些和善可亲、生性多疑、对任何宗教都漠不关心的人,突然讲起一些奇怪的事情,一些匪夷所思而他们断言确实发

---

[*] 本篇首次发表于一八八二年四月五日的《吉尔·布拉斯报》,作者署名"莫弗里涅斯";一八九九年收入保尔·奥朗道尔夫出版社出版的莫泊桑小说集《米隆老爹》;一九〇四年收入同一出版社出版的插图版莫泊桑全集《米隆老爹》卷。

① 多纳托:真名阿尔弗莱德·东特(1845—1900),比利时人。一八七四年在烈日推行动物磁气疗法,一八八〇年开始在欧洲巡回演示该疗法,轰动一时。

② 让-马丹·沙尔克(1825—1893):法国神经科医生,萨尔佩特里埃尔医院教授,有现代神经医学奠基人之一的美称,对癔症和催眠疗法的研究最有影响。弗洛伊德曾受教于他。

生过的故事。他们忽然陷入了对迷信的盲从,紧紧抱住这残余的最后奇迹,变成神秘的动物磁气的虔诚信徒,并且以科学的名义为之辩护。

只有一个人在微笑,那是个精力旺盛的小伙子,拈花惹草的能手,逐猎女人的行家。他什么都不信,而且态度坚定,甚至不容别人讨论。

他冷笑着连声说:"无稽之谈!无稽之谈!都是些无稽之谈!咱们还是别为多纳托争论吧,他只不过是个狡猾的变戏法的家伙。至于沙尔克先生,有人说他是杰出的学者,而在我看来,他倒像艾伦·坡①式的编故事的人,整天琢磨那些离奇的疯狂病例,到头来自己也变成疯子。沙尔克先生证实了一些现象,却又不能加以解释,因为这些现象根本就无法解释;他走在人们每天都在探索的未知世界里,而永远不能理解他所看见的东西;教士们关于神秘现象的解释,他知道的也许太多了。不过,我还是愿意听听他本人怎么说,那很可能跟诸位转述的完全是另一回事。"

在这怀疑论者的周围,引起一片轻蔑的反应,就好像他在僧侣大会上亵渎了神明。

那些先生中有一位大声说:

"不过从前确实有过一些奇迹。"

这位怀疑论者回答:

------

① 艾伦·坡(1809—1849):美国诗人和小说家,尤以短篇小说创作著称。莫泊桑的奇异小说写作深受其影响。

"我不这样认为。为什么今天没有了呢?"

于是每个人都举出一个事例,包括神奇的预感、越过遥远空间的心灵交流、人对人的隐秘的影响。他们都言之凿凿,声称无可争论。而那位激烈的否定者则一迭连声地说:"无稽之谈!无稽之谈!都是些无稽之谈!"

说罢,他站起身,扔掉他的雪茄,两手插进口袋,说:"好吧,我也给你们讲两个故事,然后我再跟你们解释。请听吧:

"在埃特尔塔①这个小村子里,男人们都是水手,每年都去纽芬兰②浅滩捕鳕鱼。然而,一天夜里,一个水手的孩子突然惊醒,叫喊:'爸爸在海上死了。'人们百般安抚,才让他重又睡着;可是他又醒来,大呼'爸爸淹死了'。过了一个月,人们果然得知,他父亲被一股巨浪从甲板上卷走。遗孀回想起孩子几次醒来的事。人们惊呼这真是奇迹,所有人都激动万分;有人把两个日子联系起来,发现父亲遇难和儿子做梦几乎吻合;人们由此得出结论:两件事发生在同一天夜晚的同一个时刻。于是这就成了一个动物磁气的神秘事件。"

说故事的人停了下来。这时,一个听众十分激动,问:"那么您,您能解释这件事吗?"

"当然了,先生们,我已经发现了其中的奥秘。这件事也曾经让我感到意外,觉得困惑;但是我呢,你们也看得出,原则

----

① 埃特尔塔:法国市镇,位于诺曼底大区塞纳滨海省的一个小海港。莫泊桑在这里度过大部分童年时光。
② 纽芬兰:北美大陆东海岸的大西洋岛屿,属加拿大,其东南为浅滩,是世界最优良的大渔场之一。

上我是什么奇迹都不相信的。其他人从相信开始,而我从怀疑开始;在我还没有搞清楚以前,我继续否定心灵之间有任何感应。我确信只要坚持观察,定能洞见真相。于是,我就寻找,寻找。我询问了所有出海水手的妻子,终于找到了令我信服的答案:每个星期里,她们或者孩子中至少有一个人做梦,并且在醒来时宣称"爸爸死在海上了"。对意外事故的可怕而又持续的恐惧,让他们总在说这件事,不断地想这件事。如果由于很简单的偶然性,这些频繁的惦念,有一次碰巧赶上一个出海人死亡,人们立刻就会大呼奇迹,而把没有得到印证的所有其他的梦、其他的猜测、其他的不幸预言忘得一干二净。我观察过五十多起这样的事儿,当事人甚至过了一个星期,就不再记得做过的梦和醒来的预言。但是如果他们惦念的亲人真的死了,他们的记忆就会立刻醒来,人们就会做出各自的反应,有些人颂扬天主的干预,有些人称赞动物磁气的神奇。"

抽烟的人当中有一位表示:

"您刚才说的有道理,不过咱们听听您的第二个故事。"

"哦!我的第二个故事讲起来就很微妙了。这件事就发生在我身上,因此我不做丝毫评论。人们永远也不能公正无私地既做法官又做当事人。总之,这故事是这样的:

"我在上层社会认识的人里有一个少妇,我压根儿没有想过她,我甚至从来没有认真地看过她,就像人们说的,从来没有注意她。

"我把她列为那种无可称道的女人,虽然她并不丑;总之,在我看来,她就是有两个眼睛,一个鼻子,一张嘴,一些头发,整个一副平淡无光的面貌;这种女人,人们的思想只会偶然落在她们身上,而不会停留,人们的欲望更不会趋之若鹜。

"说的是,一天晚上,上床睡觉以前,我正在炉火边写信,只感到在我手执羽笔、几分钟冥思遐想之际,纷至沓来的思想、鱼贯而过的形象中间,一阵清风在我脑海里拂过,心微微一颤,冷不丁,无缘无故,也没有丝毫连贯的逻辑思维,我清晰地看见,就像伸手可及一样清晰地看见,那个我从未想过三秒钟以上的少妇,名字在我头脑里闪过的时间同样短暂的少妇,从头到脚,毫无遮掩,出现在我面前。我忽地发现她有一大堆我从未注意到的优点,温柔的魅力,倦怠的美貌;她唤醒了我身上驱使你追求女人的躁动的爱欲。不过我没有想很久。我躺下,睡着了,并且做起梦来。

"你们每个人都做过这种奇怪的梦,这些梦让你们做成不可能做到的事,向你们打开不可能穿过的门,让你们实现不可能完成的逾越,给你们打开难以进入的怀抱,不是吗?

"在这些混乱、神经质、令人呼吸急促的梦中,我们中谁没有过那种奇妙的感觉,仿佛抓住、搂住、揉搓、占有了一个自己向往的女人?你们是否发现,这些梦中的桃花运每每带给你们多么超人的甜美?把你们投入多么疯狂的陶醉?让你们激动得多么强烈的痉挛?在像现实一样美好而又突如其来的幻境中,往您心里注入对抱在怀里的柔软、热乎的女人多么无限、温存、深邃的柔情?

"这一切,我都非常强烈地感受到了,而且难以忘怀。这个女人曾经属于我,完完全全地属于我,从美好的梦中醒来,甚为失落,过了很久,她的肌肤的柔润和温暖还留在我的指尖,她皮肤的香味还留在我的脑海,她的吻的甜蜜还留在我的唇上,她说话的声音还留在我的耳边,她两臂环抱的感觉还留在我的腰间,她的爱的热烈魅力还留在我的整个身心。

"这一夜,这美好继而又让人失落的梦重复了三次。

"天亮了,它还纠缠着我,控制着我,萦绕着我的头脑和感官,我已经不能有一秒钟不想她。

"后来,我不知怎么办才好,便穿好衣服,去看她。走在她家楼梯上,我激动得颤抖,我的心怦怦跳:一种强烈的欲望从头到脚渗透我全身。

"我走进去。她听见通报我的名字,霍地站了起来;我们的目光忽然相遇,惊异地彼此凝视。我坐下。

"我结结巴巴地说了几句平淡无味的话,她好像根本就没有听。我不知道该做什么,也不知道该说什么;我突然向她扑过去,紧紧搂着她;我的梦居然实现得这么快、这么容易、这么疯狂,我简直怀疑是在白日做梦……她就这样做了我两年的情妇……"

"您得出的结论是什么呢?"一个人问。

讲故事的人似乎有些犹豫。

"我的结论……我的结论嘛,当然啰,这是一种巧合!再说,谁知道呢?也许是她的目光,我以前没有注意,而那天晚上,对这目光的记忆,神秘而无意识地被唤醒了。复苏的记忆经常向我们再现一些东西,我们的意识忽略了的这些东西,曾在我们的理智面前经过而被视而不见!"

"您爱怎么说就怎么说,"一位共进晚餐的客人总结道,"不过,如果经历了这件事还不相信磁气,您就是个浑人,我亲爱的先生。"

一个怪招*

　　一个年老的医生和一个年轻的女病人正在炉边闲聊。那女的像漂亮女人常见的那样,只不过稍有不适:一点贫血,情绪烦躁,可能还有点疲倦。新人在蜜月结束时总有点劳累,如果那婚姻的确让男欢女爱。

　　她舒展地坐在长椅上,说:"不,大夫,我无论如何也不能理解,一个女人怎么会欺骗自己的丈夫。我甚至能接受这样的情况:她不爱他,因此不愿履行她许下的诺言,不愿强装出情意绵绵!不过怎么敢委身于另一个男人呢?怎么能瞒过众人的眼睛呢?怎么能在说谎和背叛的同时又去爱另一个男人呢?"

　　医生微笑着。

---

* 本篇首次发表于一八八二年九月二十五日的《吉尔·布拉斯报》,作者署名"莫弗里涅斯";一八八三年收入维克多·阿瓦尔出版社出版的莫泊桑小说集《菲菲小姐,新故事集》;一九〇二年收入保尔·奥朗道尔夫出版社出版的插图版莫泊桑全集《菲菲小姐》卷。

"这个嘛,这很容易。我向您保证,当欲念控制了一个人、要他失足的时候,他是不会考虑所有这些细枝末节的。我甚至可以肯定,一个女人只有经历过婚姻的所有乱七八糟和令人厌恶的事,才能真正成熟。据一位名人的见解,婚姻只是彼此交换白天的坏脾气和夜晚的坏气味,这真是再正确不过了。一个女人只有结婚以后才能深情地爱。如果我可以把女人比作一座房子,我要说,只有在丈夫擦拭掉白灰以后,这房子才可以住。

"至于隐瞒,任何一个女人在这种情况下都有用不完的办法,头脑最简单的女人也会变得足智多谋,从最困难的情况下巧妙脱身。"

可是少妇好像还是不以为然。

"不,大夫,遇到危险情况,人们从来都只是在事后才知道该怎么做,而女人又肯定比男人更容易失去理智。"

医生举起双手。

"事后?说得不错!……我们男人的确只是在事后才开窍。但是你们!……请听,我给您讲一个我的一位女顾客的小故事。正像人们常说的,她用不着忏悔,我就会让她领圣体。①

这件事发生在外省的一个城市。

---

① "不用忏悔就给领圣体"是天主教用语,指某些人看上去天真无辜,很难想象会犯罪。不过这用语经常在一个人犯罪的事后使用。

一天晚上,我正在睡头一觉,这一觉很实沉,是很难吵醒的,不过在漆黑的梦中,我仿佛听到城里响起火警的钟声。

我突然惊醒:原来是我家的门铃在响,就是冲着街道的那个门铃,它拼命地在响着。看来仆人没有反应,我拉了一下悬在我床头的铃绳,很快就听见几扇门响,脚步声打乱了沉睡的房屋里的寂静;接着,仆人让出现了,拿着一封信,那信中写道:"勒利埃弗尔夫人请希梅昂大夫立即到她家来。"

我考虑了几秒钟,心想:歇斯底里,头晕;唉,我太累了!于是我回复:"希梅昂大夫身体很不舒服,请勒利埃弗尔夫人叫我的同行博奈先生。"

然后,我就把字条放在信封里,交给人,又睡了。

大约过了半个小时,街上的门铃又响起来,让走来对我说:"有一个人,看不清是男人还是女人,我也说不准,遮得严严实实,要尽快跟先生说话,说这关系到两条人命。"

我坐起身子,说:"让他进来。"

我坐在床上,等着。

一个穿得像个黑色幽灵似的人走进来,让一出去,此人就露出真容。原来是贝尔特·勒利埃弗尔夫人,一个十分年轻的女子,她三年前嫁给本城一个大富商,人们都说这富商娶了本省最漂亮的女人。

她脸色苍白得可怕,面部的肌肉紧张得痉挛,两只手直打哆嗦。她两次试图说话,嘴里都没有发出一个音来。她终于结结巴巴地说:"快……快……快……大夫……来……我……我的相好死在我的房间里了……"

她喘得透不过气来了,停了一会儿,接着说,"我丈夫就……就要从俱乐部回来了……"

我甚至没想到我还穿着内衣,就跳下床,急忙穿好衣服。然后我问道:"刚才是您本人来的吗?"仿佛忧愁已经把她变成石头了,她像雕塑一样站在那里,断断续续地说:"不……刚才是我的女仆……她知道……"她沉默了一会儿,接着说:"我……我留在……他身边。"她嘴里发出痛苦的叫声,一阵呻吟几乎令她窒息,然后她哭了起来,又是啜泣,又是抽搐,狂乱地哭了一两分钟;她的泪水突然停止,好像内心的焦躁像火一样烘烤着她,她的泪水也干枯了;悲伤的她重新又冷静下来,催促道:"走,快!"

我这时已经准备好,但是我忽然惊呼:"见鬼,我还没有吩咐套我的马车!"她回答:"我有车,我坐的他的那辆车在外面等着。"她又连头带脸把自己蒙起来。

她在车厢的黑暗中坐到我的旁边。她突然抓住我的手,一边用她纤细的手指捻搓着,一边声音颤抖着,因为心如刀绞而颤抖着,喃喃地说:"啊!您不知道,您不知道我是多么痛苦!六个月以来,我爱他,我爱他爱到发狂,就像失去了理智一样。"

我问:"您那边,有人被惊醒吗?"

她回答:"没有,谁也没醒,除了萝丝,这事儿她全知道。"

马车在她家门前停下:果然,房子里所有的人都在睡觉。靠着一把万能钥匙,我们悄悄地进了门。我们踮着脚尖走上楼。惊魂未定的女仆坐在楼梯口上,身边放着一支点亮的蜡烛。她不敢待在死者身边。

我走进少妇的卧室。里面就像发生过一场搏斗似的凌乱。被褥皱巴巴的,撩开了,仿佛在等着什么人;一条床单拖到地毯上;曾经用来拍打年轻男子太阳穴的几块湿漉漉的毛巾散落在地上,旁边有一个水盆和一个水杯。一股醋味,掺和着吕班香水的气味,一进门就刺鼻难闻。

尸体直挺挺的,仰面躺在卧室中间。

我走过去;我先观察他的情况;我摸了摸他;我支开他的眼皮;我又把了把他两手的脉搏;然后,我向两个冻僵了似的打着哆嗦的女人转过身去,对她们说:"请帮我把他抬到床上。"我们把他轻轻放在床上。这时,我又听了听他的心脏,把一块冰放在他嘴上试了试。最后,我低声说:"完了。快给他穿上衣服吧。"这可是一件看着可怕的事!

我就像对一个巨型娃娃似的,一个接一个拿起他的四肢,套进女人们撑着的衣服里。我们给他穿上袜子,衬裤,外裤,坎肩,接着穿外衣。我们费了很大劲才把他的胳膊放进衣袖。

为了扣他的包帮皮鞋的纽扣,两个女人跪到地上,而我给她们照着亮;可是他的两只脚有些肿胀,要塞进鞋里真是难上加难。她们找不到鞋拔子,干脆用自己头上的发夹。

这场惊心动魄的梳妆终于结束,我把整个作业检查了一遍,然后说:"还得把他的头发再梳一梳。"女仆马上拿来女主人的粗齿梳子和刷子;但是她的手颤抖得厉害,她无意中薅掉了他的几根纠缠在一起的长头发。勒利埃弗尔夫人猛地把梳子夺过来,像抚爱他似的,又把他的头发温温柔柔地整理一遍。她为他重新做了发界线,梳理了胡子,然后还用手指慢慢地把他的唇髭卷成圈儿。在两人情意浓浓的日子里,这想必是她习惯做的绝活儿。

突然,她放下手里拿着的东西,抓住情人那已经没有生命的脑袋,久久地、绝望地凝视,因为这死人的面孔不再向她微笑;接着,她又扑到他身上,把他紧紧搂在怀里,疯狂地亲吻他。她的吻像雨点般落在他紧闭的嘴上,光亮已熄灭的眼睛上,两鬓上,额头上。接着,她又挨近他的耳朵,就像他还听得见似的,就像要咕哝一句情话让拥吻更加热烈似的,用沙哑的声音,接连十次地重复着:"永别了,亲爱的。"

这时座钟敲响了午夜十二点。

我吃了一惊:"哎呀,已经半夜了!俱乐部打烊的时间到了。喂,夫人,坚强些!"

她挺起身子。我下令道:"咱们一起把他抬到客厅去。"我们三人一齐动手,把他抬了过去;我先安置他坐在一把长靠背椅上,然后我点亮了枝形大烛台。

通往街上的大门开了,又重重地关上,是男主人回来了。我忙喊:"萝丝,快,快去把毛巾和水盆拿开,把房间整理好;快一些。天哪!勒利埃弗尔先生回来了。"

我听见上楼的脚步声越来越近,还听见手在黑暗中摸索着墙。于是我招呼:"这边,我亲爱的:我们遇到了一件意外的事。"

丈夫出现在客厅门口,嘴里衔着一支雪茄;他大为惊讶,问:"什么?怎么啦?发生了什么事?"

我向他走过去:"我的朋友,您看,我们遇到了一个大麻烦。我跟您的夫人还有我们的一位朋友聊天,聊到很晚,是他用他的车把我拉来的。可是他一下子失去知觉了,我们忙了两个钟头,也没有效果,他始终没醒过来。我不愿意打扰外人。那就请您帮我把他抬下去;到他家治更方便。"

丈夫摸不着头脑,但也没有起疑心。他摘下礼帽,两手紧抱住这个今后不再是他的威胁的情敌的身子;我像一匹驾辕的马一样架着他的两条腿,我们就这样走下他妻子给我们照亮的楼梯。

我们到了门外;我把尸体立起来;为了蒙骗车夫,我还一边跟尸体说话,给尸体鼓劲:"喂,我的伙计,这算不了什么;您不是已经好些了吗?勇敢些,听着,再拿出点勇气,坚持一下就到家了。"

我感到他要瘫下去,正从我的手里滑脱,便用肩膀使劲顶了一下,向前一送,把他推进车里;我随后也上了车。

丈夫放心不下,问我:"依您看情况严重吗?"我微笑着,回答:"不严重。"我看了一眼女主人。她一只胳膊已经挽住合法的丈夫,可是眼睛还直勾勾地望着马车黑乎乎的深处。

我跟他们握过手,就吩咐动身。一路上,死者的脑袋都歪倒在我的右耳边。

我们到了他家,我对他家里人说,他在路上失去了知觉。我帮着把他抬到楼上他的卧室,然后我签了死亡证明;我在他惊慌失措的家人面前又演了一出戏。最后,我重新在自己的床上睡下,自然免不了对情人们发几句怨言。

大夫住口了,脸上依然带着微笑。
少妇紧绷着脸,问:
"您干吗跟我讲这个可怕的故事?"
大夫潇洒地向她行了个礼:
"为了有机会的时候替您效劳。"

恐　惧*

献给 J.-K. 于依斯芒斯①

晚饭后，我们又登上甲板。在我们前方，静静的大月亮照耀下的整个地中海没有一丝涟漪。庞然大船在滑行，向星光点点的空中喷出一股粗粗的黑色烟蛇。在我们身后，沉重的船急速驶过，雪白的水在螺旋桨击打下泛起波纹，好像在摇晃，搅动着大片的光明，仿佛月光在沸腾。

我们六七个人在静静地欣赏着，驰目凝望我们正在前往的遥远的非洲。船长也在我们中间，他一边抽着雪茄，突然又说起晚饭时的话题：

---

*　本篇首次发表于一八八二年十月二十三日的《高卢人报》；一八八三年收入 E.鲁维尔和 G.布隆出版社出版的插图版莫泊桑小说集《山鹬的故事》；一九〇一年收入保尔·奥朗道尔夫出版社出版的插图版莫泊桑全集《山鹬的故事》卷。

①　J.-K.于依斯芒斯（1848—1907）：法国作家和艺术评论家。莫泊桑的朋友，曾和莫泊桑一样参加《梅塘夜话》的写作，为《高卢人报》撰稿。

"是的,我那一天真的很恐惧。我的船的腹部插在一块岩石上,足有六个钟头,饱受海浪的冲击。幸而,傍晚的时候,一艘英国运煤船发现了我们,收留了我们。"

一个身材魁梧的旅客,面色黝黑,神情严肃,一望可知是那种游历过许多陌生国度,遭遇过许多艰难险阻的人,至今在他宁静的眼睛深处,还保留着他见识过的某个奇特的风景;不难想象是一个十分勇敢的人。这时他第一次说话:

"船长,您说您曾经有过恐惧;我不这么认为。您用错了词,说错了您的感觉。面临迫在眉睫的危难,一个坚强的人永远不会恐惧。他会激动,慌乱,焦虑;但恐惧,那是另一回事。"

船长微微一笑,接着说:

"哎呀!我向您保证,我的确感到过恐惧。"

那位面孔黝黑的旅行家,于是慢条斯理地说起来:

请允许我解释一下吧!恐惧,不论是多么大无畏的人都会有恐惧的时候,这是一种可怕的东西,一种残酷的感觉,就像灵魂的瓦解,心智和思想的可怕痉挛,只要想起它就会让人不寒而栗。但是,如果一个人勇敢,那么无论面对一次攻击,还是面对不可避免的死亡,面对各种未知形式的厄难,都不会恐惧;只有遭遇某些非常的情况,面对隐约的危险,受到某些神秘的影响,才会恐惧。真正的恐惧,其实是对昔日离奇事物的恐怖的记忆。一个人相信有鬼魂,想象夜里看见过幽灵,才会感受到它的无以复加的可怕。

我呢,大约十年前,我在大白天感受过恐惧。去年冬天,十二月的一天夜里,我再一次体验到它。

不过,我经历过许多偶然的险情,很多看似致命的危难。我经常与人拼搏。我曾经被盗贼误以为死去而放过。我曾经在美洲被作为叛逆者判以绞刑,在中国沿岸被人从一艘船的甲板上抛进大海。每次当我以为已经完了,我立刻就决定视死如归,既不软弱,也不遗憾。

但是恐惧,可不一样。

我在非洲体验过它。然而它实际上是北国的女儿;太阳会把它像雾一样驱散。先生们,请务必注意这一点。在东方人心目中,生命不重要;他们会立刻听天由命;那里夜晚明亮但却空虚,没有萦绕寒冷国家的头脑的阴沉的不安。在东方,人们可能恐慌,但不知道恐惧。

好吧!现在就说一说我在这非洲土地上遇到的事情:

我那时正在穿越乌阿格拉①南边的巨大沙丘地带。那是世界上最奇特的地方之一。你们一定见过平坦的沙滩,一个没有尽头的笔直的大西洋沙滩。好吧!请你们设想一下大西洋本身在一场风暴中变成了沙海;请你们想象一下一场凝滞的黄沙的波浪构成的无声的风暴。这些如山峰一样高耸的波浪,规模不等,形状各异,涌起时完全像奔放的海涛,但比海涛更高,犹如海面荡起层层波纹。在这默默没有生机的汹涌的海洋上,南方夺命的太阳当头倾泻下它无情的光焰。你得攀

---

① 乌阿格拉:阿尔及利亚东北部的一个城市,地区首府。

登这些金色的山峰,下来,再攀登,不停地攀登,没有休息,没有阴凉;马喘着气,马腿深陷到膝盖,在险峻的沙丘的另一面,从坡上连滚带爬地滑下来。

我们两个好友结伴而行,随行的有八个非洲骑兵、四匹骆驼和牵骆驼的人。我们不再说话,酷暑、疲劳和炎热的沙漠一样的缺水,已经把我们折磨得痛苦难当。突然,我们的人中有一个大叫一声,我们都停下来;我们久久地伫立不动,被一种无法解释的现象所震惊,虽然对常在这些人迹罕至的地方旅行的人来说,这已经是屡见不鲜。

在我们附近,在一个难以确定的方向,某个地方传来鼓声,沙丘的神秘的鼓声;鼓声很清晰,时而响亮,时而减弱,停息一会儿,又开始它神奇的擂鸣。

几个阿拉伯人大惊失色,面面相觑;其中的一个用他们的语言说:"死亡临头了。"就在这时,我的朋友,几乎就像我的兄弟的我的朋友,突发日射病,头冲前,跌下马。

我用了两个钟头的时间,徒劳地试图挽救他。在这漫长的时间里,那不可捉摸的擂鼓一直向我的耳内灌注单调、断续、无法理解的响声。面对这亲爱的人的尸体,在这四面沙丘围成的烈日燃烧的深坑里,莫名其妙的回声仍在向距最近的法国村庄至少二百法里的我们投来急促的鼓声,这让我感到深入骨髓的恐惧,真正的恐惧,令人憎恶的恐惧。

那一天,我懂得了什么是恐惧。而另外的一次,我对恐惧的了解更加深切。

船长打断了讲故事的人的话：

"对不起，先生，可是那鼓声，究竟是怎么回事？"

那旅行家回答：

我也不知道。谁都不知道。那些军人经常意外地遇到这种奇怪的响声，他们大都认为这是被风暴刮起的沙粒碰到干草发出的响声的回音，被起伏的沙丘放大，成倍地放大，无限放大；因为人们发现，这种现象发生的地方，总是邻近被烈阳燃烧、硬得像羊皮似的小植物。

看来这鼓声只不过是一种声音的沙市幻象。如此而已。不过我后来才明白这一点。

现在我来讲第二件惊心动魄的事。

那是去年冬天，在法国东北部的一个森林里。天色很晦暗，夜晚提前两个钟头就来临。我由一个农民做向导，和他并肩走在一条小路上。枞树枝在上方交织成的拱顶在劲风中呼啸。透过树梢，只见乌云在溃散，仓皇的乌云，像在逃避一场恐怖的灾难。

时而一阵大风骤起，整个森林都向同一个方向侧倒，发出痛苦的呻吟；虽然我步子很快，穿着厚重的衣服，还是感到寒气袭人。

我们得去一个护林人家吃晚饭和过夜，他的房子不远了。我要去那里打猎。

我的向导时而抬起头，低声说一句："天气真糟。"后来，他又向我说起就要见到的这家人。两年前，父亲打死了一个偷猎者,自那以后,他就似乎被这件往事困扰着,心情沮丧。他的两个儿子都已经结婚,还跟他一起生活。

夜色深沉。不论是前方还是周围,什么都看不见。树的枝叶互相摩擦,让黑夜充满不停的嘈杂声。我终于看到一点灯光;我的伙伴很快就敲响一扇门。回答我们的是几声妇女的尖叫。继而一个男人的声音,一个紧张的声音,问:"谁?"我的向导报了自己的名字。我们进了屋。那真是一幅令人难忘的景象。

一个白发苍苍的老人,目光像发疯了一样灼亮,手持一支上了膛的步枪,站在厨房中间等着我们;两个身材高大的小伙子各拿一把斧头守着门。我看到在阴暗的角落还跪着两个女人,手捂着眼睛,面朝着墙。

我们说明了来意。老人把步枪放下,竖在墙边,并且吩咐准备我的房间。过了一会儿,见女人们没有动,他突然对我说:

"您瞧,先生,两年前的今天夜里,我杀了一个人。去年他回来喊过我。今天晚上我防着他再来。"

接着,他用让人好笑的语调又说:

"所以,我们不大平静。"

我尽我所能地让他放心,一面庆幸这个晚上来得正巧,能亲眼看到这出由迷信产生的好戏。我讲了几个故事,让大家都稍稍平静了一点。

壁炉旁边,一条几乎瞎了的老狗,那种跟谁像谁的狗,唇髭老长,正把鼻子埋在爪子里睡觉。

外面，肆虐的狂风击打着小屋，透过一块狭窄的玻璃，一种安在门边的窥视孔，我看见在巨大的闪电的亮光下，一片树被风吹得东倒西歪。

虽然我尽力劝说，我还是明显地感到一种深深的恐惧控制了这些人，每当我停止说话，他们的耳朵就倾听远方。我厌烦了这种愚蠢的惊骇，正要表示想去睡了，老护林人猛地从椅子上跳了起来，又拿起他的步枪，语带惊慌地说："他来了！他来了！我听见他在那儿！"两个女人重又在那个角落跪下，捂着脸；儿子们也又拿起斧头。我正要再一次安抚他们，那条睡觉的狗突然醒来，扬起头，伸长了脖子，用它几乎瞎了的眼睛看着炉火，发出一声凄厉的长啸，那种乡间夜晚会令行路人不寒而栗的长啸。所有的眼睛都转向这条狗，它此刻一动不动，像被一个幻象吸引住了似的，伫立着，接着又朝着某个看不见、说不清的东西叫起来；那东西想必很可怕，因为它浑身的毛都竖了起来。护林人脸色煞白，嚷道："它闻到他了！它闻到他了！我杀死他的时候它也在那里。"两个惊恐的女人跟狗一起号叫起来。

尽管我竭力保持镇定，仍不免脊背蹿过一阵剧烈的战栗。此时此地，在这些人惊恐万状的情境里，这个动物的幻觉看上去令人胆战心惊。

就这样，那条狗原地不动地嚎叫了一个小时之久；它就像在梦中受了惊吓一样地嚎叫；而恐惧，令人心惊胆战的恐惧，也渗透我的身心。恐惧什么？我怎么知道？就是恐惧，没什么可说的。

我们久久地待在那里,脸色煞白,等待着一件可怕的大事;我们竖着耳朵,心怦怦直跳,一点点声响都会让我们浑身战栗。那条狗开始绕着房间转圈,嗅着墙壁,不断地呻吟。这畜生简直把我们逼疯了!那个领我来的农民惶恐极了,向它扑过去,同时打开通向一个小院子的门,把它扔了出去。

它立刻就不出声了;而我们却依旧深陷在更让人害怕的寂静里。突然,我们所有人都吓了一跳:一个人贴着朝向森林的那面外墙溜过,走到门那儿,似乎在用一只没有把握的手摸索着门;然后有两分钟的时间,什么响声都听不见了,这两分钟却几乎让我们发疯。待一会儿,那人又来了,还是蹭着外墙;他就像一个小孩一样用手指轻轻地挠着门。接着,窥视孔里突然露出一个白色的脑袋,眼睛像猛兽一样闪亮,嘴里发出一种声音,一种难以分辨的声音,一种哀怨的低吟。

这时厨房里爆发出一个可怕的响声。是老护林人开了一枪。两个儿子立刻冲过去,把大桌子立起来堵住窥视孔,又用橱柜加固。

我向你们保证,听到我完全没有料到的这声枪响,我的心,我的灵魂,我的肉体,是那么不安,我感到一阵晕眩,几乎恐惧得死过去。

我们一直待到天明,不能动,也说不出一句话,难以形容的惶恐把我们惊呆了。

直到从一扇窗户的挡光板的缝隙里看到一线日光,人们才敢拆除门后的工事。

只见那条老狗被人一枪爆头,尸体躺在门边的墙脚。

它是在围墙脚刨了一个窟窿,跑出院子的。

面色黝黑的旅行家住口了;然后又补充道:

"那天夜里我虽然没有遇到任何危险,然而我宁肯重新开始遭遇过的所有凶险时刻,也不愿再有那从窥视孔向胡子老长的脑袋开枪的一瞬。"

狼*

下面是在德·拉威尔男爵家的一次圣于贝尔节①的晚宴结束的时候,年迈的德·阿尔维尔侯爵讲给我们听的。

那一天我们捕获了一只鹿,宾客中侯爵是唯一没有参加这场逐猎的人,因为他从来不打猎。

在盛宴的整个过程中,大家几乎只在谈论对动物的大肆屠杀,甚至连女士们也对这些血腥而且经常是神奇的故事兴趣浓厚。讲故事的人比画着人如何进攻野兽,和野兽搏杀,挥动着双臂,声如雷鸣。

德·阿尔维尔侯爵讲述中带着某种诗意,虽然有点夸张,但是极富效果,讲得很精彩。他想必经常重复这个故事,因为

---

* 本篇首次发表于一八八二年十一月十四日的《高卢人报》;一八八四年收入埃德蒙·莫尼埃出版社出版的莫泊桑小说集《月光》;一八八八年收入保尔·奥朗道尔夫出版社出版的同名莫泊桑小说集;一九〇三年收入同一出版社出版的插图版莫泊桑全集《月光》卷。

① 圣于贝尔节:圣于贝尔是猎人的主保圣人。圣于贝尔节是猎人节,在每年的十一月三日。

他讲得很流畅,不假思索就能巧妙地选出最恰当的词句,刻画出生动的形象。

    先生们,我从来不打猎,我的父亲不打猎,我的祖父不打猎,我的曾祖父也不打猎。我的曾祖父的父亲却是个比你们所有的人都热衷于打猎的人。他死于一七六四年,我跟你们说说他是怎么死的。

    他的名字叫让,已婚,有一个儿子,就是我的曾祖父。他和他的弟弟弗朗索瓦·德·阿尔维尔,住在我们家在洛林①的古堡里,那古堡坐落在一个森林中间。

    弗朗索瓦·德·阿尔维尔因为热衷打猎,一直是单身汉。

    他们俩一年到头都打猎,没有休息,没有停顿,不知疲倦。他们只喜欢这个,别的什么也不懂,只谈这个,只为这个活着。

    他们满怀这种激烈的、难以改变的热情。它燃烧他们,整个儿占有他们,不给其他的东西留下一点位置。

    在打猎的事情上,他们不容许别人以任何理由打扰他们。我的曾祖父出生的时候,他父亲正在追逐一只狐狸,让·德·阿尔维尔不但没有停止奔驰,而且咒骂:"他妈的,这臭小子本可以等到狐狸被围住以后再来!"

    他的弟弟弗朗索瓦表现得比他还要狂热。他一起床就去看狗,然后去看马,然后在古堡周围打鸟,直到出发去猎杀几

---

    ①   洛林:法国东北部的一个地区,包括现在的莫特-莫泽尔、莫泽尔、沃日等省,与比利时、卢森堡和德国接壤。

头大野兽。

本地人称呼他们侯爵老爷和二老爷,因为那时的贵族的做法跟眼下这些希望建立递降的爵位制度的投机户贵族不一样,正如将军的儿子不是生来就是上校,侯爵的儿子并非就是伯爵,子爵的儿子也并非就是男爵。不过当今某些人的庸俗的虚荣心,总能找到办法得到满足。

我还是回过来说我的先人。

看来,他们都身材非常高大,膀大腰圆,汗毛很重,性格暴烈,力大无穷。弟弟比哥哥还要魁伟,他嗓音那么洪亮,据一个他引以为自豪的传说,他大吼一声,森林里的每一片树叶都会颤抖。

看这两个巨人跨上他们的高头大马,那场面肯定是无比壮观。

话说一七六四年那年的隆冬,天气特别寒冷,狼也变得很凶残。

它们甚至攻击迟归在外的农民,夜晚在住房周围游荡;它们从日落到日出不停地嗥叫,把牲口棚里的牛羊吃得日见减少。

不久,一个传言不胫而走,说一只巨大的狼,浑身灰毛,几近白色,吃了两个小孩,咬掉一个妇女的胳臂,咬死本地所有的看门狗,还胆大包天地进入各家的围墙,在门底下嗅个不停。所有的居民都言之凿凿,声称感觉到它的呼吸吹得烛光直晃。这传言很快就风闻全省。天一黑就再也没有人敢出门。黑暗中仿佛总闪动着这畜生的身影……

德·阿尔维尔兄弟俩决定找到它,把它杀掉,他们约集本地所有的贵族,举行了几次大规模的捕猎。

但是一无所获。他们徒劳地跑遍森林,在灌木丛里搜寻,总是碰不见那只狼。他们猎杀了几只狼,但不是那一只。而每次围猎以后,接下来的那个夜间,那只野兽,就像成心报复似的,总是在远离人们寻找过它的地方,攻击一个行路人,或者吃掉一头牲畜。

终于,一天夜里,它甚至进入德·阿尔维尔家的猪圈,吃掉两头最好看的小猪。

兄弟俩怒不可遏,认为这次攻击是那头怪兽的一次对抗,一次悍然的侮辱,甚至是一次挑战。他们带上所有善于追逐凶兽的最强壮的猎犬,满腔怒火,前去狩猎。

从黎明直到紫红色的太阳落在光秃秃的大树后面,他们搜遍茂密的树丛,什么也没有找到。

最后他们又气又恼,骑马沿着一条荆棘夹道的小路回家。他们十分惊讶,自信猎术高超,却被这只狼挫败,突然感到一种神秘的恐惧。

哥哥说:

"这个畜生很不一般,仿佛它会像人一样思想。"

弟弟回答:

"也许我们应该带上一颗子弹,请咱们的主教表哥为它祝圣,或者去求哪个教士念几句必要的经。"

接着他们就沉默不语。

过了一会儿,让又说:

"瞧,太阳多红。今天夜里那只大狼又要干一件不幸的事了。"

他还没有说完话,胯下的马突然直立起来,弗朗索瓦的马也尥起蹶子。枯叶覆盖的一片宽阔的荆棘丛呈现在他们眼前,一只巨大的野兽,浑身灰毛,突然冒出来,横穿树林跑掉了。

两兄弟发出一声欢呼,躬身在壮实的马的脖颈上,用他们整个身体的前冲力,驱动它们向前奔驰,鼓舞它们,激励它们,用声音、手势和马刺让它们发狂,那么气势磅礴,看上去就好像力大无穷的骑士们用双腿夹着壮实的坐骑,提着它们飞腾。

他们就这样前进,纵马飞奔,劈开矮树丛,跨越沟壑,攀爬斜坡,跑下洼地,使出全身力气吹响号角,召唤他们的人和猎犬。

可是突然,在奋不顾身的疾驰中,我的先祖的额头撞在一根很粗的树枝上,头骨破裂;他摔下马,直挺挺地倒在地上,死了,而他的发了疯的马还一个劲地往前冲,消失在树木包围的黑暗里。

小德·阿尔维尔戛然停住,跳下马,把哥哥搂在怀里,只见裂口中流出鲜血和脑浆。

他在尸体旁坐下,把已经面目全非的血淋淋的脑袋放在膝头,一面端详着哥哥那张一丝不动的脸,一边等待。逐渐地,一种从未有过的奇特的恐惧,对阴影的恐惧,对孤独的恐惧,对人迹罕至的树林的恐惧,还有对那只怪异的狼的恐惧,渗透了他的身心。这只狼为了对他们进行报复,刚刚杀死了他的哥哥。

黑暗越来越深重,刺骨的严寒冻得树枝噼啪作响。弗朗索瓦颤颤巍巍地站起来;他感到自己几乎就要昏厥了,不能再在那儿久留。他什么也听不见,既听不见狗吠声,也听不见号角声,在模糊不清的视野里,万籁俱静;寒夜的单调的寂静中,有一种可怕而又奇怪的东西。

他用大手抓住让的硕大身体,先把他立起来,再把他横放在马鞍上,以便把他运回古堡;然后他就缓缓地走起来,心慌意乱,像喝醉了酒,被一个可怕和出其不意的影子追逐着似的。

突然,夜色逐渐笼罩的小径上闪过一个巨大身影。就是那个畜生。猎人毛骨悚然;一个冰凉的东西,像一滴水,顺着他的脊背一直流到腰间。他就像一个魔鬼附体的修道士,画了一个大十字,那可怕的野兽的突然归来令他惶恐。但是他的目光又落在面前那具已经毫无生机的身体上,恐惧顿时化为愤怒,他气愤得浑身发抖。

于是他用马刺猛刺了一下他的坐骑,向那只狼追去。

他追呀追,越过矮林、溪涧和乔林,穿过他已经认不出来的树林,眼睛紧盯着那个在已经降临大地的黑夜中逃遁的白色斑点。

他的马好像被一股从未有过的力量和热情激励着。它奔驰着,伸长了脖子,奋力向前。横在马鞍上的死者的身体的头和脚,不断碰撞着树干和岩石。荆棘扯掉了头发;巨大的树干击打着额头,溅满鲜血;马刺把树皮撕裂成碎片。

月亮出现在山峰上空的时候,野兽和骑士突然走出了森林,冲进一个小谷。这小谷里乱石密布,周围都是巉岩山岗,找不到出口;那只狼走投无路,掉转身来。

弗朗索瓦见状,高兴得大吼一声,回音像雷鸣般震荡。他手执短剑,跳下马。

那野兽浑身的毛都竖了起来,脊背滚圆,等着他;眼睛像两颗星星一样闪亮。不过,在交战以前,力壮身强的猎手把他的哥哥抱起来,让他坐在一块岩石上,用几块石头支撑着他那鲜血淋淋的脑袋,就像对一个聋子说话似的,在他耳边嚷道:"看,让,看我怎么收拾它!"

说完,他就向那恶魔猛扑过去。他感到自己是那么强大,可以推倒大山,可以碾碎石块。那野兽想吃他,想挖出他的五脏六腑;但是他掐住了它的脖子,甚至没有使用他的利刃,他掐住它,慢慢地加大力度,听着它喉咙里的气喘和心脏的跳动停止。他大笑着,发了疯似的享受着,一面用他可怕的手越掐越紧,一面呐喊着,喜悦得发狂:"看,让,看我怎么收拾它!"狼的身体变得松软,完全停止了抵抗。它死了。

于是弗朗索瓦抱起它,走过去,把它扔到哥哥面前,激动地连声说:"瞧,瞧,瞧,我的小让,它终于死啦。"

接着,他就把两具尸体都放到马鞍上,重新上路。

他回到古堡,又是笑又是哭,就像卡冈都亚①在庞大固

---

① 卡冈都亚:法国作家弗朗索瓦·拉伯雷(1454—1553)吸收民间故事和神话因素,结合现实创作的长篇小说《巨人传》的主人公。

埃①出世时一样;他叙述起那野兽的死,一面得意地大笑,一面高兴得跺脚;而说到他哥哥的死,他就痛苦呻吟,直薅自己的胡子。

后来,每当他重述这一天的情景,他总是眼里满含着泪水,说:"可怜的让如果能看到我怎样掐死那个畜生,该多好!我敢肯定,他死了也高兴!"

我的曾祖父的寡妻,把对狩猎的厌恶灌输给变成孤儿的儿子。这种感情世代相传,一直到我。

德·阿尔维尔侯爵住口了。一个人问:
"这个故事是个传说,对不对?"
讲故事的人回答:
"我向您保证,从头到尾都是真的。"
这时一位女士语调温和地小声说:
"这都无所谓,有这样的激情总是美好的。"

---

① 庞大固埃:《巨人传》的另一个主人公,卡冈都亚的儿子。小说中,巨人卡冈都亚在他的儿子庞大固埃出世时曾经这样说:"哭得像一头母牛,突然间又笑得像一头牛犊。"

圣米歇尔山的传说*

　　这矗立在大海中的仙境般的古堡,我首先是从康卡尔①方向看它的。我看到的它,若隐若现,像高耸在雾蒙蒙的天空的灰色的影子。

　　太阳西沉的时候,我又从阿弗朗什②方向看它。无垠的沙滩是红色的,天际是红色的,整个辽阔的海湾都是红色的;只有这高耸的修道院,停留在晚霞中,几乎是黑色的。它被海

---

*　本篇首次发表于一八八二年十二月十九日的《吉尔·布拉斯报》,作者署名"莫弗里涅斯";一八八四年收入埃德蒙·莫尼埃出版社出版的莫泊桑小说集《月光》;一九〇三年收入保尔·奥朗道尔夫出版社出版的插图版莫泊桑全集《月光》卷。圣米歇尔山是法国市镇,一个岩石小岛,位于诺曼底大区芒什省,大西洋拉芒什海峡的圣米歇尔海湾;环岛为沙地,落潮时部分露出水面与陆地连通。地名来自其主保圣人圣米歇尔。岛上有许多精美建筑,尤以山顶修道院著称。现为法国最著名的旅游胜地之一。

①　康卡尔:法国市镇,位于布列塔尼大区的伊尔-维兰省,位于圣米歇尔山以东约二十五公里。

②　阿弗朗什:法国市镇,在诺曼底大区芒什省,位于圣米歇尔山以西偏北约十三公里。

水推到那里,远离陆地,像一座神奇的小城堡,像梦幻中的宫殿那样令人惊叹,奇特、美丽得让人叹为观止。

第二天一早,我就踏着黄沙向它走去,眼睛向着这像高山一样雄伟、紫水晶一样精美、平纹细纱一样轻盈的巨大的瑰宝。我越走近它,越感到对它的崇敬之情有增无已,因为世界上也许再也没有什么比它更惊人、更完美的了。

我信步游逛,穿过或细或粗的石柱支撑着的大厅,穿过岩石里凿成的带采光窗的走廊,抬起惊奇的眼睛,仰望着那些像火箭一样直冲天空的小尖塔、令人难以置信的交相辉映的墙角塔、檐槽喷口和精致优美的装饰。面对这石头的烟花、花岗岩的刺绣、宏伟而又精巧的建筑杰作,我惊叹不已,仿佛发现了一个真正的神仙的居所。

我正看得出神,一个下诺曼底①的农民走到我面前,向我叙述起圣米歇尔和魔鬼的那番激烈交锋的故事。

一位天才的无神论者说过:"上帝按照自己的形象造人,但是人也按照自己的形象造上帝。"②

这句话是永恒的真理。如果每个大洲都把本地神祇的历史写出来,我们每个省都把各自的主保圣人的历史写出来,那一定非常有趣。黑人有残忍的吃人的偶像;一夫多妻的伊斯

---

① 下诺曼底:法国西北部的一个行政区,包括卡尔瓦多斯、芒什、奥恩三个省。
② 见法国启蒙运动思想家伏尔泰(1694—1778)的《蠢话录》。基督教《圣经·创世记》中说"上帝按照自己的形象造人"。伏尔泰的这句话与之针锋相对。

兰教徒让他们的乐园里住满女人；希腊人崇尚实干，各种爱好都被神化。

法国的每一个村庄都被置于一个主保圣人的保佑之下，而这个圣人依据居民的面貌而改变。

就这样，圣米歇尔守护着下诺曼底，圣米歇尔，这光荣和胜利的天使，佩剑骑士①，天上的英雄，无往不胜者，撒旦②的征服者。

不过，狡黠、奸诈、阴险、爱找碴的下诺曼底人，理解和讲述的伟大的圣米歇尔和魔鬼之间的斗争，是这样的：

为了躲避他的邻居魔鬼的恶意的举动，圣米歇尔亲手在大西洋上，建造了这座足可配得上大天使尊严的住宅；实际上，也只有一个这样的圣人，才能为自己创造出一个类似这样的住所。

但是他仍旧害怕魔鬼接近，他用比大海还要凶险的流沙把自己的领地围绕起来。

恶魔住在海岸上的一座简陋的茅屋里；但是他拥有含盐分的水沐浴着的草场，生长出整个地区最沉实的庄稼的美丽肥沃的农田，富饶的河谷和多产的坡地；而圣人只统治着沙地。以至于撒旦很富有，圣人却像乞丐一样贫穷。

圣人忍饥挨饿了几年，厌倦了这种情况，想跟魔鬼和解；但这事情却不那么容易，撒旦坚持拥有自己的成果。

---

① 佩剑骑士：一二〇二年成立的基督教佩剑骑士团的成员。
② 撒旦：基督教《圣经》中的魔王。

圣人思考了半年;一天早上,他前往陆地。魔鬼正在家门前吃浓汤,远远看见圣人,连忙迎上来,吻他的袖口,请他进屋,献上清凉饮料。

圣米歇尔喝了一大碗牛奶,然后说:

"我来向你建议一笔好买卖。"

魔鬼很天真,一点也没有怀疑,回答:

"好呀。"

"是这样的:你把你的土地都让给我。"

魔鬼不解,正要说话:

"不过……"

圣人又说:

"你先听着。你把你的土地全让给我。我负责打理、劳作、犁地、播种、施肥,总之一切我都管,收成我们对半分。怎么样?"

魔鬼天生就懒惰,接受了。

他只要求再加几条鲜美的羊鱼,这种羊鱼在那座孤山的周围可以捕到。圣米歇尔答应给他鱼。

于是他们互相击掌,各向旁边吐唾沫,表示成交。圣人又补充道:

"瞧,我可不希望你将来埋怨我。收成中的地面上的部分和留在地底下的部分,你要哪一部分,随你选。"

魔鬼大叫:

"我拿地面上的那一部分。"

圣人说:

"就这么定了。"

说完就走了。

可是,半年以后,在魔鬼的广阔领地里,只看见胡萝卜、芜菁、洋葱、婆罗门参,所有这些大根茎植物,长得又肥壮又甜美,而它们的叶子毫无价值,最多只能用来喂牲口。

魔鬼一无所获,想中断合同;他大骂圣米歇尔是"坏蛋"。

可是圣人已经爱好上种地;他又回来找魔鬼:

"我向你保证,我根本没想到会这样;事情到了这种地步,不是我的错。为了补偿你的损失,我建议你今年收获全部地底下的收成。"

"我看行。"魔鬼说。

来年春天,恶的精灵的土地上长满了粗壮茂密的麦子、小钟楼一样肥胖的燕麦、亚麻、繁盛的油菜、红红的苜蓿、豌豆、卷心菜、菜蓟,全都是在阳光下开花结实的植物。

魔鬼又一无所获,非常生气。

他收回了草场和耕地,对邻居提出的新建议,一概不理。

整整一年过去了。圣米歇尔从他高高在上的孤独的小城堡望着远处肥沃的土地,看见魔鬼正在指挥各种劳作,收麦子,打谷子。他恼火极了,对自己的无能十分气愤。既然再也没法欺骗撒旦,那就撕破脸皮进行报复。他去邀请魔鬼下星期一来吃晚饭。

"你对我们的交易不满意,"他说,"我知道;但是我不希望我们之间留下冤仇,我打算请你到我家吃晚饭。我要请你吃许多好东西。"

魔鬼又懒惰又嘴馋，立刻接受了。到了约定的日子，他穿上最漂亮的衣裳，上山了。

圣米歇尔请他在一张非常华丽的桌子旁坐下。先给他端上一个填满鸡冠和鸡腰子肉馅的酥油糕和几个小红肠肉丸子，接着是两条很大的奶油羊鱼，再接着是一只塞满酒渍栗子的白火鸡，后来是一只像蛋糕一样鲜嫩的滨海牧场羊腿，再后来是入口就化的蔬菜和一个散发着黄油香味的热乎乎的美味烘饼。

他们喝泛着泡沫的甜味纯苹果酒，还有上头的红葡萄酒；每道菜之间，还要喝点陈年苹果烧酒。

魔鬼敞开地吃呀喝呀，像个饭桶，最后吃得满肚子胀气，忍不住了。

圣米歇尔火冒三丈，凶神恶煞般地拍案而起，用雷鸣般的嗓音大吼：

"当着我的面！当着我的面，你这个坏蛋！你居然敢……当着我的面！……"

魔鬼惊慌失措，连忙逃跑；圣人抄起一根棍子，紧追不舍。

他们跑过一个个低矮的大厅，围着一根根石柱转，爬过一道道架空楼梯，沿着挑檐飞奔，从一个檐槽喷口跳到另一个檐槽喷口。可怜的魔鬼，痛苦万分，一边逃跑，一边玷污圣人的住所。他终于跑到最后的也是最高处的一个平台上，从那里可以看到辽阔的海湾、遥远的城市、沙滩和牧场。他无路可逃了；圣人朝他的背上猛踢了一脚，把他像射出的炮弹一样踢向空中。

魔鬼像标枪一样在天空飞遁,最后重重地跌落在莫尔坦①城前。他额头上的两只角和他四肢的爪子都深深扎进岩石里,岩石至今还保留着撒旦这次坠落的痕迹。

魔鬼站起来,但是他的腿已经瘸了,从此终身残疾。遥望那决定他命运的山,在夕阳中像一座巍峨的峰峦傲然挺立,他终于明白:在这场力量悬殊的斗争中,他永远是失败者;便拖着一拐一瘸的腿向遥远的地方走去,把他的农田、坡地、河谷和草场统统放弃给他的敌人。

圣米歇尔,诺曼底的主保圣人,就是这样战胜魔鬼的。

另一个民族所想象的这场战斗也许大不一样。

---

① 莫尔坦:法国市镇,在诺曼底大区芒什省,位于圣米歇尔山以西约五十一公里。

圣诞节的故事[*]

博纳方医生一边在脑海中搜索,一边反复地念叨:"一个圣诞节的记忆?……一个圣诞节的记忆?……"

他忽然大喊:

"啊,有了,我想起了一个,而且还非常离奇;这是一个非常奇特的故事。我看到过一个神迹!是的,太太们,一个神迹,在一个圣诞节之夜。"

听我这么说,你们一定会感到很惊讶;而我呢,其实我并不相信有什么神迹。不过我的确看到过一个神迹!我说我看到过,看到过,就是我亲眼看见,所以叫看到过。

看到那个神迹的时候,我是不是感到很意外呢?并不;因为我虽然对你们的信仰不敢苟同,但是我相信信念,我知道信

---

[*] 本篇首次发表于一八八二年十二月二十五日的《高卢人报》;一八八四年收入埃德蒙·莫尼埃出版社出版的莫泊桑小说集《月光》;一九〇三年收入保尔·奥朗道尔夫出版社出版的插图版莫泊桑全集《月光》卷。

念可以搬动大山。我可以举出很多这方面的例子；不过如果一一列举出来，我怕会引起你们的愤怒，也有可能削弱我的故事的效果。

我首先要向你们承认，我虽然没有被我看到的事情说服，更没有因此而皈依天主，但是我至少被深深地感动了。我这就把这件事原原本本跟你们讲一遍，就像我是个轻信的奥维涅①人一样。

我那时是乡村医生，住在诺曼底腹地的罗勒维尔镇。

那一年冬天冷得厉害。从十一月底开始，先是一个星期的严寒，然后就下起雪来。眼看着滚滚的乌云远远地从北方涌来，白色的雪花开始纷纷飘落。

一夜的时间，整个平原便被大雪掩埋。

一排排挂着白粉的树帘的后面，正方形的院子里，一座座孤立的农家住宅在厚而轻盈的泡沫覆盖下仿佛已沉沉入睡。

万籁俱静的乡间，不再有一点声响，只有一群群的乌鸦在天空描绘出一个个长长的花饰，然后一起冲向苍白的田野，用它们的大喙啄着积雪，徒劳地寻找活命的食物。

除了一直下个不停的大雪的隐隐的坍塌声，什么也听不到。

这场大雪持续了整整一个星期，然后，暴雪停止了，大地披上了一件五尺②厚的大氅。

----

① 奥维涅：法国中央高原中部的一个具有历史文化特点的地区，现为奥弗涅-罗纳-阿尔卑斯大区的一部分。
② 此处指法尺，每法尺等于三百二十五毫米。

随后的三个星期,白天,天空像蓝色水晶一样明亮,夜间,满天星斗,像撒满白色的晶体。无垠的空间一片肃杀,笼罩在完整、平实、闪亮的雪毯上。

平原、树篱、榆树围墙,全都像死去了,被寒冷杀死了。无论是人还是牲畜都不到外面去:只有穿上白衬衫的茅屋的烟囱喷出缕缕青烟,直上冰冷的空中,透露出隐藏的生机。

不时地可以听到树的咯吱响声,就好像它们的木头肢体在树皮下绽裂;有时,一个大树枝脱落了,掉下来,那是不可战胜的严寒僵化了它的液汁,折断了它的纤维。

散落在乡间的人家,现在更像是彼此相距千里。人们勉强地过日子;只有我,尽管时刻有被掩埋在雪坑里的危险,还是尝试着去看住得离我最近的几个病人。

我很快就发现一个恐怖的天象盘旋在这地区的上空。出现这样的险象,人们会想这绝非寻常。有人还声称夜里听见了一些响声,尖锐的尖叫声,阵阵掠过的呐喊声。

这些呐喊声和尖叫声,毫无疑问是来自黄昏时大批迁徙、向南方逃遁的鸟儿。不过您要让发了疯的人接受这理智的解释是不可能的。恐怖已经占据了人们的头脑,他们只等着大祸临头。

瓦迪奈尔大叔的铁匠铺坐落在埃皮旺小村的尽头,现在已经被大雪覆盖、行人绝迹的大路旁。可是,家里的面包吃完了,铁匠决定去村里走一趟。他在村里待了几个钟头,在村子中心的六家店铺里聊天,买面包,打听新闻,也感染了一点正在乡间传播的这种恐怖气氛。

他在天黑之前就开始往回走。

他正沿着树篱往前走,突然好像看见雪地里有一只蛋;是的,一只蛋放在那里,像周围的世界一样雪白。他弯下腰一看,果真是一只蛋。这蛋是从哪里来的呢?哪只鸡会走出鸡窝,到这儿来下蛋呢?铁匠十分纳闷,莫名其妙;他把蛋捡起来,带给妻子。

"瞧,老婆,我在大路上捡到一只蛋。"

妻子摇摇头:

"在大路上捡到一只蛋?这样的天气,你准是喝醉了吧?"

"真的,老婆,就在一排树篱底下,还是热乎的呢。在这儿,我怕它冻坏了,把它放在胸口。吃晚饭的时候你就把它吃了吧。"

鸡蛋溜到炖着浓汤的锅里,铁匠又讲起当地人都在传说的事情来。

妻子听着,脸色煞白。

"昨天夜里我真的听到了尖叫声,甚至好像就是从烟囱里传出来的。"

他们吃起饭来,吃完浓汤,丈夫往面包上抹黄油的时候,妻子拿起那只蛋,满腹狐疑地端详了一下。

"这蛋里面不会有什么古怪吧?"

"你这是什么意思?"

"我知道是什么意思?"

"好啦,快把它吃了吧,别犯傻了。"

她剥开那只蛋。它跟所有的蛋一模一样,而且很新鲜。

她虽然有些犹豫,还是开始吃起来,咂摸了一下味道,放下来,又拿起来。丈夫说:

"好啦!这只蛋味道不错吧?"

她没有回答,把蛋吃完了;不料她刚吃完,突然满眼惊恐,像疯狂了似的,目不转睛地盯着她的男人;接着,她举起双手,扭动着两条胳膊,浑身痉挛;然后,她又满地打起滚来,一面发出可怕的叫喊声。

她剧烈地抽搐着,可怕地颤抖着,挣扎了整整一夜,人都变了形。铁匠想摁住她,可是办不到,不得不把她绑起来。

她无休无止地吼叫,力竭声嘶。

"它在我身子里!它在我身子里!"

第二天,我被请了去。所有已知的镇静药我都给她用上了,也没有一点效果。她疯了。

于是,尽管积雪深厚、道路难行,这个消息,这个离奇的消息,还是以令人难以置信的速度从一个农庄传到另一个农庄:"铁匠的老婆被魔鬼缠身了!"人们从四面八方赶来,不敢进屋,便远远地听她的可怕的号叫,叫声那么响亮,简直无法相信是人发出的声音。

村里的本堂神父也得知了消息。这是一个年老、憨厚的教士。他穿着法衣赶来了,仿佛是来为一个临终的人行圣事。他举着双手念驱魔经,这时候四个男人控制住在床上口吐白沫、身体扭动的女人。

可是魔鬼并没有被赶走。

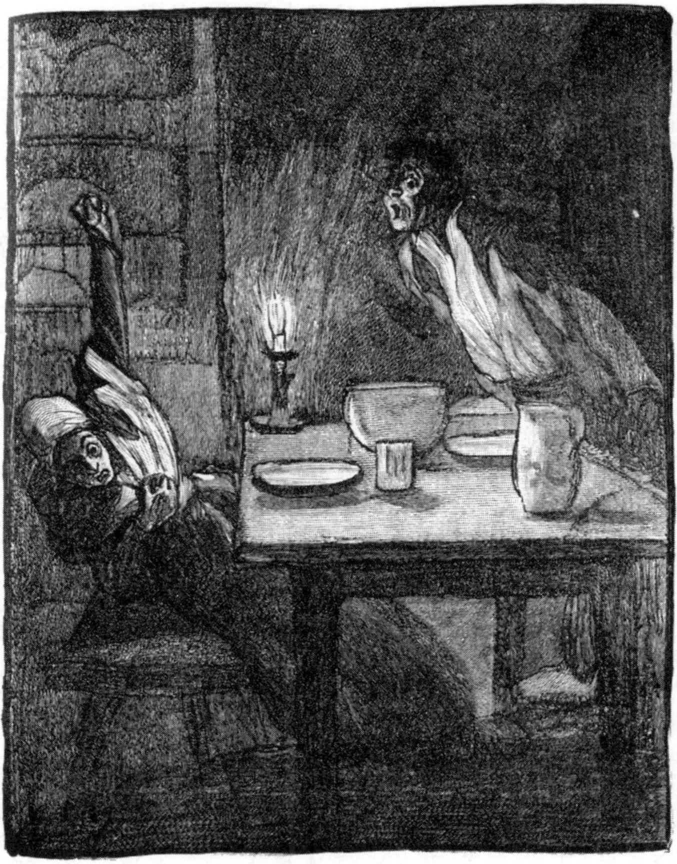

圣诞节来了,天气依然寒冷。

圣诞节前一天一大早,神父就来找我。他说:

"今天夜里,我想让这个不幸的女人去望弥撒。天主在他被一个女人生下来的那个时刻,也许会赐给她一个奇迹。"

我回答本堂神父:

"我完全赞成您的想法,神父先生。如果她的精神受到仪式的震撼(没有任何东西更能感动她了),也许用不着吃别的药她就能获救呢。"

老神父低声说:

"您不是教徒,大夫,但您会帮助我的,是不是?您负责把她带来,好吗?"

我答应帮助他。

黄昏来临,接着是黑夜;教堂的钟敲响了,幽怨的钟声穿过阴郁的天空,传遍广阔冰冷的白色雪原。

成群成群穿着黑色服装的人,听从铜钟的响亮召唤,慢步走来。满月用它强烈和洁白的光线照亮整个天际,让田野的忧伤更加清晰可见。

我找来了四个大汉,一起前往铁匠铺。

魔鬼缠身的女人被绑在床上,不住声地号叫着。尽管她拼命反抗,人们还是迅速地给她换上一身干净衣裳,把她抬走。

教堂里已经坐满了人,灯火通明,但是寒气逼人。圣歌队员发出单调的音符,蛇形风管嗡嗡地轰鸣;唱诗班孩子们的小铃铛响着,调节着信徒们的动作。

我把那个女人和看守们关在教士的厨房里,然后就静待我认为合适的时机。

我选择了领圣体之后的瞬间。男男女女的农民,全都领到了他们天主的圣体,获得了他的宽容。在神父结束他的圣体圣事的过程中,一片肃静。

听到我的命令,门打开了,我的四个助手把疯女人抬出来。

一看到灯光、跪着的人群、灯火辉煌的祭坛和镀金的圣体龛,她便拼命地挣扎起来,几乎逃脱我们的束缚;她发出的尖叫是那么响亮,教堂里所有的人都不禁打了个寒战;人们全都抬起头;一些人抱头逃窜。

她在我们手里痉挛,扭动,面孔歪斜,眼神狂乱,不再有女人的形状。

人们把她拖到祭坛的台阶前,然后使劲摁着她蹲在地上。

神父已经站起来,等着。见她被抓牢不能乱动了,他便两手捧着环绕着金色光芒、中间是白色圣体饼的圣体献供台,向前走了几步,伸长两臂,把献供台举在头顶,呈现到魔鬼缠身的女人的惶恐的目光前。

她依然号叫个不停,眼睛呆滞,直勾勾地看着这个光闪熠熠的目标。

神父纹丝不动,看上去就像一座雕像。

这情景持续了很久很久。

那个女人仿佛非常惊恐,被什么慑服了;她目不转睛地盯着献供台。她浑身剧烈地颤抖,不过颤抖的时间短暂了;她仍然在叫喊,但是叫喊的声音不那么凄厉了。

这情景又持续了好一会儿。

她的眼睛仿佛被固定在圣体上,再也垂不下来;她不再叫喊,而只是呻吟;她的僵直的身体也变得柔和、松软了。

教堂里的群众全都跪下来,额头着地。

魔鬼缠身的女人忽然把眼皮迅速地垂下,又马上抬起,仿佛承受不了瞻望天主的光芒。她沉默无声了。突然,我发现她的眼睛紧闭不动,她就像梦游者——对不起!——是像被催眠了似的在沉睡。由于久久地注视金光闪闪的献供台,她被征服,被无往不胜的基督击倒了。

神父重新登上祭坛的时候,人们把这个失去知觉的女人抬走了。

在场的人们神魂颠倒,高唱起感恩赞美圣歌。

铁匠的妻子一连睡了四十个小时,然后醒来,可是她既想不起曾经被魔鬼附体,也记不得获得解救这回事。太太们,这就是我看到的神迹。

博纳方医生住口了。过了一会儿,他又有些恼火地说:"我无法拒绝为这件事情做书面证明。"

珂珂特小姐[*]

我们正要从疯人院里走出来，忽然看见院子的一个角落里有个瘦瘦的高个子男人，在执拗地做着召唤一条想象中的狗的动作。他用亲切、温柔的声音喊着："珂珂特，我的小珂珂特，到这儿来，珂珂特，到这儿来，我的美人儿。"一边还像人们吸引动物注意时常做的那样拍着大腿。我不禁问医生："那个人怎么啦？"他回答："啊！那个人没有什么太有趣的。他是个车夫，叫弗朗索瓦，他把自己的狗淹死了，因此发了疯。"

我一再请求："您就给我说说他的故事吧。有时候最简单、最平常的事反而最能打动我的心呢。"

下面就是那个人的遭遇，全都是从他的同伴，一个马夫那

---

[*] 本篇首次发表于一八八三年三月二十日的《吉尔·布拉斯报》，作者署名"莫弗里涅斯"；一八八四年收入埃德蒙·莫尼埃出版社出版的莫泊桑小说集《月光》；一九〇三年收入保尔·奥朗道尔夫出版社出版的插图版莫泊桑全集《月光》卷。

里听来的。

在巴黎郊区生活着一户殷实的中产阶级人家。他们住在塞纳河边,一个大花园中间的一座别墅里。那家的车夫就是这个弗朗索瓦,一个乡下小伙子,有点笨手笨脚,心地善良,为人憨厚,容易上当受骗。

一天晚上,在回主人家的路上,一条狗尾随着他走起来。他起初没有注意;但是那畜生紧跟不舍,他于是回过头去,看看是不是认识这条狗。不,他从来没见过。

这是一条瘦得可怕的狗,垂着长长的乳房。它在他后面慢慢跑,夹着尾巴,耷拉着耳朵,一副饿狗的可怜相。他停下,它也停下;他走,它也走。

他想把这条瘦得皮包骨的畜生赶开,大吼一声:"滚,快给我滚开!去!去!"它拖后几步,蹲下来,等着。车夫一迈步,它又跟在后面走起来。

他假装捡石头。那畜生剧烈地晃荡着松弛的乳房,逃得稍远一点;但是他刚一转身,它又追上来。

车夫弗朗索瓦心软了,于是招呼它过来。那母狗扭扭捏捏地走过来,脊背弯成弓形,一根根肋骨把皮都拱起来了。他抚摸着这些突起的骨头,见它那么可怜,大动恻隐之心。"那么,来吧!"他说。那狗感觉到自己已经被收留,立刻摇起尾巴,不再是跟在新主人身边,而是到前面跑起来。

他把它安置在马房的草垛上,便跑到厨房去取面包;它吃了个大饱,就蜷成一团,睡着了。

第二天车夫告诉了主人家,他们允许他留下它。这是一条很好的狗,跟人亲热而又忠实,聪明而又温柔。

但是过了不久,人们就发现它有一个可怕的缺点。它一年到头都燃烧着爱情的火焰。在不长的时间里它就认识了当地所有的公狗,它们没日没夜地围着它转来转去。它抱着妓女那来者不拒的态度,对它们给以同样的款待,似乎跟每一条公狗都相处得和美至极。它后面总带领着一支由各种类型的狗组成的队伍,有的像拳头那么小,有的有驴那么大。它统率着它们在大路上没完没了地游荡;它在草地上停下来休息,它们就环绕它围成一圈,伸着舌头,望着它。

当地人都视之为怪物;还从来没有人见过这样的狗。连兽医也弄不懂是怎么回事。

晚上它回到马房,那群公狗就向别墅发起围攻。它们从花园四周的绿篱钻进来,毁坏花圃,糟践花木,把花坛刨出一个个坑,弄得园丁十分恼火。它们整夜在女友住的马房周围叫个不停,怎么也没法让它们走开。

白天它们甚至蹿进房子里来。那简直成了一场入侵,一场祸害,一场灾难。在楼梯上,甚至在卧室里,主人们随时都可能遇见尾巴上像插着羽翎似的黄毛小狗、猎狗、獒犬、无家可归的脏兮兮的野狗、把孩子们吓得抱头鼠窜的巨大的纽芬兰狗。

当地还来了一些十法里方圆内没人见过的狗,谁也不知道它们从哪里来的,谁也不知道它们怎么活命,后来又怎么没了踪影。

弗朗索瓦却非常喜爱珂珂特。他给它起名叫珂珂特,并没有什么恶意,虽然这名字它当之无愧。① 他经常说:"这个畜生,简直跟人一样,除了不会说话。"

他给它定做了一条漂亮的红色皮颈圈,吊着一块小铜牌,上面刻着这样几个字:"珂珂特小姐,车夫弗朗索瓦所有。"

它变得臃肿不堪。它原先瘦得可怜,现在胖得出奇,圆鼓鼓的肚子下面依然垂着晃晃荡荡的大乳房。突然发胖以后,它行走很艰难,两条腿像过于肥胖的人一样趔开,嘴张着,呼哧呼哧直喘,刚跑两步就累得筋疲力尽。

此外它还表现得出奇地多产,几乎刚下崽,肚子又大了,一年要下四窝,而且种类五花八门。弗朗索瓦挑出一只给它"消奶",其他的都用他那马房干活穿的围裙一包,毫不怜惜地扔到河里。

但是,过了不久,厨娘也跟花匠一起抱怨了。她甚至在炉台底下、碗橱里、搁煤的旮旯里都发现过狗;它们遇见什么偷什么。

主人忍无可忍了,吩咐弗朗索瓦把珂珂特扔掉。弗朗索瓦很伤脑筋,想找个地方把它送掉。可是谁也不肯要。他决心把它一丢了事,于是交给一个赶大车的,让他带到巴黎另一边的儒安维尔-勒彭②一带的野地里扔掉。

----

① "珂珂特",法语为 Cocotte,意为"母鸡",也有"轻佻的女人""妓女"的意思。
② 儒安维尔-勒彭:法国马恩河谷省的一个市镇。

可是当天晚上,珂珂特就回来了。

必须拿个大主意了。车夫花了五法郎,把它交给开往勒阿弗尔①的一列火车的列车长,请他带到那里把它放掉。

三天以后,它又回到了马房,疲惫,消瘦,皮开肉绽,再也支持不住了。

主人动了恻隐之心,不再坚持。

可是那些公狗很快又回来了,而且更多、更凶。一天晚上举行盛宴,一只炔菰烧肥母鸡居然在厨娘眼皮底下被狗叼走;那是一条看门大狗,厨娘哪敢跟它争夺。

这一次主人实在恼火极了。他把弗朗索瓦叫来,怒气冲冲地说:"明天天亮以前你要是不把这畜生扔到河里去,我就把你赶出大门。听见没有?"

车夫吓坏了;他上楼到自己的房间里去收拾行李,因为他宁愿丢掉这份差事。后来他转念一想:只要他带着这个讨人厌的畜生,哪儿也去不成。他想到现在雇他的是个很好的人家,挣得多,吃得好。他对自己说:为了一条狗放弃这一切真不值得。切身的利益打动了他,最后他痛下决心:天一亮就摆脱掉珂珂特。

尽管如此,他一夜都没有睡好。他天一亮就起来,拿了一根结实的绳子,去找那条母狗。它慢吞吞地站起来,抖了抖身子,伸了伸腰,过来欢迎主人。

他一下子失去了勇气,开始亲热地拥抱它,抚弄它的长耳

---

① 勒阿弗尔:法国西北部城市,地处塞纳河出海口,濒临拉芒什海峡。

朵,吻它的鼻子,用他所知道的各种各样亲昵的称呼动情地叫它。

这时附近的时钟敲响了六点。再也不能犹豫下去了。他打开门,说:"来。"那畜生摇摇尾巴,明白要带它出去。

他们来到陡峭的河岸,他选了一个看起来水比较深的地方。他把绳子的一头系在那条漂亮的皮颈圈上,又捡了一块大石头拴在绳子另一头。然后他抱起珂珂特,像吻一个即将离别的亲人一样,狂热地吻它。他紧紧搂住它,摇晃它,一边叫着:"我美丽的珂珂特!我的小珂珂特!"而它任他摆布,还高兴地哼唧着。

他一次又一次想扔它,却总下不了狠心。

不过他还是猛然下定决心,使出全身力气把它尽可能远地扔了出去。它像平常给它洗澡时那样企图划水,但是它的脑袋被石头坠着,一下一下地往下沉;它向主人频频投出惊慌的目光,很通人性的目光,同时像溺水的人一样挣扎着。接着前半个身子完全沉了下去,只有后腿还在水面上拼命地踢蹬;最后连后腿也不见了。

河水像烧开了似的冒着气泡,足有五分钟的工夫。弗朗索瓦惊愕,惶恐,心怦怦跳,仿佛看见珂珂特在淤泥里抽搐。乡下人头脑简单,他对自己说:"这畜生此刻对我是什么想法呢?"

他差点儿痴呆了;他病了一个月;他每天夜里都梦见他那条狗,感到它在舔他的手;他听见它在叫。他不得不请来医生。最后他见好了;六月底,主人们把他带到鲁昂①附近的比埃萨尔,他们在那里有一处产业。

到了那儿,他仍旧是在塞纳河边。他又开始下河洗澡。他每天早上跟马夫下去,而且经常游水过河。

一天,他们正在水里嬉闹,弗朗索瓦突然向他的伙伴嚷道:

"瞧漂过来的那个东西。我来请你尝一块炸排骨吧。"

顺水漂过来的是一具毛已掉光、膨胀得老大的动物尸体,四脚朝天。

弗朗索瓦划了几下,游过去;他继续开着玩笑:

"见鬼!已经不新鲜了。好家伙,倒挺大!而且也不瘦。"

他隔着一段距离,绕着那硕大的腐尸转着圈。

后来,他突然不吭声了,特别注意地打量了一会儿;接着他游到跟前,好像想碰碰它。他目不转睛地端详着它的颈圈;接着又伸出手,抓住脖子,把尸体转个方向,拖到面前,只见褪了色的皮颈圈上还吊着一个泛了绿的铜牌子,上面刻着:"珂珂特小姐,车夫弗朗索瓦所有。"

这条母狗虽然死了,仍在离家六十法里以外又找到它的主人。

他凄厉地大喊一声,拼命向河边游去,一边游,一边连声号叫。一上岸,他就全身赤裸地在田野里没命地奔跑。他疯了!

---

① 鲁昂:法国西北部重镇,诺曼底大区首府。

现　身[*]

人们正在谈论最近的一桩诉讼案中发生的非法监禁的事[①]。那是在格勒奈尔街的一所古老的宅邸,一次好友们的晚间聚会快要结束的时候。每个人都有故事要讲,而且都声称实有其事。

这时,八十二岁的老侯爵德·拉图尔-萨米埃尔站起来,走过去把身子靠着壁炉,声音微微颤抖地说:

我也知道一件离奇的事,这事情实在太离奇,始终萦绕在我的脑海。这件奇事过去已经五十六年了,但是没有一个月不在我的梦里再现。那一天给我留下了一个印记,一个可怕的烙印。你们明白我的意思吗?是的,我亲身经历了一件非

----

[*] 本篇首次发表于一八八三年四月四日的《高卢人报》;一八八四年收入埃德蒙·莫尼埃出版社出版的莫泊桑小说集《月光》;一九〇三年收入保尔·奥朗道尔夫出版社出版的插图版莫泊桑全集《月光》卷。

[①] 指莫纳斯特里奥案件。一八八三年初,年轻姑娘费德莉娅·德·莫纳斯特里奥遭其兄劫持,送进疯人院。费德莉娅寄居的人家为此上告。案子于三月初由法庭审理。

常可怕的事,这件事历时只有十分钟,但它是那么惊心动魄,从那时起,一种驱之不散的恐怖感就长留在我的心灵里。意外的响声会让我胆战心惊;夜晚黑暗中看不清的东西会吓得我发了疯似的想抱头逃窜。总之,我害怕黑夜。

啊!若不是活到我这个年纪,我不会承认这一点。现在我可以全都说出来了。面对虚幻的危险,一个八十二岁的人表现不够勇敢,还是情有可原的。女士们,面对真实的危险,我可从来没有退缩过。

这个故事对我精神上的震撼是那么强烈,在我内心产生的影响是那么深刻、那么诡秘、那么可怕,我甚至从来没有对人讲过。我把它保存在内心深处,那埋藏着痛苦的秘密、可耻的隐私、一切我们生活中不可告人的弱点的内心深处。

我这就把这件奇事原原本本讲给你们听,而且不会加以解释。它肯定是可以解释的,除非我当时是疯了。不,我会向你们证明,我没有疯。然后你们愿怎么想就怎么想吧。这里所说的是单纯的事实。

那是在一八二七年七月。我当时驻扎在鲁昂。

一天,我正在沿河马路上散步,遇见一个人,似曾相识,但又记不起是谁了。我本能地迟疑了一下,停下来。那人看到我这个动作,看了我一眼,便跑过来拥抱我。

原来是我年轻时很喜欢的一个朋友。我有五年没见到他,他似乎老了半个世纪。他头发完全白了,走起路来有些驼背,就像已经精疲力竭。他理解我的惊讶,就讲起他的遭遇来。一件可怕的不幸把他毁了。

他疯狂地爱上了一个姑娘,幸福得陶醉,便娶了她。谁知过了一年超乎常人的幸福生活和难以平静的激情相爱,她突然心脏病发作去世了,也许是乐极生悲。

下葬的当天,他就离开自己的古堡,来到他在鲁昂的宅邸居住。他在这儿离群索居,万念俱灰,度日如年;他是那么痛苦,只想着自杀。

"既然我碰巧遇到了你,"他说,"我就拜托你给我帮一个大忙,就是去我的古堡,从我的卧室的写字台里取几份我急需的文件。我不能把这件事托给一个下面的人或者代理人,因为我需要这个人能保守秘密、守口如瓶。至于我,我是绝不再回那座房子里去了。

"我会把那个房间的钥匙交给你,是我在离开的时候亲手把那个房间锁上的;还有我的写字台的钥匙。另外,你把我写的一个字条交给我的园丁,他就会给你打开古堡。

"不过你明天来跟我吃午饭,我们再好好谈谈这件事。"

我答应帮他这个小忙。再说,他的那个产业离鲁昂五法里,对我来说那不过是溜达一趟。我骑马去一个钟头就到了。

第二天上午十点钟,我已经到了他的住处。我们一起吃了午饭;不过他没有说上二十句话。他请我原谅他;他说,想到我就要去看那个长眠着他的幸福的房间,他心绪难平。在我看来他的确特别激动,心事重重,就像心灵里进行着一场神秘的战斗。

最后,他向我具体地解释了我该怎么做。那很简单,我只需用交给我的钥匙打开写字台右边的第一个抽屉,取回两扎

信和一札文件。他补充道:

"我不必提醒你别看这些东西。"

我几乎被他这句话刺伤了,有点生气地对他说出我的感受。他结结巴巴地说:

"请你原谅我,我实在太痛苦了。"

他说着就哭了起来。

大约一点钟,我离开他去执行我的使命。

天气晴好,我策马疾驰,穿过一片片草场,听着云雀的歌唱和我的马刀磕碰马靴的有节奏的声响。

接着,我进入森林,让我的马恢复了慢步。树枝轻拂着我的脸;我时而用牙齿咬下一片树叶,津津有味地咀嚼着,满怀着生活的喜悦。这种生活的喜悦,不知为什么,总让您充满强烈而又难以抓住的幸福,洋溢着活力的陶醉。

快到古堡了,我在衣袋里寻找我应该交给园丁的信,这才惊讶地发现它是盖了封印的。我是那么气恼和愤怒,几乎不想再去完成受托之事就掉头返回。但我继而又想,这样做岂不显得我人格太低。再说,他心烦意乱,也许是一不留神就把这封信封死的呢。

小古堡仿佛被遗弃了二十年。敞开的栅栏门已经腐朽,不知怎么还能立得住。小路上杂草蔓生,已经分不清花坛和草坪。

听到我用脚踢一扇护窗板的声音,一个老人从侧门里走出来,一见我显得十分诧异。我跳下马,把那封信交给他。他读了一遍又读一遍,还翻过来看看,又偷偷打量了我一眼,然

后把信放进衣兜,说:

"好吧!您要做什么?"

我生硬地回答他:

"您应该知道的,既然您从信里已经接到您主人的命令;我要进古堡。"

他好像被惊呆了,说:

"那么……您是要进他的卧室?"

我开始不耐烦了:

"见鬼!您难道还想盘问我?"

他结结巴巴地说:

"不……先生……只不过……那房间,自从……自从……自从……死了以后,就没有打开过。您等我五分钟,我先去……去看看是不是……"

我恼火地打断他的话:

"啊!原来如此,您还想跟我要花招,是吗?不过您是进不去的,钥匙在我手里。"

他没话可说了。

"那么,先生,我给您带路。"

"您把楼梯指给我就行了,我一个人上去。"

"可是……先生……尽管这样……"

这一次,我完全被激怒了:

"现在闭上您的嘴,好不好?不然我可就不客气了。"

我猛地推开他,走进去。

我先穿过厨房,然后是园丁和他妻子住的两个小房间。

接着经过一个挺大的前厅,走上楼梯,认出了我朋友跟我说过的那个门。

我毫不费劲就打开了门,走了进去。

屋子里很暗,一开始我什么也看不清。我停住不动。这房间关得严严的,很久没人住,那股死人的发霉、令人作呕的味道让人窒息。接着,我的眼睛渐渐习惯了黑暗,可以比较清楚地看见这是一个乱糟糟的大房间,有一张床,床上没有被单,但是保留着床垫和枕头,其中一个枕头上还有胳膊肘或者脑袋留下的深深的凹印,仿佛刚刚有人枕过似的。

几把椅子散乱地放着。我发现一个门,大概是一个衣橱的门,半开半掩着。

我先走到窗边,想透进一点阳光,我打开了窗户;但是护窗板的铁闩锈得很厉害,我没法打开。

我甚至试图用马刀把它们砍开,也没有砍动。做了这番努力而徒劳无功,我颇有些恼怒;这时眼睛也终于完全适应了黑暗,我便放弃了看得更清楚一点的希望,走到写字台旁。

我在一把扶手椅上坐下,放下搁板,打开告诉我的那个抽屉。里头装满了东西。我只需拿三札就行,我知道怎么辨认,就找起来。

我正睁大了眼睛辨认信封上的姓名和地址,仿佛听到身后有窸窸窣窣的声音。我根本没有在意,心想一定是一股穿堂风掀动了那块布帘。但是过了一分钟,又有一个几乎察觉不出的响动,我皮肤上掠过一阵奇怪的很不舒服的轻微战栗。心慌,哪怕是微乎其微的慌乱都太愚蠢,对自己来说都是丢人的事,所以我不屑于回头望一眼。可是,就在我刚刚发现了要找的第二札文件,正要找到第三札的时候,对着我的肩膀发出的一声响亮、痛苦的叹息,把我吓得一下子跳了两米远。我一边跳跃一边转身,手握住马刀的把柄。可以肯定,如果不是已经感觉到有什么东西在我身旁,我早像懦夫一样逃窜了。

一个身材高挑的白衣女子,站在我一秒钟以前还坐着的那把扶手椅后面,看着我。

我颤抖得那么厉害,几乎仰面栽倒!啊!除非亲身感受过,谁也不能体会这种可怕而又荒唐的恐怖。魂飞魄散,似乎心脏也停止跳动;整个身体变得像海绵一样瘫软;五脏六腑都好像崩溃了。

我不相信有鬼魂;可是!此时此刻我却被对死人的卑怯的恐惧压垮,噢!在对超自然的恐怖的无法抗拒的惶恐中,我瞬间经受的痛苦超过我这一生的全部其他时间。

如果她不说话,也许我就死定了!但是她说话了,用动人的温柔而又哀伤的声音说话了。我不敢说我变得泰然自若,不敢说我恢复了理智。不,我已经混乱到不知道自己在做什么;但是我内心深处的隐秘的傲气,作为军人的骄傲,不由自主地让我保持着体面的态度。为了自己,大概也为了她,为了她,我也要强作镇定,不管她是什么,人还是鬼魂。我是后来才意识到这一点的,我向你们保证,在那个女人出现的时候,我什么也没想。我只是恐惧。

她说:

"啊!先生,您可以帮我一个大忙!"

我想回答,但是我说不出话来。我喉咙里只发出一个含含糊糊的响声。

她又说:

"您愿意吗?您可以救我,治好我。我很难受。我很难受,啊!我很难受!"

她缓缓地坐在我坐过的扶手椅上。

她看着我:

"您愿意吗?"

我嗓子依然像瘫痪了一样,只能点头称"是"。

于是她递给我一把玳瑁梳子,小声说:

"替我梳梳头,啊!替我梳梳头;这样能治好我:我需要有人替我梳梳头。看看我的头……我太难受了;我的头发,太让我难受了!"

她的头发乱蓬蓬的,很长,很黑,一直垂到扶手椅的背上,碰到地面。

为什么我这么做呢?为什么我战战兢兢地接过这把梳子呢?为什么我把她的拿在手里冰凉、摸着像一条条蛇似的长发握在手里呢?我也不知道。

那种感觉留在我的手指间,现在想起来我还不寒而栗。

我替她梳起头来。我说不清曾经怎样摆弄那冰一样的头发。我把它们打散、通透;我就像编织马鬃一样给她编辫子。她频频叹息着,点着头,似乎很高兴。

突然,她说了声"谢谢",把梳子从我手里夺过去,就从我刚才注意到的那扇半开着的门逃走。

我一个人留在那里,就像从一场噩梦中醒来,惊魂未定,好几秒钟也缓不过神来。接着我终于恢复了冷静,向窗口跑去,使劲猛推,竟把护窗板撞开了。

滔滔的阳光涌进来。我冲向那女子刚才逃走的那扇门,发现它关得严严实实的,怎么也打不开。

这时我突然生出一股逃跑的渴望,一阵惊慌,一阵只有战场上才有的真正的惊慌。我一把抓起放在打开的写字台上的三札信和文件;我跑着穿过套房,一步四级地从楼梯上跳下来,到了外面,也不知到了哪儿,只见我的马在离我十步远的地方,我一跃跨到马上,飞奔而去。

我一鼓作气到了鲁昂我的住处前面,把缰绳递给我的勤务兵,就躲进我的房间,闭门思索。

在长达一个小时的时间里,我沉痛地自问是不是当了幻觉的玩具。但毫无疑问的是,我确实有过这种不可理解的神经的震撼,这种产生出奇迹的头脑的疯狂,超自然确实曾经大显神灵。

我正要相信自己发生过一次幻视、一次感官的错乱,这时我走到了窗口,眼睛偶然落在我的胸脯上,只见我的军上衣的纽扣上缠满那个女人的长发!

我一根接一根地捏住头发,用颤抖的手把它们扔到窗外。

接着,我把勤务兵叫来。我感到自己情绪太激动、思想太混乱,不能当天就去见我的朋友。另外,我也需要好好想一想该对他怎么说。

我让勤务兵先把那些信带给他。他给了这位士兵一个收条。他打听了很久我的情况。勤务兵告诉他,我的身体有点不舒服,我让太阳晒坏了,还说了些什么我就不知道了。他好像很不放心。

第二天一大早,我就去了他家。我决心对他实话实说。可是他前一天晚上出门了,还没回来。

我当天又到他家去了一趟,他仍然没有回来。我等了一个星期。他再也没有出现。于是我通知了司法当局,人们到处找,都没有找到他,也没有找到他隐居的地方。他失踪了。

对那座被遗弃的古堡进行了细致的搜查,没有发现任何可疑之处。

没有丝毫迹象表明那古堡里隐藏过一个女人。

调查一无所获,搜寻也就中止。

五十六年来,我没有获得任何信息。因此我也不知道任何更多的情况。

怪胎之母*

几天前,在一个富人们爱去的海滩上,我看见一位巴黎名媛从身旁经过,她年轻,俏丽,楚楚动人,并且颇受公众的喜爱和尊敬。这不禁让我想起这个可怕的故事和这个可怕的女人。

我要讲的这个故事,年代已经很久了,不过这样的事,人们是不会忘记的。

当年,我应一个朋友的邀请,去他在外省小城的家里小住。为了尽地主之谊,他陪着我走遍了各个角落,让我看了许多值得称道的风景、古堡、工厂和废墟;他还带我参观了许多历史遗迹、教堂、精雕细刻的古老的大门、伟岸参天或者奇形怪状的珍贵树木,譬如圣安德烈橡树和罗克波瓦兹紫杉。

----

* 本篇首次发表于一八八三年六月十二日的《吉尔·布拉斯报》,作者署名"莫弗里涅斯";一八八五年收入夏尔·马尔朋和埃尔奈斯特·弗拉玛里庸出版社出版的莫泊桑小说集《图瓦》;一九〇三年收入保尔·奥朗道尔夫出版社出版的插图版莫泊桑全集《图瓦》卷。

当我赞叹不已地观赏完了当地所有的名胜古迹以后,我的朋友满脸歉疚地说,再也没有什么可看的了。我喘了一口气。我终于可以找个树荫休息片刻了。可是他突然又嚷道:

"啊,对了!还有怪胎之母呢,必须领你去见识见识。"

我问:

"是谁呀,怪胎之母?"

他回答:

"是一个丧尽天良的女人,一个真正的恶魔;她每年都故意生几个畸形、丑陋、令人望而生畏的孩子,干脆说就是些怪胎,拿去卖给耍把戏变丑八怪的人。

"那些可恶的生意人经常来打听,看她又生产出新的怪胎没有;要是小东西他们看了中意,他们就付给她一笔定期租金,把他带走。

"她有十一个这样的孩子。她可发了财啦。

"你可能以为我在说笑话,胡编乱造,危言耸听。不,我的朋友。我跟你说的都是实情,没有半点虚假。

"咱们先去看看这个女人吧。然后我再告诉你,她是怎样变成怪胎制造厂的。"

他把我带到了郊区。

她住在大路边一座精致的小房子里。那房子赏心悦目,而且维护得很好。花园里芳草缤纷,花香扑鼻。一般人还会以为这是一个功成身退的公证人的居所呢。

一个女仆领我们进了一间乡村风味的小客厅,不多时那个卑鄙的人就露面了。

她有四十岁左右。她身材高大,面部线条很不柔和,但是体形挺好,精力充沛,身体健康,是不折不扣的强壮的农家妇女的典型,半是牲口,半是女人。

她知道自己受到世人的谴责,因此接待客人时只得按捺仇恨,故作谦卑。

她问:

"请问先生们有什么事?"

我的朋友说:

"我听说您的最后一个孩子长得跟一般人一样,一点也不像他的哥哥们。我想来亲眼证实一下。这是真的吗?"

她狡诈地做出生气的样子看着我们,回答:

"没有的事!没有的事!可爱的先生。他也许比那几个还要丑呢。我真命苦,真命苦。个个都是这样,好心的先生,个个都是这样,真不幸!慈悲的天主怎么能对一个孤苦伶仃的女人这样狠心,怎么能这样狠心呢?"

她说得很快,耷拉着眼皮,那副虚假的表情活像一头猛兽却故作胆怯。她竭力把尖厉的嗓门变得柔和一些,可是从这副干瘪而又庞大的骨骼里哭哭啼啼用假嗓子说出来的话,只会让人惊讶;因为她身强力壮,线条粗犷,似乎生来就应该举止暴烈、像恶狼一样嚎叫。

我的朋友要求道:

"我们想看一看您的小儿子。"

我觉得她的脸立刻红了。也许是我的错觉?她沉默了一

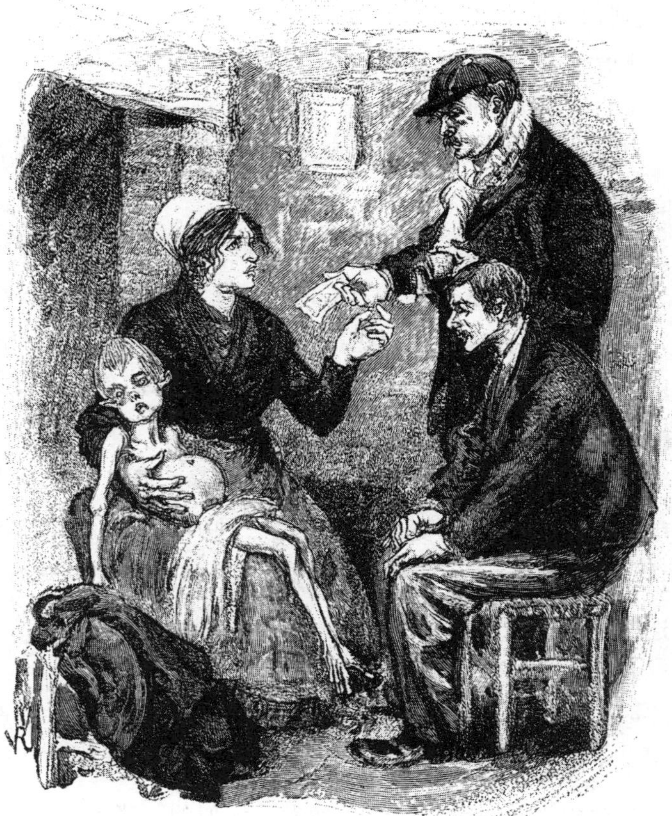

会儿,提高嗓门说:

"你们看他干什么?"

她抬起头,狠狠地逼视着我们,目光里闪着怒火。

我的伙伴接着说:

"您为什么不肯让我们看呢?您都让好多人看过了。您知道我说的是谁!"

她大为震怒,扯开嗓门,大叫大嚷地发泄起她的怨愤来:

"你们就是为这个来的,对不对?为了羞辱我,是不是?因为我的孩子们都长得像畜生,对不对?不给你们看,不给,就是不给你们看;滚出去,滚。我真不明白,你们凭什么要这样折磨我?"

她两手掐着腰,向我们逼过来。她粗暴的话音刚落,从隔壁房间传来一声呻吟,更准确地说是一种猫叫似的声音,或者说是一声白痴的哀鸣。我不寒而栗,毛骨悚然。我们被她逼得连连后退。

我的朋友厉声喝道:

"您小心点,魔鬼(当地人都是这么叫她的),您小心点,总有一天您会遭到报应的。"

她气得发抖,挥动着拳头,像发了疯似的咆哮着:

"滚!我凭什么遭报应?滚!你们这帮无法无天的家伙!"

眼看她就要向我们扑过来。我们连忙逃了出来;这已经够让我们厌恶的了。

到了门外,我的朋友问我:

"喂！你看见她了吧？有什么感想？"

我回答：

"快给我讲讲这个畜生的故事吧。"

我们在白色的大路上漫步往回走。两边的庄稼已经成熟，像平静的海面在微风吹拂下荡漾。下面就是他在归途中给我讲述的故事。

她从前在一个农庄里做雇工，是个能干、稳重、俭朴的姑娘。没有人见她有过情人，也没有人觉出她有什么不检点的地方。

可是，一个傍晚，收庄稼的时候，天空正酝酿着一场雷雨，空气凝重、沉闷，热得像火炉，小伙子们和姑娘们晒黑了的身体都汗水淋淋。就是在这种环境里，她在刚割下的麦捆中间做了一件错事。这也是女孩子们都会干的傻事。

过了不久她就发现自己怀孕了，内心饱受羞耻和恐惧的煎熬。她要不惜一切代价掩盖自己的不幸，于是想出了一个办法，用木片和绳子做成的紧身褡狠命地勒紧自己的肚子。不断发育的胎儿越是撑大她的腰身，她越是收紧她的刑具。她像殉道者一样惨遭折磨，但她勇敢地忍受着痛苦，总是面带笑容，动作麻利，决不让人看出或者猜出什么问题。

她用这可怕的器械把肚子里中的小生命勒成了残疾；她压迫他，把他弄得扭曲变形，成了一个怪胎。他的脑袋被挤得又长又尖，两只奇大的眼睛从前额上拱出来。四肢也因为和身体紧挤，只能像葡萄藤一样弯弯曲曲，伸得老长；手指和脚趾就像蜘蛛腿。

他的躯干又小又圆,像个核桃。

一个春天的早晨,她在庄稼地里分娩了。

锄草的女雇工们纷纷跑来帮她;可是一看见刚钻出娘胎的怪物,她们吓得大号小叫着抱头逃窜。她生下一个妖怪的消息就在当地传开了。她那个"魔鬼"的外号就是从那个时候叫起来的。

她被东家撵走了。她靠施舍,也许是靠暗地里卖淫为生,因为她是个标致的姑娘,而且并不是所有的男人都怕下地狱。

她就这样养活着她的怪胎。她其实恨他恨得要命;若不是本堂神父料到她可能犯罪,用送她去吃官司来吓唬她,也许她早就把他掐死了。

也巧,有一天,一帮走江湖耍八怪的人路过此地,听人说有这么一个怪胎,就要求看一看,如果看中了,就把他带走。他还真让他们看中了,于是他们就给了母亲五百法郎现钱。她起初还觉得羞耻,不让他们看这个丑八怪;但是等她发现他居然还值钱,竟能引起这些人的浓厚兴趣,就跟他们讨价还价起来,连一个铜子儿也要争执半天,极力用孩子的奇形怪状来刺激对方的胃口,用乡下人的执拗一个劲地抬高要价。

为了避免受骗,她还跟他们立了一个字据。对方保证另外每年再付她四百法郎,就好像租用了这个畜生似的。

这意外的收益让做母亲的失去了理智;从此她一心想着再生一个怪物,好让自己像阔太太一样拥有几笔年金。

她生育能力很强,轻而易举就成功了,而且似乎她也更善于在怀孕期间变换对胎儿的挤压方式、让怪胎形态各异了。

她生下的怪胎,身子有长有短,有些像螃蟹,有些像蜥蜴。还有好几个死掉了,让她好不伤心。

司法当局曾经试图干预,无奈证明不了她有什么违法之处。于是只好任凭她肆无忌惮地制造怪物。

她现在有十一个活下来的,好坏年头平均,每年能给她带来五六千法郎的进项。只有一个还没有投入市场,就是她不肯让我们看的这一个。不过在她手里也待不久了,因为全世界跑江湖卖艺的人都知道她,他们经常来看看她是不是又有了什么新货。

如果推出的货色很有身价,她还会组织他们竞拍呢。

我的朋友说完了。我心里感到深深的厌恶,而且十分愤怒,真后悔刚才近在咫尺的时候没有掐死她。

我问:

"那么孩子的父亲是谁呢?"

他回答:

"那就不得而知了。他也好,他们也好,多少还有点羞耻心。他或他们从来不露面。也许他们分享一些红利吧。"

那一天,当我在那时髦社会经常光顾的海滩上看见那个风雅、妩媚、俊俏,受到周围人喜爱和尊敬的女子时,我本来已经不再去想这件遥远的往事了。

我和海滨浴场的一个医生朋友,正挽着胳膊在沙滩上走着。十分钟以后,我看到一个保姆带着三个在沙地里打滚的孩子。

倒在地上的一副小小的丁字拐杖引起我的注意。我这才发现那原来是三个畸形儿,背弯腿瘸,丑陋不堪。

医生对我说:

"这就是你刚才遇见的那个迷人的女子的产物。"

一股深切的怜悯之情袭上我的心头。我大声慨叹:

"噢!可怜的母亲!她怎么还笑得出来!"

我的朋友接着说:

"仁兄,还是不要对她大表同情吧。应该同情的其实是这几个可怜的孩子。这都是他们的母亲直到分娩那一天还要保持身材苗条的后果。这些怪胎都是用紧身褡制造出来的。她明知道玩这种游戏是冒着生命危险的。她才不管呢;只要自己漂亮、让人爱慕就行了!"

所以我才想起另一个女子,那个乡下女人,出卖怪物的魔鬼。

他 是 谁？*

献给皮埃尔·德库尔赛尔①

我亲爱的朋友，你难道一点也不明白？我想象到会是这样。你以为我疯了吧？也许我真有点儿，但不是你猜想的那些原因。

是的，我要结婚了。就是这么回事。

不过我的思想和我的信念并没有改变。我认为合法的交配是一件愚蠢的事。我可以肯定，十个丈夫里有八个戴绿帽子。他们真是活该，居然愚蠢到束缚住自己的生活，放弃自由的爱情——世上唯一快乐和美妙的东西，剪断把我们不停地

---

* 本篇首次发表于一八八三年七月三日的《吉尔·布拉斯报》，作者署名"莫弗里涅斯"；一八八四年收入保尔·奥朗道尔夫出版社出版的莫泊桑小说集《隆多利姐妹》；一九〇四年收入同一出版社出版的插图版莫泊桑全集《隆多利姐妹》卷。

① 皮埃尔·德库尔赛尔（1856—1926）：剧作家，《高卢人报》戏剧专栏作家，莫泊桑在该报的同事。其代表作有轻喜剧《轻浮的女子》(1893)。

推向所有女人的想象的翅膀,等等。我比以往任何时候都更无法只爱一个女人,因为我总是更爱所有其他的女人。我希望有一千条胳膊、一千个嘴唇和一千个……能够同时拥抱一支迷人而又无足轻重的大军。

不过我还是要结婚。

我要补充说明的是,我并不了解我明天的妻子。我只见过她四五次。我知道她并不让我讨厌;对于我要让她担任的角色来说,这已经足够了。她身材矮小,头发金黄,胖墩墩的。后天,我会热烈渴望另一个高挑、棕发、苗条的女人。

她并不富有。她属于一个中等的家庭。这是在一般的小资产阶层到处都能找到的姑娘,一个既没有明显优点也没有明显缺点、很适于出嫁的年轻姑娘。人们现在谈到她会说:"拉若利小姐很可爱。"人们明天会说:"雷蒙太太,她非常可爱。"总之,她属于正派的年轻姑娘的军团,"人们以有她做妻子为幸",直到有一天发现别的女人全比自己选择的这一个更可爱。

你会说,既如此,我何必结婚呢?

我几乎不敢向你承认,把我推向这失去理智的行为的原因,它是那么奇怪而又令人难以置信。

我结婚是为了不再孤单一人!

我不知道怎么才能说清楚,怎么才能让你理解我。你会可怜我,你会蔑视我,我的精神状态的确让人看不起。

我不愿夜里再独守空房。我希望能感受到有一个人在我身边、靠着我,一个能说话、不论说点什么的人。

我希望能打断她的睡眠,突然对她提一个问题,哪怕是一个愚蠢的问题,只要能听到一个声音回答,只要能感受到有一个醒着的灵魂、一个在活动的思维,只要突然点亮蜡烛的时候,能看到一张面孔在我身旁……因为……因为……(我简直不敢承认这件丢人的事)……因为我怕孤单一人。

噢!你还不明白我的意思。

我不怕危险。如果有个人闯进来,我会毫不胆怯地杀死他。我不怕幽灵;我不信有超自然。我不怕死人,我甚至相信每个正在消失的存在都会最终消亡。

那么!……好吧,那么!……直说了吧!我怕我自己!我怕害怕,我怕我正在发狂的精神的阵阵痉挛,我怕那不可理解的可怕的感觉。

你想笑就笑吧。但这的确是很可怕的,无可救药的。我怕墙壁,怕家具,怕那些熟悉的物品,在我看来,它们都像是有了生命,有了一种动物似的生命。我尤其怕我的思想的可怕的混乱,我的理智的可怕的错乱,它已经离我而去,烟消云散,变为神秘的看不见的忧虑。

我起初感到一种隐隐约约的不安掠过我的心头,令我不寒而栗。我四下张望。什么也没有!我多么希望有什么东西!什么东西呢?某种可以理解的东西。既然我怕仅仅是因为我不理解我的怕。

我说话!我怕我的声音。我走路!我怕门后面,窗帘后面,衣橱里,床底下的那个未知的东西。然而我很清楚,哪里都没有任何东西。

我猛地转过身,因为我怕身后有人,尽管什么也没有,而且我知道什么也没有。

我坐立不安,我感到我的惶恐有增无已;我把房门锁上;我躲到床里边,藏到被褥下;我蜷起身子,缩成一个圆球,拼命地闭紧眼睛,就这样过了很久很久,一直想着蜡烛还燃着,放在床头柜上,应该把它熄灭。可是我不敢。

这样过日子,岂不是太可怕了?

从前,我丝毫没有这样的感觉。我回家时从容自若。我在自己的家里走来走去,没有任何东西扰乱我心灵的平静。如果有人对我说,有一天我要患什么难以置信、愚蠢的和可怕的恐惧症,我一定会笑得肚子痛;我在黑暗中去开门,非常放心;我慢条斯理地就寝,连门闩也不用推上;我在夜间绝不会起身去查看是不是所有门户都关严实了。

这变化是去年开始的,那情况真是奇特。

那是秋天的一个阴雨的夜晚。晚饭以后,我的女用人已经走了,我心里思忖着要做什么。我在房间里踱了一会儿步。我感到累了,无缘无故就疲惫不堪,没办法工作,甚至没有力气读书。细雨淋湿了窗玻璃;我有些闷闷不乐,黯然神伤,这种莫名其妙的忧伤经常让你想哭,希望不管有个什么人在身旁,只要能撼动我们思想上的重负。

我感到孤独。我感到家里空荡荡的,这是从来没有过的。周围是无限的令人痛苦的孤寂。做什么呢?我坐下。神经的躁动传遍两腿,让我坐不安宁。我又站起身,我又走起来。我也许有点发烧,因为我发现,像人们漫步时常做的那样,我两手在背后交叉着,感觉到发烫。可突然,我脊背打了一个寒战,我想,是外面的湿气进了屋里,于是想到要生火。我把火点起来;这还是今年第一次。我又坐下,看着火苗。但是很快,我坐不住了,又站起来。我意识到需要出去走走,活动活动,找个朋友。

我走出去。我去了三个伙伴家,一个也没碰到;然后,我来到林荫大道,心想总可以遇到一个熟人。

到处都是一片凄凉。浸在水里的人行道闪闪烁烁。水的凉意,那种让你突然冷得打哆嗦的凉意,没法触知的雨水的沉重的凉意,让街道不堪重负,连煤气路灯也仿佛疲乏、暗淡了。

我迈着懒洋洋的步子走着,心里嘀咕着:"看来我找不到任何人聊天了。"

从玛德莱娜大教堂①直到渔婆镇,我走进好几家咖啡馆仔细观察,只见一些人愁眉苦脸,坐在桌前,好像连喝完他们面前的饮料的力气也没有了。

我就这样徘徊了很久,将近午夜的时候,我才往家里走。我心里已经很平静,但是很累。我那座楼的看门人,通常十一点以前就睡觉,今天却和她的习惯相反,立刻给我开了门;我想:"瞧,一定是另一个房客回来了,刚刚上楼。"

我出门的时候,总是把我的房门的钥匙转两圈。现在我发现它只是简单地拉上,不免有些诧异。我猜想,大概是有人晚间上来给我送信吧。

----

① 玛德莱娜大教堂:位于巴黎第八区玛德莱娜广场。

我进了屋。炉火还燃着,甚至还微微照亮着我这间套房。我拿了一支蜡烛想去壁炉那儿点燃。这时我向前看去,只见有个人坐在我的扶手椅里,背朝着我在烘他的两只脚。

我没有害怕,噢!不,一点也没有害怕。我脑海里掠过一个很有可能的假设:那是一个来看我的朋友。我出门的时候跟女看门人打过招呼,她想必对他说我就回来,并且把我房门的钥匙借给了他。我回来时的情景瞬间回到我眼前:我一拉门绳,看门人就来了,我的房门仅仅是掩上的。

我的朋友,我只能看到他的头发。他在等我时,在炉火前睡着了。我走上前要唤醒他。我清楚地看到,他的一只胳膊在右边垂着,他的两只脚交叉着,他的头稍稍歪向扶手椅的左边,表明他的确已经睡着了。我心想:"这会是谁呢?"这时房间里看得不大清楚。我伸手碰了碰他的肩膀!……

我碰到了座椅的木头!那个人不在了。扶手椅是空的!

多么让人惊讶,天呀!

我先是向后退,仿佛一个可怕的危险出现在眼前。

然后,我一转身,因为我感觉有个人在我身后;紧接着,我再一次转身,因为我很想马上再看看那个扶手椅。我呆呆地站在那里,呼吸急促,惶恐极了,头脑一片空白,随时有倒下的可能。

但我是一个沉着冷静的人,我立刻恢复了理智。我想:"我刚才产生过一个幻觉,如此而已。"我立刻对这个现象进行了一番思考。在这种时候,思维是非常敏捷的。

我产生过一个幻觉——这是一个无可争辩的事实。可是,我的神志始终是完全清醒的,在正常、逻辑地运转。这就是说我的头脑根本没有混乱,只是眼睛看错了,欺骗了我的思想。眼睛出现了一次幻视,那种让天真人以为看到鬼神出没的幻视。其实没有别的,只是一个视觉器官的神经性事故,也许有一点眼睛充血吧。

我点燃了一支蜡烛。我向炉火弯下身子的时候,发现自己在颤抖,我猛地抬起身,就好像有人在后面碰了我一下。

毫无疑问,我一点也不平静。

我走了几步;我高声说话;我低声吟唱了几段歌曲。

然后,我把钥匙转了两圈,把门锁好,感到踏实一点了,至少谁也进不来了。

我又坐下,思索了很久我经历的这桩奇事;接着,我就上床睡觉,吹灭了蜡烛。

在最初几分钟时间里,一切正常。我仰面躺着,心里相当平静。接着,我想再看看自己的房间,便侧过身体。

壁炉里最多只有两三根发红的没有烧尽的木柴,正好照亮扶手椅的脚;我似乎又看到那个人坐在扶手椅上。

我迅速地擦着一根火柴。我错了,我什么也没看到。

不过,我还是从床上起来,我去把扶手椅藏在我的床后面。

接着,我又熄灭了烛火,尽量让自己入睡。我睡着了不过五分钟,便在梦中像现实一样清晰地看到晚上经历过的全部场面。我惊诧地醒来,燃亮烛光,便呆坐在床上,甚至不敢再尝试着入睡。

不过有两次,我不由自主地打了几秒钟的瞌睡。我两次都又看到那情景。我简直要疯了。

天亮的时候,我感到好多了,我踏踏实实地一直睡到中午。

结束了,彻底结束了。我是不是发过烧,做过噩梦;我怎么知道?总之,我生过一场病。无论如何,我感到自己真愚蠢。

这一天我心情愉快。我在小酒馆吃的晚饭;我去看了一场戏,接着我就回家。但就在快要到家的时候,我顿时又感到一种奇怪的不安。我怕再见到他。并不是怕他,并不是怕他在那里,我已经不相信他存在,而是怕自己的眼睛再次混乱,怕幻视,怕那会抓住我不放的恐怖。

我在人行道上游荡了一个多小时;最后我感到自己太愚蠢,便往家走。我气喘吁吁,连楼梯也爬不动了。到了家门口,我又在楼梯平台上待了十多分钟。接着,我突然鼓起勇气,竭力让自己冷静了下来。我把钥匙插进锁眼,我手拿蜡烛冲向前,我一脚踹开微掩的房门,我用惊恐的目光向壁炉那边望去。我什么也没看见。

"啊!……"

多么轻松!多么高兴!多么自由自在哟!我就像个快活的小伙子,走过来,走过去。不过我还觉得不踏实;我经常惊悚地猛然回头;角落里的阴影还让我不安。

我睡得不好,经常被想象中的声音惊醒。但是我没有看到他。没有。这件事结束了!

从那一天起,我就怕夜里孤单一人。我感到那幻象就在那里,在我身旁,在我周围。它再也没有出现在我眼前。啊,再没有!再说,那又有什么要紧,既然我不相信这种事,既然我知道完全没有这种事!

然而它让我不舒服,因为我不停地想它。一只手垂在右边,脑袋歪向左边,就像一个睡着的人……好啦,够了,天呀!我不愿再想它!

不过,这挥之不去的念头究竟是什么呢?为什么这样顽固?他那双脚离炉火多近啊!

他纠缠着我,简直是发疯,不过事实就是如此。他,是谁?我很清楚他不存在,他什么也不是!他只存在于我的恐惧、我的胆怯、我的焦虑中!好啦,够了!……

是的,不过我想恢复镇静,变得坚强,办不到,我再也不能一个人待在家里,因为他在那里。我知道,我不会再见到他,我知道,他不会再出现,这件事结束了。但尽管如此,他还在那里,在我的思想里。我依然看不到他,但这并不妨碍他在那里。他在门后面,在关着的衣橱里,在床底下,在每一个阴暗的角落里,在所有的黑影里。如果我拉开门,如果我打开衣橱,如果我把烛光伸到床底下,如果我照亮所有的角落和阴影,他就不在那里了;不过这时我就会感到他在我身后。我回过头去,当然肯定是不会看到他的,再也不会看到他了。可是他依然在我的身后,他还在。

这很愚蠢,但这也很残酷。你要怎样呢?反正我无能为力。

　　不过,如果我家里有两个人,我就会感到,是的,我就肯定会感到他不在那里了！因为他在那里,只因为我是孤独一人,仅仅因为我是孤独一人！

手[*]

人们坐在预审法官贝尔米吉埃先生周围。他正在发表对圣克鲁①的一桩神秘案件的看法。一个月以来,这桩无法解释的罪案让巴黎发了狂。谁也弄不明白它究竟是怎么回事。

贝尔米吉埃先生站着,背靠着壁炉,侃侃而谈,列举着一个个证据,探讨着不同的见解,但是不做结论。

好几个妇女从座椅上起身,靠近他,站在那儿,眼睛盯着法官刮光胡子的嘴,凝听着从那张嘴里说出的每一句严肃的话。她们颤抖,震惊,由于又害怕又好奇,由于对恐惧有着贪婪而不知餍足的需要,脸绷得紧紧的。这种需要纠缠着她们的心灵,像饥饿一样折磨着她们。

----

[*] 本篇首次发表于一八八三年十二月二十三日的《高卢人报》;一八八五年收入夏尔·马尔朋和埃尔奈斯特·弗拉玛里庸出版社出版的莫泊桑小说集《白天和黑夜的故事》;一九〇三年收入保尔·奥朗道尔夫出版社出版的插图版莫泊桑全集《白天和黑夜的故事》卷。

① 圣克鲁:巴黎西郊城镇。

她们当中有一个,脸色比别的女人更加苍白,趁着有一个寂静的空当,说道:

"这太可怕了!这真有些'超自然'了!这种事情永远也搞不清。"

法官向她转过身来:

"是的,太太,人们很可能永远也搞不清这是怎么回事。至于您刚才用的'超自然'这个词,在这里可用不上。我们面对的这个罪行,因为策划得很巧妙,实施得也很巧妙,外表包装得非常神秘,以致我们不能看穿包围着它的那些假象。不过,我本人从前办过一桩案子,倒真是掺杂着某些奇异的成分。由于无法弄清它的情况,最后不得不不了了之。"

好几个妇女同时说话,说得非常快,几乎异口同声:

"啊!说给我们听听。"

贝尔米吉埃先生就像一个预审法官应该微笑的时候那样,郑重地一笑,然后接着说:

至少,请不要以为关于这桩奇事,我会有片刻认为有某种超自然的东西。我只相信正常的原因。不过,如果不用'超自然'这个词来表达我们不知道的东西,而是仅仅用'不可解释'这个词,那会好得多。总之,在就要讲给你们听的这个案子里,让我激动不已的,首先是这个案件发生时的环境、出事以前的预兆。总之,请听事实吧。

我那时在阿雅克肖①当预审法官。那是一个白色的小城

---

① 阿雅克肖:法国科西嘉岛首府。

市,静卧在一个风景如画的海湾岸边,周围都是高山。

我在那里主要经办族间仇杀方面的案件。这里面真有些惊心动魄、惨绝人寰、凶恶残忍、英勇壮烈的案子。我们从中找得到人们做梦也想不到的最精彩的复仇题材。百年的冤仇或许平静了一段时间,但从来没有熄灭,可憎的阴谋诡计变成大屠杀,几乎成为光荣的行为。两年以来,我只听见人们谈论以血还血,鼓吹可怕的科西嘉偏见,这些偏见强迫他们向任何侮辱者、向其后代和家人复仇。我看到过杀戮老翁、儿童和三亲六戚,头脑里装满了这种故事。

且说,有一天我得知一个英国人刚刚在海湾深处租了一座小别墅,并且签下了为期数年的租约。他随身带来一个法国仆人,是他路过马赛的时候雇的。

不久,所有的人都关心起这个古怪的人来,他独自一人生活在别墅里,只有打猎钓鱼的时候才出门。他不跟任何人说话,他从不到城里来。他每天早上都花一两个小时练习手枪和马枪的射击。

围绕他的一些传说不胫而走。有人声称他是一个大人物,因为政治问题逃离他的祖国;接着,人们又肯定他是因为犯了一桩可怕的罪行而隐匿。人们甚至举出一些特别可怕的情节。

身为预审法官,我想了解一下这个人的情况;但是我竟然一点儿也打听不到。只知道他让人叫他约翰·罗尔先生。

于是我只能就近监视他;实际上也并没有人向我揭发他有什么可疑之处。

后来，由于关于他的风言风语在继续，在扩散，甚至变得广为人知了，我决定亲自去见识见识这个外国人，便开始在他的花园住宅周围打猎。

为了获得一个机会，我等了很久。机会终于来了，因为我在英国人鼻子底下开枪打死了一只山鹑。我的狗把它给我衔了过来；但是我立刻拿起那个猎物，走过去为我的失礼向约翰·罗尔先生表示歉意，并请他接受这个死鸟。

这是个彪形大汉，红头发，红胡子，个子很高，膀大腰圆，看上去像一个温和有礼的赫拉克勒斯①。他丝毫没有人们所谓的不列颠式的生硬刻板。他用带着拉芒什海峡彼岸②口音的法语，激动地感谢我的美意。一个月之内，我们在一起交谈了五六次。

终于，一天晚上，我从他门前经过，看见他在花园里，抽着烟斗，跨坐在一张椅子上。我向他致意，他邀请我进去喝一杯啤酒。我没等他说第二遍就答应了。

他以英国人最周到的礼节接待我，他对法国和科西嘉赞美不已，宣称他很爱侧个（这个）国家和侧个（这个）海岸。

于是我非常谨慎、显得非常关心地向他提了几个问题：现在的生活如何呀，以后有什么打算呀。他都毫不为难地回答了，还告诉我，他去过非洲、印度、美洲，旅行过很多地方。他

------

① 赫拉克勒斯：希腊神话中的大力士，伟大的英雄，阿尔克墨涅和宙斯所生的儿子，曾完成十二项英雄事迹。
② 拉芒什海峡：法国西北部和英国南部之间的海峡，英文称英吉利海峡。此处的"拉芒什海峡彼岸"即指英国。

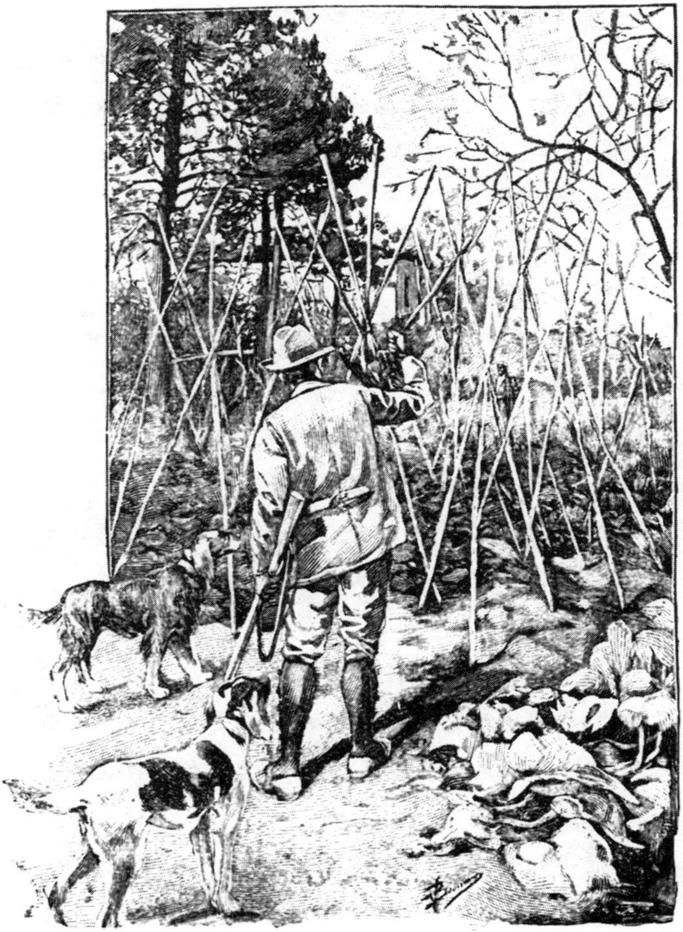

微笑着补充道：

"我遇到过狠（很）多惊险的事呢，噢！yes."

接着，我谈起打猎来，而他又跟我讲了一些捕猎河马、老虎、大象，甚至是捕猎大猩猩的故事，情节生动，有趣至极。

我说：

"这些动物都很可怕。"

他微微一笑：

"啊！no，最坏的是人。"

他放声大笑，那是大块头的英国人志得意满时开心的笑：

"我也捕猎了狠（很）多人呢。"

接着，他就谈起了各种武器，并且请我进他的屋里，让我看看他收藏的各种系列的枪支。

他的客厅挂着黑色的帷幔，是金丝线刺绣的黑绸子。大朵的黄花在深色的绸料上像火一样闪亮。

他解说道：

"这是一块日本的布料。"

不过，在那块最宽的壁板中央，一个奇怪的东西吸引了我的眼球，在一方红色的绒布上，有一个黑色的物件显得十分突出。我走近细看：原来是一只手，一只人手。不是一只白色的、干净的手的骨架，而是一只黑色干瘪的手，带着黄色的指甲、裸露的肌肉、污垢一样的陈旧的血迹，粘在被斧子在前臂中间截然剁断的骨头上。

手腕上套着一个很粗的铁链，这个铁链固定、焊接在这肮脏的肢体上，然后把它连接在墙上一个结实得可以系住一头大象的铁环上。

我问：

"这是什么？"

英国人不动声色地回答：

"这是我的最厉害的敌人，它是从美洲来的。它是用马刀砍断、用一块锋利的石子把皮剥掉、在太阳底下暴晒一周做成的。噢，这个，我很喜欢。"

我摸了摸这块人体的残骸，它的主人想必是个庞然巨人。它的老长的手指由粗大的肌腱连着，肌腱有的地方又和一条条皮连着。这样一只剥掉皮的手，让人看了害怕，自然而然联想到某桩野蛮的仇杀。

我说：

"这个人应该很厉害。"

英国人从容不迫地回答：

"噢，yes，不过我比他更厉害。我装上这个铁链把它牢牢拴住。"

我以为他在开玩笑。我说：

"这个铁链现在毫无用处了，这只手是不会自己逃跑的。"

约翰·罗尔先生郑重其事地说：

"它总想逃走。这个铁链很有必要。"

我迅速瞟了他一眼，想从他的脸上判断出他究竟是什么人，心里探问：

"他是个疯子，还是个喜欢恶作剧的家伙？"

但他的脸依旧平静、和善,让人看不透。我便扯到别的事,欣赏起他的枪支。

这时我发现在几个家具上放着三把子弹上了膛的手枪,看来这个人始终生活在恐惧中,生怕遭到袭击。

我又到他家去过好几次。后来,我就没有再去。大家已经习惯了他的存在,也就不再注意他了。

整整一年过去了。忽然,十一月底的一天早上,我的仆人把我叫醒,告诉我,约翰·罗尔先生昨天夜里被人杀害了。

半小时以后,我和警察局长以及宪兵队长走进英国人的住宅。不知所措、伤心绝望的仆人正在门前哭泣。我起先怀疑这个人,其实他是无辜的。

始终也没能找到凶手。

走进约翰的客厅,我一眼就看见尸体仰面躺在房间的中央。

背心被撕破,一只被扯下的袖子耷拉着,一切都表明发生过一场激烈的搏斗。

英国人是被掐死的!他的面孔发黑、肿胀、可怕,仿佛在表达一种失魂丧胆的恐惧;他紧闭的牙齿里咬着什么东西;脖子上有五个血糊糊的窟窿,就像是用铁钎戳出来似的。

一个医生赶来参加我们的工作。他久久地凝视肉里的五个指印,然后说出这样一句奇怪的话:

"好像是被一个骷髅掐死的。"

我脊背打了一个寒战;我立刻把目光投到墙上,我以前看见过那可怕的剥了皮的手的地方。那只手不见了。铁链也挣断了,挂在那里。

于是我俯身察看那尸体,在他紧咬的嘴里找到那只消失的手的一个指头,正好在第二个关节被牙齿切断,不,更准确地说是被牙齿锯断。

我们接着就进行现场勘察。我们什么也没发现。没有一件门,没有一扇窗户,没有一件家具遭到过暴力破坏。两只看家狗甚至都没有被惊醒。

下面是那个仆人的简短陈述:

一个月以来,他的主人就仿佛很紧张。他收到很多信,看过就烧掉。

他经常发火,像疯狂了似的,拿马鞭抽打固定在墙上的那只干瘪的手。不知怎么的,就在罪案发生时,那只手被人拿走了。

他平常很晚睡觉,而且非常小心地把房门关好。他总是把武器放在伸手就拿得到的地方。夜里,他经常大声说话,好像在和什么人争吵。

那天夜里,真是少见,他没有弄出任何声响,只是早上来打开窗户的时候,仆人才发现约翰先生被人杀害了。他猜不出是什么人干的。

我把我所知道的关于死者的情况告诉法官和警官。人们在整个岛内做了一次细致的调查。什么也没发现。

然而,罪案发生三个月以后,一天夜里,我做了一个可怕的噩梦。我仿佛看见那只手,那只可怕的手,像一个蝎子或者一个蜘蛛,顺着我的窗帘和墙壁跑。我醒了三次,又三次重新睡着,三次都梦见那丑陋的残骸,摇晃那只像爪子一样的手,在我的房子周围奔跑。

第二天,有人把那只手给我送来,是在公墓里,在约翰·罗尔先生的坟上找到的,但是缺了一个食指。约翰先生埋葬在那里,因为没有找到他的家人。

"太太们,这就是我要讲的故事。我知道的就这么多了。"

女人们惊魂未定,脸色煞白,瑟瑟发抖。她们中间的一个人叫喊:

"不过这故事还没有一个结局,也没有一个答案!如果您不告诉我们,据您看究竟发生了什么事,我们就不去睡觉。"

法官神情自若地微微一笑:

"啊!我嘛,太太们,我肯定要让你们高超的想象力扫兴了。我只是认为,那只手的合法的所有者并没有死,他带着剩下的那只手来找这只手。但我没法知道,比方说,他是怎么干的。这也算是一种族间仇杀吧。"

妇女当中有一个低声议论:

"不,应该不是这样。"

预审法官始终面带微笑,用这句话结束:

"我对你们说得很清楚,我的解释不会令你们满意。"

米 斯 蒂[*]

——一个单身汉的回忆

我从前有个情妇,是个很有风趣的小巧玲珑的女子。当然啰,她是有夫之妇,因为我对于妓女从来都怀着无名的厌恶。的确,搞上一个有着既不属于任何人又属于所有人这双重短处的女人,有何乐趣可言?此外,说真的,即使把所有的道德信条撇在一边,我也无法理解爱情怎可以作为谋生手段。这让我多少有点儿反感。这是个弱点,我知道,而且承认有这个弱点。

一个单身汉有个已婚女子做情妇,最美妙之处是,这个女人能给他一个家,一个温馨可爱的家;在那个家里,从丈夫到仆人,所有的人都关照你、溺爱你。你可以找到应有尽有的快

---

[*] 本篇首次发表于一八八四年一月二十二日的《吉尔·布拉斯报》,作者署名"莫弗里涅斯";一九一〇年收入路易·科纳尔出版社出版的莫泊桑全集《米斯蒂》卷;一九一二年收入保尔·奥朗道尔夫出版社出版的插图版莫泊桑全集《米斯蒂》卷。

乐:爱情、友谊、床铺、饭桌,甚至父亲的身份。总之,一切构成幸福生活的东西。还有一个难以估价的好处,就是可以不时地变换人家,轮流到各个阶层去安身;夏天,到乡下,住在把家里的房间出租给你的工人家里;冬天,住在中产阶级人家;如果你有野心,甚至可以住进贵族宅邸。

我还有一个弱点,那就是喜爱我的情妇们的丈夫。我甚至得承认,如果丈夫平庸或者粗俗,那么不管妻子有多么妩媚,也让我厌恶。可是如果丈夫聪明睿智或者风度翩翩,我必然会如痴如狂。即使我跟做妻子的义断情绝,我也要留意不和做丈夫的断绝往来。我那些密友至交就是这么结成的。我正是通过这种方式,屡试不爽地证实,人类中的雄性不容置疑地比雌性优秀。女人给你带来各种各样的烦恼,跟你撒泼,对你横加指责,等等;相反,本来完全有权抱怨的男人,却把你当作他家的保护神一样虔诚相待。

我刚才说过,我有过一个情妇,是一个很有风趣的娇小玲珑的女人,长着淡褐色的头发,常常异想天开,生性反复无常,像修士般的虔诚、迷信和轻信,可又着实很迷人。她接吻的方式尤其非同一般,我从未在别的女人那儿领味过……不过这里不是谈这个的地方……而且她的皮肤那么柔软!只要握住她的手,我就会感到无限的快意……还有她的眼睛……她的目光在你身上掠过,犹如一种缓慢、甜蜜、无尽的爱抚。我经常把头依偎在她的膝上,我们就这样一动不动地待着,她向我俯下身子,脸上带着那种谜一般微妙的女人特有的撩人的笑容;我两眼仰视着她,就这样品尝着悠然注入我心田的醉意;

她的眸子明亮、湛蓝,明亮得像充满了爱意柔情,湛蓝得像充满了幸福欢愉的天空。

她的丈夫,在一个很大的公用事业单位任督察,经常外出,留下我们自由自在地共度良宵。有时候我去她家里,舒展地躺在长沙发上,头枕在她的一条腿上,而她另一条腿上睡着她心爱的、名叫"米斯蒂"的黑猫。我们的手指在那猫的神经质的脊背上相遇,在它的丝一般的绒毛里互相爱抚。猫的温暖的侧腹紧贴着我的面颊,我感觉得到它肚子里不断发出的颤颤的呼噜声;有时它伸出一只爪子,搁在我的嘴或眼皮上,五只张开的尖爪就要触到我的眼时,我赶紧闭上。

有时候我们也跑出去做一些她所谓的淘气的事。不过这些事是完全无害的,譬如到某个郊区小客店去吃消夜,在她家或者在我家吃过晚饭以后,像欢蹦乱跳的大学生那样出入不三不四的咖啡馆。

有时我们也走进那些下里巴人的咖啡馆,来到烟雾腾腾的店堂深处,面对一张旧木桌,在跛腿的椅子上坐下。大厅里弥漫着呛人的烟味,夹杂着晚餐时留下的炸鱼味;一些身穿工作罩衫的汉子一面大声喧哗,一面喝着小杯的烈酒;感到奇怪的侍者在我们面前放上两杯樱桃烧酒。

她既害怕又兴奋,哆哆嗦嗦地把小黑面纱折成双层撩起来,悬在鼻子尖。然后她就喝起酒来,高兴得像在干什么好玩儿的罪恶勾当一样。每咽下一颗樱桃,她就有犯下一桩过错的感觉;每一口辛辣的酒下肚,她就有一种微妙的明知故犯的快意。

随后她就低声对我说:"我们走吧。"于是我们向外走。

她低着头,迈着小步,匆匆地溜走。穿过不怀好意地看着她走过的酒客,她长长地松了一口气,就好像我们刚刚逃过一次可怕的险情。

有几次,她战栗着问我:"在这种地方,要是有人侮辱我,你会怎么办?"我用豪壮的语气回答:"我会保护你,那还用说!"于是她紧紧挽住我的胳膊,流露出幸福的表情;也许她正在萌生出一种模糊的希望,希望自己遭人辱骂因而也受到捍卫,希望看到有人为她拳脚相向,甚至希望这些人立刻就跟我有一场恶斗!

一天晚上,我们正坐在蒙马特尔①一家下等酒馆的桌前,只见走来一个衣衫褴褛的老妇人,手里拿着一副肮脏的纸牌。看到一位阔太太,这老妇人马上向我们走过来,提出要替我的女伴算个命。艾玛不管是神是鬼都相信;她既想知道又怕知道自己的未来,因而先发起抖来。她请那老太婆在她身边坐下。

老太婆像个老古董,满脸皱纹,眼睛四周的皮肉都活动,一张空洞的嘴里连一颗牙齿也没有了;她在桌子上摆弄起那副肮脏的纸牌来,先分成几摞,又合拢起来,再一张张地摊开,嘴里咕咕哝哝地不知在讲些什么;艾玛脸色煞白地倾听着、等待着,呼吸急促,焦虑和好奇地喘着大气。

巫婆开始讲话了。她向艾玛预言了一些模棱两可的事情,什么幸福啦,子女啦,一个金黄头发的年轻男子啦,一次旅

---

① 蒙马特尔:巴黎的一处高地,在十八区,上有圣心教堂、画家广场、圣皮埃尔墓地等,著名的游览胜地。

行啦,金钱啦,一场官司啦,一位棕发绅士啦,某人的归来啦,一件成就啦,一个人死啦。听到"死"字,少妇吓了一跳。死的是谁?什么时候死?怎么死?

老太婆回答:"这个嘛,光靠纸牌的法力是不够的,必须明天到我家里来。我可以用咖啡渣来回答您,我用这个法儿算命从没有过半点差错。"

艾玛忧心忡忡,她回过头来问我:"喂,我们明天一起去好吗?喂,我求你了,说'同意'吧。如果你不答应,你想象不出我会多么痛苦。"

我笑着说:"只要你乐意,我们就一起去,亲爱的。"于是,老太婆给我们留下了她的地址。

她住在绍蒙高地①后面一幢破旧不堪的楼房的七层。我们第二天就如约前往。

她的房间原是人家堆放杂物的顶楼储物间,里面有两把椅子和一张床,放满了奇奇怪怪的东西:一束束悬挂在钉子上的草、风干的动物、盛着各种有色液体的大口瓶和细颈瓶。桌子上有个黑猫的标本,两只玻璃眼睛炯炯有神,就好像是这阴森森的住房里的精灵。

艾玛激动得几乎晕过去。她坐了下来,刚缓过神来就说:"啊!亲爱的,你看这只猫咪,多么像米斯蒂啊!"接着她向老太婆解释说,她有一只和它完全一样、完全一模一样的猫。

巫婆严肃地回答说:"如果您在爱一个男人,您决不能留

---

① 绍蒙高地:巴黎的一座公园,在十九区。

着那只猫。"

艾玛吓了一跳,问:"为什么不能留?"老太婆亲切地在她身旁坐下,拿起她的手说:"这正是我一生中的不幸。"

我的女友想知道究竟是怎么回事。她紧紧地依偎着老太婆,追问她,央求她:同样的轻信使她们成了思想和心灵相通的姐妹。老太婆终于下了决心。

"这只猫,"老太婆说,"我曾经像爱一个兄弟一样爱过它。那时候我还年轻,单身一人,在家做缝衣活儿。我身边只有它,穆东;是一个房客送给我的。它聪明得像个孩子,而且非常温驯。它狂热地爱我,亲爱的太太,比崇拜偶像还要虔诚。它整个白天卧在我膝上打呼噜,整个夜里蜷在我的枕头上;信不信由您,我甚至感觉得到它心脏的跳动。

"有一次我结识了一个好小伙子,他在一家专售白色针织品的商店工作。我们交往了三个月,我什么也没有允诺他。可是您知道,人的心肠是会软下来的,人人都一样;后来,我呀,我开始爱上他了。他是那么可爱,那么可爱,又那么善良。为了节省开支,他想跟我住在一起。终于,一天晚上我同意他到我家来。我当时对于共同生活的事还没有打定主意;是的,还没有! 只是想可以两人在一起待上一个小时,心里很高兴。

"开始时,他的举止很得体。他对我倾诉他的柔情蜜意,听得我心中热血翻腾。后来,他把我搂在怀里,亲吻我,太太,就像人们相爱时那样亲吻我。而我呢,我已经闭上了眼睛,激动得说不出话来,幸福得微微颤抖。可是,突然,我觉得他猛地挣扎了一下,发出一声惨叫,一声我永远也忘不了的惨叫。

我睁开眼睛,只见穆东已经扑在他的脸上,用利爪撕他的皮肉,就像撕一块破布。他的血流得呀,太太,就像倾泻的雨水。

"我呢,我想把猫抓住,可是它根本不理会,爪子依然抓挠不停;它还咬我,因为它已经完全丧失了理智。我终于抓住了它,把它扔到窗外,因为那时候是夏天,窗户是开着的。

"当我开始替我可怜的男友清洗面部时,我发现他的眼睛,两只眼睛全被挖掉了!

"他不得不进了残老院。他悲恸欲绝,一年后就死了。我本来想把他留在家里供养他,可是他不愿意。好像发生那件事情以后,他对我也怀恨在心。

"至于穆东呢,它腿断腰折,被活活摔死。看门人把它的尸体捡了回来。我把它制成了标本,因为我对它总还保留着一份感情。它所以那么干,是因为它爱我,不是吗?"

老太婆沉默不语了,她用手抚摸了一下那只已经没有生命的畜生,只见它的残躯在铁丝架上颤抖。

艾玛心情沉重,她已经忘记了预言中的死亡;或者说,至少是她不再提起这件事了。她付了五个法郎以后就离开了。

因为她丈夫第二天就回来,我接连几天没有到她家去。

当我又去她家时,我惊奇地发现米斯蒂不见了。我问它在哪儿。

她涨红了脸回答说:"我把它送人了。因为我不放心。"
我十分惊讶:"不放心?不放心?为什么呀?"
她久久地拥吻我,轻轻地对我说:"因为我担心你的眼睛,亲爱的。"

抽 搐[*]

吃晚饭的客人们缓步走进旅馆偌大的餐厅，各自就座。侍者们开始不慌不忙地伺候大家，为了等一等晚到的人，免得菜凉了再端回去；常来温泉浴的老客人，这个温泉浴季节来的客人，都兴致勃勃地注视着门，希望每次门一开就能看到新的面孔出现。

这也是所有温泉城的最大消遣了。大家在等待吃晚饭的时候，审视这一天的新来者，猜测他们是什么人，他们是干什么的，他们在想什么。我们的脑海中都游荡着一种热烈的希望，希望有一些令人愉快的邂逅，希望结识一些可爱的人，也许还希望找到爱情。在这种亲密接触的生活中，隔壁的房客，素不相识的人，都具有了极大的重要性。好奇心已觉醒，善意在期待，交往势在必行。

----

[*] 本篇首次发表于一八八四年七月十四日的《高卢人报》；一九〇〇年收入保尔·奥朗道尔夫出版社出版的莫泊桑小说集《流动商贩》；一九〇三年收入同一出版社出版的插图版莫泊桑全集《图瓦》卷。

先是一个星期的反感,继而是一个月的友谊。人们都有了温泉城相识的特殊视觉,看人的眼光也不同了。黄昏,晚饭以后,在沸腾着治病的泉水的公园的树下,一小时的长谈,就能豁然发现某些人的超级智慧和惊人优点;而一个月后,又会把最初觉得那么迷人的新朋友忘得一干二净。

在这里也能比所有地方更快地建立起持久和认真的关系。大家每天见面,很快就互相了解;如果说在开始的好感中还掺杂着对旧日知己的淡忘的温情,那么后来,人们只会留下对最初时刻的友谊的珍贵甜蜜的回忆,对推心置腹的最初交谈的回忆,对内心隐秘尽在无言中的最初的目光的回忆,对最初的热诚信任的回忆,对彼此敞开心扉的美妙感觉的回忆。

而浴场的郁闷,日复一日的单调生活,又让这友情的绽放随着时间而更加饱满。

那天吃晚饭时,我们像每天晚上一样,等待着陌生的面孔。

只来了两个人:一个男人和一个女人,不过很特别,是父亲和女儿。就像艾伦·坡笔下的人物,他们立刻给我留下深刻的印象;在他们身上有一种神态,一种不幸者的神态;我猜想他们都像是命运的牺牲品。那男人身材很高很瘦,微微驼背,头发已经全白,相对他那还算年轻的面孔,实在有些太白了;他的举止和身体里带有某种严肃之气,清教徒的朴素的仪表。而那个姑娘,大约二十四五岁的模样,个子矮小,也很瘦,脸色很苍白,神情疲惫,好像筋疲力尽了似的。我们偶尔会遇到这样的人,看上去弱得连生活中最基本的活儿也做不了,弱得连动弹、走路、做日常要做的事的力气都没有。这女孩长得相当好看,有一种幽灵般的苍白的美;她吃东西吃得慢极了,仿佛连挪动一下胳膊的力气都没有。

想必是她来洗温泉浴喽。

他们在桌子另一边坐下,和我面对面;我立刻就注意到父亲患有非常奇怪的神经性抽搐。

每当他要够一个东西的时候,在碰到那个东西之前,他的手总是迅速地画一个吊钩,一个疯狂的"之"字。看了一会儿,这个动作让我感到太难过了,我扭过头去不再看他。

我还发现,那年轻的姑娘吃饭的时候,左手总戴着手套。

晚饭以后,我去温泉浴所的花园里转一圈,这在奥维涅地区沙泰尔-吉庸①的小温泉站是再平常不过了。我们的这座温泉站隐藏在一个峡谷里,高山脚下,来自古老火山深邃的温床的滚烫泉水从山上流下。在我们上方的火山丘那儿,熄灭的火山在长长的山脉上扬起它们截去了脑袋的圆口。因为沙泰尔-吉庸是火山丘地带的开端。

再远处,是连绵的峰顶;更远些,布满悬崖峭壁。

多姆山②是火山丘中最高的一座,桑希峰③是山峰中最

---

① 沙泰尔-吉庸:法国市镇,位于奥弗涅-罗纳-阿尔卑斯大区多姆山省,温泉浴胜地。
② 多姆山:法国中央高原普依山脉的著名的死火山之一,海拔一四六五米。
③ 桑希峰:法国中央高原的最高的山峰,海拔一八八五米。

陡峭的一个,康塔尔高地①是高地中最广阔的一片。

那天晚上很热。我在绿荫覆盖的小路上游逛,走到俯瞰花园的圆山丘时,游乐场正开始传出隐约的歌声。

我看见父女俩正从远处慢步向我走过来。我向他们致意;在温泉城,同旅馆的伙伴相遇都会互相打个招呼。那位先生立刻停下来,问我:

"先生,您能不能给我们指一条近路,又好走景色又好;请原谅我打扰了。"

我主动表示可以领他们去一个小峡谷,那是一个深深的峡谷,有一条狭窄的小路,两边宽广的山坡上怪石嶙峋,绿树繁荫,一条小河在谷底潺潺流淌。

他们同意了。

我们自然而然地说起温泉浴的功能。

"噢,"那位先生说,"我的女儿得了一种奇特的病,也不知道是在什么部位。她经常莫名其妙地神经性发作。有人说是心脏的病,有人说是肝脏的病,有人说是一种脊髓病。现在,人们又归咎于胃,这可是人体的大锅炉和大调节器,这种普罗透斯②似的病,变化多端,可以伤害到许多部位。这就是我们来这儿的原因。我呢,我认为这更可能是神经的毛病。总之,这很不幸。"

我立刻联想到他的手剧烈抽搐的事,便问他:

---

① 康塔尔高地:在奥维涅地区,占康塔尔省的大部分面积。康塔尔峰是康塔尔高地的制高点,海拔一八五五米。
② 普罗透斯:希腊神话中的变化无常的海神。

"会不会是遗传呢?您本人不是神经也有点毛病吗?"

他神情自若地回答:

"我吗?……那不是……我的神经从来都很正常……"

沉默了一会儿,他又说:

"啊!您是说我拿什么东西的时候手有些痉挛,是不是?那是因为我受到过一次可怕的刺激。您能想象这个孩子被活埋过吗?"

除了一声惊讶的"啊!",我不知道说什么才好。

他接着说:

那件惊险的事是这样的。事情很简单。朱莉埃特有一段时间经常心脏疼得厉害。我们以为真的是这个器官的病,已经做好了最坏的准备。

有一天,人们把她抬回来,浑身冰凉,没有生气,已经死了。她在花园里跌倒了。医生确认她已经死亡。我在她身边守了一天两夜;我亲手把她放进棺材,一直送她到墓地,放进我们家族的墓穴。那是在洛林乡下。

我早已有这个心愿,便这么做了,把她的首饰、手镯,项链、戒指,我送给她的所有礼物,还有她第一次舞会穿的连衣裙,都跟她一起下葬。

您应该想象得到,我回到家里,多么伤心,多么悲哀。我只有她;我的妻子早就亡故。我孤单一人回到家里,几乎要发疯了,疲惫不堪,倒在卧室的扶手椅里,连思想和动作的力气都没有了。我已经一无所有;我只不过是一部痛苦、颤抖的机器,一个被生剥了皮的人;我的灵魂就像一个裸露的伤口。

老仆人普罗斯佩一声不响地走进来;是他帮我把朱莉埃特放进棺材、为她最后的长眠化妆的。他问我:

"先生想吃点什么吗?"

我没有回答,只是摇摇头表示不需要。

他又问:

"先生,这可不行,这会伤身体的。先生要不要我伺候上床?"

我说:

"不要。让我一个人待着吧。"

他便退了出去。

过去了多少时间,我一点也不知道。噢! 多么凄惨的夜晚! 多么凄惨的夜晚! 天很冷;大壁炉里的火已经灭了。风,冬天的风,冰冷的风,严寒的大风,吹打着窗户,发出阴森和有规则的响声。

过去了多少时间? 我待在那里,毫无睡意,心情沮丧,浑身无力,睁着眼睛,四肢直挺,身体疲软,像死人一般,绝望得头脑呆滞。忽地,进门处的大铃铛,门厅的大铃铛响了。

我是那么震惊,压得椅子咯吱作响。严肃低沉的铃声像在墓穴里一样在空荡荡的古堡里回响。我回过头去看看时钟,已经是凌晨两点。这个时候谁会来呢?

突然,铃声又响了两下。仆人们大概都不敢起来。我拿起一支蜡烛,走下楼。我差一点要问:

"谁在外面?"

很快,我就为自己的怯懦而感到羞耻;我慢慢拉开粗大的门闩。我怕极了,心怦怦直跳。我猛地拉开门,只见黑暗中立着一个白色的人影,像一个幽灵。

我吓坏了,向后退了一步,低声问:

"谁……谁……您是谁?"

一个声音回答:

"是我呀,爸爸。"

是我的女儿!

我肯定以为自己疯了;这鬼魂往里走,我往后退;我一边退,一边挥手赶她,也就是您看到过的那个手势;那个手势从此就再也没有改变。

那现身的幽灵又说:

"别怕,爸爸;我没有死。有人想偷我的戒指,切断了我的一个手指;流起血来,我复活了。"

我一细看,她身上果然溅满了血。

我瘫倒在地上,几乎窒息过去;我泣不成声,气喘吁吁。

过了一会儿,我稍稍清醒了一点,但依然惊魂未定,难以理解这突然到来的莫大的幸福。我让她上楼到我的房间去,坐在我的扶手椅里;然后,我便一个劲地拉铃召唤普罗斯佩,要他把壁炉燃起来,准备点喝的,找医生来。

老仆人走进来,看见我的女儿,顿时吓得目瞪口呆,仰面栽倒在地上,一命呜呼。

原来是他打开的墓穴,截断我女儿的手指,然后扔下了她:因为他消除不了盗墓的痕迹。他甚至没有想到把棺材放回原位,因为他肯定我不会怀疑到他,我对他一直是完全信任的。

您瞧,先生,我们多么不幸。

他不说了。

夜色降临,笼罩着孤寂凄凉的小山谷。和这两个遭遇奇特的人,起死回生的女孩和手势吓人的父亲在一起,我感到一种神秘的恐惧。

我找不出任何话可说,只低声道:

"多么可怕的事啊!"

过了一会儿,我又说:

"咱们回去好吗,我觉得有点凉意了。"

我们就返回了旅馆。

恐　惧[*]

列车开足了马力在黑暗中疾驶。

我独自一人，和一位老先生对面而坐。老先生向车门[①]外凝望着。这趟 P.-L.-M.[②]列车想必是马赛开来的，车厢里闻得到强烈的石炭酸的气味。

这是一个没有月亮也没有风的灼热的夜晚。看不到一点星光。列车飞驰产生的气流，热乎乎，湿漉漉，让人难以忍受，呼吸都有些困难。

我们是三小时前从巴黎出发的，此刻正在前往法国中部，所经之处什么也看不到。

突然，一个匪夷所思的景象出现在眼前：一片树林里，生

---

[*] 本篇首次发表于一八八四年七月二十五日的《费加罗报》；一九〇九年收入路易·科纳尔出版社出版的莫泊桑全集《小洛克》卷；一九一二年收入保尔·奥朗道尔夫出版社出版的插图版莫泊桑全集《米斯蒂》卷。

[①] 车门：当时的火车车厢，没有走道，每个隔断自成一体，有一个车门，车门上半部有一个窗口。

[②] P.-L.-M.：巴黎-里昂-地中海铁路公司简称。

着一堆大火,旁边站着两个人。

我们看到的这个场面只是一闪而过。在我们看来,那两个人很像是穷苦人,穿着破衣烂衫,被大火的光芒映得通红。他们的脸朝着我们,可以看到蓄满胡须;他们周围的景象犹如一幅舞台布景:绿树葱茏,是那种光闪熠熠的浅绿色,火焰的反光强烈地照射着树干,流动的光线穿透、渗入、湿润了枝叶。

接着一切又进入黑暗。

这真是一个奇特的景象!那两个流浪汉在树林里干什么?在这闷热窒人的夜晚,这堆大火又是怎么回事?

我的邻座掏出怀表看了看,对我说:

"正好是午夜十二点,先生,我们看到了一件异常的事。"

我表示同感,我们就聊起来,猜测那两个人可能是些什么人。销毁罪证的坏蛋,还是在炮制迷魂药的巫师?半夜,盛夏,在树林里,谁会点这么大的火做浓汤?那么,他们在做什么呢?我们没法想象还有什么类似的事。

我的邻座滔滔不绝地说起来……这是一个老年人,我判断不出他的职业。肯定是一个不同寻常、很有教养的人,也许还有点神经兮兮。

不过,在我们生活的这个世界上,理智经常被称作愚蠢,疯狂经常被誉作天才,谁又知道什么是智者,什么是疯子呢?

他说:

我很高兴看见了刚才这个场面。在短短的瞬间里,我重温了一种早已逝去的感觉!

从前,当大地还是那么神秘莫测的时候,它该是多么令人惴惴不安啊!

可是,随着人们揭开未知世界的面纱,人类便失去了想象。先生,您不觉得自从没有幽灵以后,夜晚变得乏味、黑暗变得平淡了吗?

人们会想:再也没有神灵怪异,再也没有离奇的信仰,一切未被解释的东西变得可以解释。超自然的地位降低了,就像一个湖泊被一条渠道吸干了;科学,日复一日,把神奇的领地的界线往后撤。

而我呢,先生,我属于喜爱信仰的古老的人种。我属于古老的幼稚的人种,习惯了不理解、不探究、不知道,为周围的各种神秘的事物而生,拒绝了解哪怕是简单明了的真理。

是的,先生,随着人们突然发现不可见的事物,人类便失去了想象。赋予大地诗意的各种信仰都已一去不返,在我看来,我们今天的大地就像一个被遗弃、空荡荡、赤裸裸的世界。

当我夜间出来,我多么希望能够害怕得颤抖,就像那些沿着墓地墙根一边走一边画十字的老妇人,就像那些在沼泽冒出的奇怪蒸汽和奇妙的磷火面前奔逃的最后的迷信者!我多么希望相信人们想象的黑暗中隐约有某种吓人的东西走动是真的!

从前,夜晚的黑暗中充满神奇、未知、游荡、凶恶的精灵,该是多么阴森可怕,人们猜不出这些精灵的形状,对它们的恐惧会让我们心惊胆寒,它们的神秘的力量超出我们的想象,它们对人类的伤害似乎无法避免。

超自然没有了,真正的恐惧也就随之从大地消失,因为人们害怕的实际上只是不了解的东西。看得见的危险诚然会让人不安,让人慌乱,让人害怕!但是,想到会遇见游荡的幽灵,想到会被死人纠缠,想到会被人类的恐惧发明的可怕怪物追赶,和这些带给人心灵的震颤相比,看得见的危险又算得了什么?自从不再有幽灵出没,我觉得黑暗变得寡淡了。

能证明这一点的就是:如果我们突然独自来到这树林,刚才在火光里出现的两个怪人的幻象一定会穷追我们不放,其恐怖会超过对一桩真实危险的担心。

他又说了一遍:"人们实际上害怕的只是不了解的东西。"

这让我想起一件事,一个星期天,屠格涅夫①在居斯塔夫·福楼拜②家对我们讲的一个故事。

他在什么地方写过,我记不清了。

没有任何人比这位伟大的俄国小说家更善于把对隐秘的未知的恐惧传达给人的心灵,更善于在一篇奇异故事的半明半暗中揭示出一个由令人不安、变化不定、极具危害的事物构成的世界。

----

① 屠格涅夫(1818—1883):俄国作家。一八七六年,青年莫泊桑在福楼拜家认识屠格涅夫,结下师徒般的友谊。
② 居斯塔夫·福楼拜(1821—1880):法国作家,作品有《包法利夫人》(1857)、《萨朗波》(1862)、《情感教育》(1869)、《三故事》(1877)等。莫泊桑的文学导师。

通过他的作品，人们真切地感受到它，感受到对"不可见"的东西的隐约的恐惧，对墙后面、门后面、表面生活后面的未知事物的恐惧。他的作品突然向我们投射的光亮似暗还明，仅仅够增加我们的焦虑。

他有时就像在向我们指出一些情况荒唐巧合、意外关联的意义，这些巧合和关联看似偶然，实则都是由隐蔽的狡猾的意图支配着。他的作品中好像有一条看不见的线，引导我们穿过生活，就像穿过一场我们经常抓不住其含义的迷茫的梦。

他从来不会像埃德加·坡①和霍夫曼②那样，贸然进入超自然中去。他只是叙述一些简单的故事，仅仅往里面掺进某些稍有点闪闪烁烁、稍有点令人不安的成分。

有一天他也对我们说："人们实际上害怕的只是不了解的东西。"

那天他坐着，或者不如说沉陷在一把大扶手椅里，两只胳膊耷拉着，两条腿软软地伸着，头发全白，脸淹没在银色的胡须和头发的波涛里，看上去就像永恒的天主和奥维德③的河神。

他慢条斯理地说着，声音有些懒洋洋的，为他的话语更添一点魅力；他稍显沉重的语调里带着某种迟疑，加强了他语言

---

① 埃德加·坡：即艾伦·坡，见32页注①。
② 霍夫曼(1776—1822)：德国作家，作曲家，画家，也是个法学家，他的奇幻小说在一八二〇年左右就介绍到法国。
③ 奥维德(前43—约后17)：古罗马诗人。他的代表作《变形记》第八篇中讲到河神阿刻罗俄斯，他的形象是一个长着大胡子的老人，张着嘴，从嘴里往外流水。

的准确的色彩。他的浅色的眼睛睁得大大的,像孩子的眼睛一样反映出他的思想的全部激情。

他对我们讲述:

年轻时,他在俄罗斯的一座森林里打猎。他走了一整天,傍晚的时候来到一条静静的河边。

那条河在树下、林间湍流,满是漂浮的水草,河水又深又凉,但是很清澈。

猎人生出一股强烈的意愿,要跳进这透明的水里去游一游。他脱掉衣裳,跳到流水中。这是个高大强壮的小伙子,精力充沛、勇敢无畏的游泳好手。

他缓缓地顺水漂游,悠然自得;水草和根须轻拂着他,藤子微微蹭着他的肉体,他感到心情愉悦。

突然,一只手搭在他的肩膀上。

他猛地回头,只见一个可怕的怪物正贪婪地看着他。

那好像是一个女人,又像是一个雌猴。那张奇大的脸上皱纹累累,一副怪相,她在笑。两个说不出名堂的东西,大概是乳房,在胸前晃荡;奇长的头发乱糟糟的,被阳光晒成橙红色,围着她的面孔,漂浮在她的背上。

屠格涅夫感到周身一阵卑怯的惶恐,对超自然的东西的寒彻骨髓的恐惧。

他既没有反应,也没有思想,对这突发的情况更无暇理解,拼命向岸边游去。但那怪物游得更快,它摸着他的脖子、脊背、大腿,高兴得低声傻笑。年轻人吓得简直要发狂,终于到了岸上,撒开两腿在森林里急速奔跑,甚至想不到拿回他的衣裳和猎枪。

那可怕的怪物追赶他,和他跑得一样快,嘴里还不停地发着牢骚。

逃跑者精疲力竭,吓得腿软,就要跌倒。这时,一个放羊的孩子手拿一根鞭子,跑过来,抽打起那个可怕的人形畜生来。后者痛苦地叫喊着,逃之夭夭。屠格涅夫眼看着它消失在树林里,像一个雌性大猩猩。

其实这是一个疯女人,在这个森林里,靠牧民们的施舍,已经生活了三十年,一半的时间就在那条河里游泳。

伟大的俄罗斯作家补充道:"我一生中从来没有像这样害怕过,因为我不明白这个怪物是什么。"

我那位旅伴听我讲了这件奇事,接着说:

是的,人们只害怕自己不了解的东西。只有在恐惧中加上一点几个世纪来的迷信导致的惶恐,才算真的发自灵魂地感到可怕的紧张,或者叫恐怖。我呢,我体验过一次再吓人不过的恐怖,而且是通过一件非常简单、非常愚蠢的事,我都不好意思说出来。

那时我正独自一人在布列塔尼①徒步旅行。我已经走遍了菲尼斯泰尔②,那备受踩躏的荒原,只长荆豆的赤裸的土

----

① 布列塔尼:法国西部大区,首府雷恩,现由菲尼斯泰尔、阿摩尔滨海、莫尔比昂、伊勒-维莱纳四省组成。
② 菲尼斯泰尔:法国布列塔尼大区的一个省,首府坎佩尔。

地,路边时而遇到一些神圣的巨石①,那些幽灵出没的石头。前一天我刚游览了凄凉的拉兹角②,这个古老世界的尽头,大西洋和拉芒什海峡两个大洋在那里永不止息地搏斗。关于这片盛行宗教迷信的土地,我的头脑里装满了读来的或者听来的传说和故事。

我从庞马克③走到神父桥④时,已是夜晚。您去过庞马克吗?一片平坦的海滩,非常平坦,非常低,似乎比海面还低。这片像猛兽流涎般泛着泡沫的礁石的海洋,人们在哪里都看得到它,一片灰色,非常凶险。

我在一家渔民小酒馆吃了晚饭,我现在正走在两片荒原之间的一条笔直的大路上。天色已经很黑。

时不时地,有一块德鲁伊特⑤的巨石,像一个站立的幽灵在看着我走过。我越来越感到一种隐约的不安。不安什么呢?我一点也不知道。有些夜晚,人们会相信有精灵擦肩而过,灵魂会无缘无故地颤抖,心脏会因为莫名其妙的惧怕而怦跳,惧怕某种不可见的存在,虽然我惋惜它们不复存在。

我感到这条路很长,长得走不到尽头,而且空空荡荡的。

除了在那边,在我身后海浪汹涌的声音,没有任何声响。有时这单调而又咄咄逼人的声响好像近在耳边,那么近,我以

---

① 巨石:布列塔尼有多处巨石或巨石阵,为公元前遗迹,最著名的是卡纳克巨石阵。
② 拉兹角:法国布列塔尼大区菲尼斯泰尔省海角最前端的石质岬角。
③ 庞马克:法国布列塔尼大区菲尼斯泰尔省毕鲁当区最西南方的市镇。
④ 神父桥:法国布列塔尼大区菲尼斯泰尔省的一个市镇,毕鲁当区首府。
⑤ 德鲁伊特:古代克尔特人、高卢人的一种宗教的信仰者。

为拥着泛泡沫的锋线、在平原上推进的海浪,就要冲到我的脚后跟。我很想逃跑,撒开了腿跑在它的前头。

风,贴近地面的风,一阵阵刮着,吹得荆豆在我周围呼啸。尽管我走得很快,我的胳臂和腿还是觉得冷:由于恐惧而感到酷烈的寒冷。

啊!我多么想遇到一个人!

天那么黑,现在,我几乎认不清路。

突然,我听到前面,很远的地方,有车轮声。我想:"嗨,一辆车。"可是接着,我听不到任何声音了。

过了一分钟,我又清楚地听到同一个声音,而且更近。

然而我看不到一点光亮;我心想:"他们没有照明的灯。在这荒凉的地方,这没什么可惊讶的。"

声响又停止,接着又开始。声音太尖细,不可能是一辆马车;另外,我也没有听见马蹄声,这让我很惊讶,因为夜很静。

我寻思:"这到底是什么呢?"

它在快速走近,速度很快!可以肯定的是,我只听到一只轮子的声响,此外什么也没有,既没有马的铁掌声也没有人的脚步声,什么都没有。那会是什么呢?

它已经很近,很近;我吓得本能地跳进一个沟里,只见一辆独轮车紧挨着我……快速驶过,自个儿,没有人推它……是的……一辆独轮车……自个儿……

我的心脏那么剧烈地跳起来。我瘫在草地上,听着车轮的滚动声逐渐远去,向大海那边远去。我不敢站起来,也不敢走,甚至不敢动一下;因为如果那辆车返回来,如果它追我,我会吓死的。

我过了很久、很久很久才恢复平静。走剩下的那段路时,我心里恐慌极了,一点点声响都会让我喘不过气来。

您说,这是不是很愚蠢?但那情景实在太吓人了!过后,我一思索,明白了;是一个孩子,赤着脚,想必是扶着那辆车往前走;而我,我却寻找一个普通高度的人的脑袋!

这个,您明白了吧……当人们头脑里已经有了对超自然的一种恐惧…… 一辆飞跑的独轮车……自个儿……多么恐怖啊!

他稍停片刻,然后接着说:

瞧,先生,我们目睹了一个奇怪而又可怕的场面,那其实是场霍乱的入侵!

您闻得到这车厢里有一股石炭酸味,那是因为某个地方正有霍乱流行。

这时候应该去看看土伦①。去吧,人们已经感觉到它,它就在那儿。不过那让人疯狂的不是对一种病的恐惧。霍乱,那是另一回事,那是一种"不可见",那是从前、过去时代的祸害,一个作恶多端的精灵。它幽灵再现,既让我们惊讶,又让我们恐怖,因为似乎它属于已经消失的时代。

---

① 土伦:一八八四年六月二十日于土伦首现霍乱病,莫泊桑在报纸的专栏文章中予以报道。

医生们大谈病菌我觉得十分可笑。让人害怕以至跳窗自杀的不是那些小虫子,而是霍乱,来自东方深处的无法表达的可怕存在。

请去土伦转转,人们正在大街上狂舞。

为什么在这些死亡的日子里,人们还要跳舞?人们在城市周围的乡村放烟火;人们点燃欢乐的火花;在所有的公共散步休闲场所,乐队都在演奏欢乐的乐曲。

这是因为它在那儿,人们在向它挑战,不是向病菌,而是向霍乱,人们希望在一个窥伺着你的隐蔽敌人面前表现得无所畏惧。正是为了它,人们跳舞,人们欢笑,人们呐喊,人们燃放烟火,人们演奏华尔兹,为了它,这杀人的精灵。人们感觉到它无处不在,虽然不可见,但是咄咄逼人,就像野蛮时代的祭司们驱赶的那些古老的恶的精灵一样……

一个疯子吗?*

  当有人对我说:"您知道吧,雅克·帕朗精神错乱,在一家精神病院里死了。"我痛苦得打了个哆嗦,一阵恐惧和难过的寒战传遍我全身;我突然又看到他,这个奇特的大个儿单身汉,他也许早就疯了,早就是一个令人不安甚至有些可怕的狂躁症患者。

  他四十岁,高高的个子,身子干瘪,微微驼背,眼神恍惚;那双黑黑的眼睛,黑得让人分不出瞳孔,很灵活,转来转去,有些病态,神秘兮兮。多么特别、多么令人心神不宁的人啊!他给周围的人带来一种不舒服的感觉,一种说不清的精神上和肉体上都挺不舒服的感觉,一种让人以为受到超自然影响的莫名其妙的神经紧张。

  他有一个让人看不惯的怪癖:总把手藏起来。他从来不

---

* 本篇首次发表于一八八四年九月一日的《费加罗报》;一九〇九年收入路易·科纳尔出版社出版的莫泊桑小说集《奥尔拉》;一九一二年收入保尔·奥朗道尔夫出版社出版的插图版莫泊桑全集《米斯蒂》卷。

让他的手活动,从来不像我们大家常做的那样,用手在东西上、桌子上摸来摸去。他也从来不用我们习惯的动作,不用手去移动东西。他从来不把瘦骨嶙峋、细长、有点躁动的手露在外面。

他总是把手深深地揣在衣兜里或者裤兜里,或者叉起胳膊把手塞到腋窝下,好像他担心如果让手自由,让手成为自己运动的主人,它们会不受他的控制,做出什么被禁止的事,做出什么可耻或者可笑的行为。

当他不得不用手做生活中常要做的事情时,他会突然行动,把胳膊迅速一伸,仿佛他不愿让胳膊有时间去自己动作,不让它们有时间拒绝他的意志、去干别的事。在饭桌上,他拿酒杯、叉子、刀子的时候是那么迅速,人们根本没有时间在他完成动作之前预知他要做什么。

然而,一天晚上,关于他心灵上的令人惊奇的病,我有了解释。

他隔一段时间就到乡下来,在我家住几天。那天晚上,我发现他特别焦躁不安!

一个酷热难当的白昼之后,此刻天空沉闷而又昏暗,在酝酿着一场风暴。没有一丝风吹动树叶;一股像炉灶里冒出的热蒸汽扑面而过,让人呼吸艰难。我感到不舒服,心情烦躁,想去上床睡觉。

雅克·帕朗见我站起来要走,惊慌地抓住我的胳膊,说:

"啊!别走,再待一会儿。"

我诧异地看了看他,小声说:

"暴风雨要来了,我有些紧张。"

他呻吟着,或者不如说叫嚷着说:

"那我怎么办!啊!留下来,我求求你啦;我不愿意一个人待着。"

他那样子就像发疯了一样。

我问:

"你怎么啦?你失去理智了吗?"

"是的,偶尔会这样,碰到这种雷电交加的夜晚……我……我……我会害怕……我怕我自己……你不明白我的意思吗?因为我有一种能力……不,一种强大的力量……不,一种超强的力量……总之,我不知道该怎么说,就是我身上有一种磁气在活动,它非常奇怪,让我恐惧,是的,我怕我自己,我刚才跟你说了!"

他惊恐地哆嗦着,剧烈抖动的手始终藏在短上衣里面。而我呢,也突然感到说不清的剧烈而又可怕的惶恐,浑身战栗。我很想走,逃走,不再看到他。我不愿再看到他的目光,那目光从我身上扫过,接着便溜走,围着天花板转,似乎要在房间里寻找一个阴暗的角落,把他彷徨的目光固定下来。看来他也想隐藏他可怕的目光。

我嘀咕道:

"你从来没有跟我说过这个情况呀!"

他接着说:

"难道我跟任何一个人说过吗?喏,你听好,今天晚上我不能再沉默了。我要把一切都告诉你;再说,你知道了,也许可以救我。

"磁气!你知道这是什么吗?不。谁也不知道。然而人们却能观察到它。人们承认它的存在,连医生也用它治病,赫赫有名的沙尔克医生先生也倡导它;所以,毫无疑问,它存在。

"一个人具有一种可怕而又不可理解的能力,通过他的意志的力量让另一个人入眠,而且在这个人酣睡的时候,像偷钱包一样偷走他的思想。他偷走这个人的思想,也就是偷走这个人的灵魂。灵魂,这个圣殿,这个'我'的秘密;灵魂,这个人们以前认为无法进入的人心深处;灵魂,这个人们不愿公开的思想,一切人们要隐藏的东西、一切人们心爱的东西、希望有朝一日向所有人倾吐的东西的隐蔽所;他打开这人的灵魂,侵犯它、披露它、把它公之于众!这岂不是残酷、罪恶、卑鄙吗?

"为什么会这样呢?怎么会这样呢?谁知道?人们又能知道什么呢?

"一切都是秘密。我们和事物只是通过可怜的感官进行交流,而我们的感官是不完全和残缺的,它们的能力是那么微弱,只能勉强认知我们周围的东西。一切都是秘密。请你想象一下音乐,这颠倒众生的灵魂、让人震撼、令人陶醉、令人疯狂的神圣的艺术,这音乐究竟是什么?什么也不是。

"你还不明白我的意思吗?那就请听下去。两个物体相撞,空气发生震荡。这些震荡或多或少、或快或慢、或强或弱,因冲突的性质而异。我们的耳朵里有一块很小的皮接收这些空气的震荡,再以声音的形式把它转送到大脑。请你设想一下,一杯水在你嘴里变成了葡萄酒。耳膜能完成这令人难以置信的转化,把运动转变成声音,这真是出神入化的奇迹。就是这么回事。

"音乐,这复杂和神秘的艺术,像代数一样准确,像梦一样模糊,而这由数学和微风合成的艺术却只是来自一张小小的皮的奇特的性能。如果这张皮不存在,声音也就不会存在,既然它本身只是一种震荡。如果没有耳朵,人能猜出声音吗?不能。正是这样!我们周围有很多事物,我们根本猜想不到它们的存在,因为我们缺少揭示它们的器官。

"磁气也许就属于这样一种器官。我们只能感受这强大的力量,只能战战兢兢地尝试着接近这精灵,隐约窥知这大自然的新的秘密,因为我们身上没有揭示它的工具。

"至于我……至于我,我天生就有一种可怕的强大力量。就好像有另外一个人被封闭在我的身体里,他总在不断地试图逃脱,不顾我的反对,胡作非为,蚕食我,弄得我精疲力竭。他是谁?我不知道,但是我们两个同时存在于我的可怜的躯体里,而且他,另一个存在,力量之强大经常压倒我,今天晚上就是这样。

"我只要看着人,就能让他们麻木,就好像我向他们灌了鸦片。我只要伸出手,就能发生一些……可怕的事。你怎么会知道?你怎么会知道?我的力量不仅能作用于人,也扩展到动物,甚至……物体……

"这让我痛苦,让我恐怖。我经常想挖掉自己的眼睛,剁掉自己的手腕。

"不过我这就……我要让你了解这一切。瞧,我这就展示给你看……不是在人类身上,那到处都可以做,而是在……动物身上。

"请你把米尔萨叫来。"

他带着进入幻觉的人的神情,大步走着,抽出一直藏在上衣胸口里的手。那两只手真可怕,就像两把出鞘的利剑。

我被他征服了,机械地服从着他的指挥,吓得颤抖,而又情不自禁地希望看看究竟是怎么回事。

我打开门,吹了一声口哨,召唤我那躺在过厅里的狗。我很快就听到它的爪子爬上楼梯的急促的声音,它兴高采烈地出现了,摇晃着尾巴。

接着,我便示意它在一把扶手椅上趴下;它跳了上去。雅克开始一边看它,一边抚摸它。

起初,米尔萨似乎很不安;它颤抖着,转动着头,回避着雅克盯着它的目光,越来越恐惧地躁动着。忽然,它开始发抖了,跟别的狗发抖没什么两样。它的整个身体抽动着,被一阵阵长时间的战栗剧烈地晃动着;它想要逃跑。但是雅克把手摁在这动物的脑袋上,它在这触摸下发出一声长长的嚎叫,就是人们夜间在田野上常听见的那种嚎叫。

我也感到浑身麻木,晕头转向,就像坐在船上一样。我似乎看见家具在倾倒,墙壁在动摇。我低声说:"够了,雅克,够了。"但是他不再听我的,仍然用可怕的目光看着米尔萨。米尔萨现在已经闭起眼睛,垂下脑袋,就像人们入睡时那样。雅克转过身对我说:

"好了。不过你现在再留神看。"

他把自己的手绢扔到房子的另一头,对米尔萨喊了声:"叼来!"

那畜生于是爬起来,一瘸一拐,踉踉跄跄,仿佛眼睛瞎了,像瘫痪的人挪动腿一样挪动着爪子,朝墙边那块白斑似的手绢走去。它试了好几次,想用嘴把它叼起来,可总像它看不见似的咬到旁边的地方。它终于咬住了它,像梦游一样摇摇晃晃地走回来。

这真是一件看了让人惊心动魄的事。雅克命令:"趴下。"米尔萨就趴下。接着,雅克一边摸着狗的脑袋,一边说:"有一只野兔,冲,冲。"那条狗依然侧卧着,欲跑又止,像做梦似的动换着,闭着嘴发着腹语般的低吠。

雅克好像气疯了,汗珠从他的额头流下,他大喊:"咬他,咬你的主人。"米尔萨猛地跳了两三步。看上去它在抵抗,又在斗争。雅克又说了一遍:"咬他。"我的狗终于站起来,朝我走来。我向墙边退去,吓得发抖,抬起脚要踢它,把它赶开。

但是这时雅克命令道:"回来,快。"它便转身向他走去。雅克用他的两只大手摩擦起它的头来,就好像在给它解开看不见的链条。

米尔萨的眼睛又睁开了。雅克说:"完了。"

我不敢碰米尔萨,我打开门让它出去。它慢吞吞地走了,哆嗦着,疲倦至极。我又听见它的爪子敲打楼梯的声响。

然而雅克回到我身边,说:"这还不是全部。最让我害怕的是这个,你瞧,连东西也服从我。"

我的桌子上有一把短刀,是用来裁书页的。他把手伸向那把刀。那把刀就像爬行一样,缓缓地向他挪近;忽地,我看见,是的,我看见,那把刀自己抖动起来;接着,它移动了几下,然后自个儿在木桌上慢慢滑向停在那里等着它的手,最后停在他的手指下面。

我惊恐得叫喊起来。我以为自己也疯了。不过雅克的尖锐的声音让我戛然平静:

雅克说:

"无论什么东西都会接连向我走来。全都是因为我藏起的这双手。是什么在起作用呢?磁气,电,吸力?我不知道,但这非常可怕。

"你明白为什么非常可怕吗?每当我独自一个人的时候,我立刻就会禁不住地把周围的东西都吸引到我身边来。

"我整日整日地把时间都用在变换东西的位置,不知疲倦地尝试那可憎的能力,也为了看看那个存在是不是离开了我。"

他已经把两只大手藏进衣兜,眼睛望着黑夜。一阵微微的响声,一片瑟瑟的轻颤,似乎在丛林间掠过。

是雨开始下起来。

我低声说:"真可怕!"

他重复道:"是恐怖。"

一片嘈杂声像一阵风从树叶间飞驰而过。这是骤雨,浓密的大雨倾盆而下。

雅克高高地挺起胸膛，开始大口大口地呼吸起来。
"你走吧，"他说，"雨会让我平静下来的。我现在希望一个人待着。"

贝 尔 特*

我的年老的朋友(人们有时也会有比自己年岁大得多的朋友的),我的年老的朋友波奈医生,多次邀请我去利翁①他那儿小住。我对奥维涅一无了解,决定去看看,那是一八七六年仲夏。

我乘早班火车到达,在站台上远远看见的第一张面孔就是医生的。他身穿灰色衣服,戴一顶黑色宽边的圆毡帽,帽筒高高的,越往上越窄,像个烟囱,一顶散发着烧炭人气味的真正的奥维涅人的帽子。医生的大脑袋上白发满头,但他这副穿戴,加上浅色上装里面身体清瘦,虽已年老,却还显年轻。

他就像外省人看到久已盼望的朋友到来时那样,喜形于色地拥抱我,伸着双手四面指点着,十分骄傲地说:"这就是

---

* 本篇首次发表于一八八四年十月二十日的《费加罗报》;一八八五年收入维克多·阿瓦尔出版社出版的莫泊桑小说集《伊薇特》;一九〇二年收入保尔·奥朗道尔夫出版社出版的插图版莫泊桑全集《伊薇特》卷。

① 利翁:法国奥维涅地区多姆山省的一个市镇。

奥维涅!"我看到前方是一带群山,山峰就像圆锥截去了尖顶,想必是些古老的火山。

接着,他用手指着车站门上方写着的站名,说:"利翁,法官之乡,司法界的骄傲,更应该说是医生之乡。"

我问:"为什么?"

他笑着回答:"为什么?您把这个词反过来,就成为mori①,意思就是'死亡'……所以,年轻人,这就是我定居在这里的原因。"他很为这个笑话自鸣得意,搓着手,拉着我就走。

我刚喝完一杯牛奶咖啡,就照例去参观老城区。我欣赏了药房故址以及其他著名的房屋,全都是黑色的,但是像小摆设一样精美,房屋的正面都由石雕而成。观赏屠夫的主保圣人童贞圣母雕像的时候,我甚至还听了一个与此有关的有趣的奇事,我会改天再说给您听。波奈医生接着对我说:"现在,我请您给我五分钟的时间,我要去看一个病人;然后我带您去沙泰尔-吉庸丘陵,让您在吃午饭以前看看本城和整个多姆山脉的全貌。您可以在人行道上等我,我上去就下来。"

他在一所私人府邸对面离开我。古老的外省私宅都是阴森、封闭、死寂而又凄凉。这座楼房在我看来外表尤其凶险。我不久就发现其中的原因。二楼所有的大窗户都用整块木板做的护窗板封住一半,只有上半部分是开着的,就像有人故意不让关在这大石头匣子里的人看到街道。

---

① mori:拉丁文,意为"死亡",与法文"死亡"(mort)近似。

医生下楼来,我把我的发现告诉他。他回答:"您没有弄错,关在里面的那个可怜人永远也不该看到外面发生的事情。那是一个疯女人,准确地说是一个白痴,更准确地说是一个头脑简单的女人,你们诺曼底人称 niente①。

"啊!这是一个悲惨的故事,同时也是一个病理学的特例。我讲给您听听好吗?"

我同意了。他便接着说:

是这样的。离现在已经二十年了,这座府邸的主人,我的两个客人,生下一个孩子,一个女孩,和所有的女孩子并没有什么不同。

但是我不久就看出,虽说这孩子的身体发育得非常好,但她的智力却始终很迟钝。

她很早就会走路,但她却绝对不肯说话。我起初以为她是耳聋;后来我确认她的听觉完美无缺,只是她没有理解力。剧烈的声响会让她战栗、恐惧,但是她不理解响声的起因。

她长大了;她出落得眉清目秀,但她却是哑巴,由于弱智而不会说话。我尝试过各种办法,想带给这个头脑一线思想的光芒;结果毫不成功。我曾以为发现她能认出喂奶的妈妈;但是一断奶,她就不认识自己的母亲了。"妈妈"!这孩子们会说的第一个词,这士兵们在战场上低语的最后一个词,她从来都不会说。她有时试着咿咿呀呀地说话,哼哼唧唧地啼哭,

----

① niente:诺曼底方言,意为"呆子"。

别的什么也不会。

天气晴好的时候,她总是笑,发出可以比作鸟叫的轻轻的叫声;下雨的时候,她哭泣,悲惨地呻吟,很吓人,就像狗临死时的哀鸣。

她喜欢像小动物一样在草地上打滚,像疯子一样狂奔。每天早上,阳光一射进她的屋子,她就拍手。仆人打开窗户,她就一边鼓掌一边在床上兴奋地扭动,让人立刻给她穿衣裳。

另外,也看不出她会认人,她分辨不出母亲和女仆,分辨不出父亲和我,分辨不出车夫和厨娘。

我喜爱她的父母,他们很不幸,我几乎每天都来看望他们。我也经常在他们家吃晚饭,因此我才能发现贝尔特(人们给她起名叫贝尔特)似乎分辨得出不同的菜肴,她喜欢一些菜,不喜欢另一些菜。

她那时十二岁。她的身体却发育得像十八岁的姑娘,而且个儿比我还高。

因此我有了一个想法,就是发展她的食欲,通过这个办法往她的头脑里注入细微的区别感,通过口味的不同、味道的差异,如果不能迫使她去推理,至少能诱导她进行本能的区分。这已经构成思想的一种物质的活动了。

接着就应该调动她的爱好,精心选择那些可以为我们所利用的爱好,获得一种身体对头脑的反作用,从而逐渐增加她的头脑的难以觉察的运转。

于是有一天,我把两个盘子放到她面前,一盘是浓汤,另一盘是很甜很甜的香草奶油。我让她轮流品尝两个盘子里的东西。然后我让她自由选择。她吃了那盘奶油。

我只用了很少时间就把她变得贪吃,而且是那么贪吃,好像头脑里只想或者说只渴望吃东西。她已经完全分辨得出不同的菜,总是把手伸向最想吃的菜,而且贪婪地抓住不放。如果把那盘菜夺走,她就哭。

接着我想教她听到铃声就来餐厅吃饭。为此我用了很长时间;然而我做到了。在她的隐约的判别力中,肯定建立起了声音和味道之间的一种关联,也就是两种感官之间的联系,彼此的呼应,总之,建立起了一种观念的连接——如果可以把两种器官功能的这种本能的联系称作观念的话。

我还把我的实验推进得更远,我教她——费了多大劲啊!——在座钟的表面上辨认吃饭的时间。

我费了很长时间也没能唤起她对指针的注意,但是我做到了让她注意时钟打点,使用的方法很简单:我取消了敲钟,而是在时钟的小铜锤敲响中午十二点的时候让大家都站起来去吃饭。

我也做了一些徒劳无功的努力,比方说,教给她数点数。起初她一听到钟声就冲向门口;可是渐渐地,她想必意识到并非所有的铃声都具有同样的价值,意味着要吃饭;在耳朵引导下,她的眼睛便经常凝视着钟面。

我发现了这一点,每天中午十二点和下午六点,她期待的时间一到,我就特意走过去把手指放在"十二"这个数字和"六"这个数字上;我很快就看出,她在聚精会神地追随我经常当她面转动的两个小铜针的行进。

她懂了！我也许应该更准确地说：她掌握了。我终于让时间的意识，或者更准确地说，让时间的感觉，进入了她的脑海，就像人们在鲤鱼身上做到的那样，鲤鱼没有钟表做依据，只是通过每天在同一时间喂它们，便形成了它们的时间感觉。

一旦获得这个结果，家里所有的钟表占据了她的注意力，她再也不注意别的。她把时间都消磨在看钟表，听钟表，等待开饭的时间。甚至发生了一件相当滑稽的事。一个悬在她床头的路易十六时代的挂钟发生了故障，她发现了。她等了二十分钟，眼睛紧盯着指针，等着座钟敲响十点。可是指针过了那个数字，居然什么声音也没听到，她大为惊讶。她惊讶得坐了下来，想必受到了我们面临大灾大难才有的剧烈震撼，显得非常不安。她罕有地那么耐心，在那台小机械前面一直待到十一点，为了看看会发生什么事。当然了，她还是什么也没听到；于是，或者是感到受骗，极度失望，或者是面对一桩可怕的神秘，感到极大的恐惧，或者是热烈的爱好遇到了障碍，感到疯狂的不安，她勃然大怒，抓起壁炉的火钳，猛烈击打那座钟的框子，瞬间就把它砸得粉碎。

这么看来，她的头脑在运动、计算；不错，是以一种隐约的方式，在有限的范围内，因为我始终无法让她像分辨钟点一样分辨人。为了激发她的智力活动，我必须调动她的爱好。

我们很快就有了另一个证明，唉，一个可怕的证明！

她变得美极了；她真正是一个美人坯子，一个令人赞美的却又是愚笨的维纳斯①。

她十六岁了。我很少见到如此完美的形体,如此柔软和如此匀称的线条。我说一个维纳斯,是的,一个维纳斯,金黄色头发,体态丰满,充满活力;一双大眼睛清澈而又空虚,像亚麻花一样蓝;宽宽的嘴,圆圆的嘴唇,一张贪吃的嘴,性感的嘴,适合亲吻的嘴。

不料,一天早上,她的父亲走进我家,脸上的表情很奇怪,坐下以后,甚至还没有回答我的问候,就说:

"我有一件很重要的事跟您说……能不能……能不能让贝尔特结婚?"

我大吃一惊,叫嚷:"让贝尔特结婚?……但这是不可能的!"

他接着说:"是的……我知道……可是您想想……大夫……这也可能……正是我们曾经希望的事……如果她生几个孩子……也许对她是一个很大的震撼……谁能说她的理智不会在母性中觉醒呢?……"

我愣了好一会儿,不知所措。他说得有道理。也许这件别出心裁的事,也许那在女人心里和在动物心里一样跳动的令人赞美的母亲的本能,也许那会让她像母鸡一样为保护小鸡扑向狗嘴的母性,能够在这个无理智的头脑里带来一场革命,一次天翻地覆的变化,让她的静止的思想机器开动起来呢。

---

① 维纳斯:希腊神话中爱和美的女神。

另外我也立刻想起一个我本人经历的事。几年前我有过一条雌性小猎狗,非常笨,我什么也教不会它。她生了几个小崽以后突然间变了,虽然不能说变得很聪明,但是几乎可以和许多不太机灵的狗相比了。

一想到有这种可能性,让贝尔特结婚的愿望在我心中陡增,与其说是为了她和她的父母,不如说是出于科学的好奇心。会出现什么情况呢?这正是一个饶有兴味的问题!

于是我回答她父亲:

"您的想法也许有道理……可以试一试……您就试试看……不过……不过……您很难找到一个男人会愿意这么做。"

他低声说:

"我有人了。"

我简直惊呆了,结结巴巴地说:"一个正经人吗?……一个……您这个圈子的人吗?……"

他回答:"是……肯定是。"

"啊!我可以……知道他的名字吗?"

"我来就是要告诉您,并且征求您的想法。这人就是加斯东-杜布瓦·德·吕塞勒先生!"

我几乎要大吼一声:"坏蛋!"不过我没有骂出口;沉默了一会儿,我咬牙切齿地说:"行,很好,我看没有任何不妥。"

这可怜的人紧握住我的双手:"咱们下个月就让她结婚。"

加斯东-杜布瓦·德·吕塞勒先生是个出身良好家庭的无赖,他吃光了父亲的遗产,又用各种各样不老实的方法到处举债,正在找新的办法弄钱。

他找到了这个办法。

不过,这是个挺漂亮的小伙子,身体好,放荡子,属于外省那种最可恶的放荡子。在我看来他会是一个很容易满足的丈夫,以后给他一笔年金就可以打发掉。

他到家里来献殷勤,在这个漂亮的傻丫头面前卖弄风情,看来他还挺喜欢她。他送花给她,吻她的手,坐在她的脚边,眼睛对她含情脉脉。但是她根本不把他的殷勤放在眼里,而且完全区分不出他和她周围生活的其他人。

婚礼举行了。

您明白我的好奇心被点燃到什么程度。

第二天我来看贝尔特,想从她脸上窥探她身上是不是受到了什么震动。但我发现她和往日相似,还是一心挂念着时钟和晚饭。而他呢,相反,他好像很钟情,竭力用人们跟小猫施展的小把戏和媚态,引他的妻子高兴,博取她的好感。

他简直无所不用其极。

我开始经常去看望新婚夫妇。我很快就看出年轻女人能认得她的丈夫了,而且经常用贪婪的眼光看着他,而这种眼光过去只是看甜食时才有。

她注视着他的一举一动,分辨得出他走楼梯或者在隔壁房间里的脚步声。看到他进来,她会高兴得拍手,眉开眼笑的脸上展现出深深的幸福和欲望的火花。

她用整个身体,整个灵魂,她整个残疾的灵魂,她整个的心,她整个感恩的动物的可怜的心爱他。

这真是一副纯真的爱、既肉感又腼腆的爱的美好天真的形象!这种自然赋予人类的爱,已经被人类用细腻的感情复杂化,弄得面目全非了。

但是他很快就厌倦了这个虽然美丽、热情,但是哑口无言的造物。他白天最多只在她身旁过几个小时,认为给她夜间已经足够。

她开始感到痛苦。

她从早到晚等着他,眼睛盯着座钟,甚至连吃饭也不再挂念,因为他总是在外面吃饭,在克莱尔蒙①,在沙泰尔-吉庸,在鲁瓦亚②,无论在哪儿,只要能不回家。

她日渐消瘦。

其他一切思想、一切欲望、一切期待、一切模糊的希望,都从她的头脑里消失了;不能见到他的那些时间,对她来说成了遭受极刑的时间。很快,他甚至在外面住宿了。他在鲁瓦亚的游乐场和一些女人整夜鬼混,天亮才回家。

只要他没回来,她就拒绝上床。她呆坐在椅子上一动不动,眼睛一直紧紧盯着小铜针,它们在转动,在写着钟点的彩釉钟面上缓慢、有规律地转动。

她远远地听见他的马蹄声,便身子一振;接着,等他走进

---

① 克莱尔蒙:今名克莱尔蒙-费朗,法国中部的一个重要城市,多姆山省省会。
② 鲁瓦亚:法国多姆山省一城市,在克莱尔蒙-费朗西郊,以温泉浴著称。

房间,她就站起来,用幽灵般的姿态指着时钟,像在对他说:"瞧瞧,多晚了!"面对这个多情而又嫉妒的白痴,他开始害怕;他像生性粗暴的人一样大吼大叫,一天晚上,他甚至打了她。

人们把我找去。她拼命地挣扎着,呼号着。是痛苦,还是愤怒,还是爱情?究竟是什么,我怎么知道?谁能猜到在这些弱智的头脑里发生的事?

我给她打了一针吗啡,让她安静下来;我不许她再见到那个男人,因为我明白了:结婚必不可免会导致死亡。

就这样,她疯了!是的,我的亲爱的朋友,这个白痴疯了。她总想着他,等着他。她整日整夜,不管是醒着还是睡着,无时无刻不在等着他。我见她越来越消瘦,消瘦,固执的眼睛再也不离钟面,我让人把家里的所有钟表都拿走。我这样做,她就不可能计算钟点,不可能在模糊的记忆中无休止地寻找他以前回来的时间。我希望假以时日,能够抹去她心中的记忆,熄灭她那我好不容易燃起的思想的光芒。

有一天我尝试过一个实验。我把我的手表送给她。她拿过去,端详了一会儿,然后可怕地吼叫起来,似乎看到这个小仪器,突然唤醒了她开始昏睡的记忆。

她瘦了,她今天瘦得让人可怜,凹陷的眼睛灼灼闪亮。她不停地走动,就像笼中的野兽。我让人把窗户用栅栏封住,安装了高高的护窗板,把座椅固定在地板上,防止她总往街上看他是否回来!

啊!可怜的父母!他们未来的生活会是多么悲惨啊!

说话间我们来到了丘陵；医生回过头，对我说："从这儿看看利翁。"

城市阴沉沉，一副古老城市素有的面貌。城市后面，绿色的平原一望无际，树木繁茂，散落的村庄和城市淹没在蓝色薄雾里，天际显得分外迷人。右边的远处，绵延的崇山峻岭，那一连串的山峰，或者呈圆形，或者像被利剑一下子削掉山头。

医生历数着那些城镇和山峰，一边给我讲述每一个城镇和每一座山峰的历史。

不过我并不在听，我只想着那个疯姑娘，眼前只看见她。她就像一个阴森的精灵，翱翔在这广袤的大地上。

我突然问：

"他后来怎么样了，他，那个丈夫？"

我的朋友有点意外，犹豫了片刻，回答："他靠着给他的年金在鲁瓦亚生活。他很快活，花天酒地。"

我们正小步往回走，两个人都心情沉重，默默无言，一匹纯种马拉着一辆英式轻便马车从我们身后驶来，大步流星，疾驰而过。

医生抓住我的胳膊，说：

"那就是他。"

我只看见一副宽肩膀上的一顶灰毡礼帽，歪在一个耳朵上，在一片尘雾中远去。

出　售*

迎着初升的太阳徒步出发,在静静的海边,踏着露水,沿着田野行走,多么令人陶醉!

多么令人陶醉啊!醉意,和阳光一起通过眼睛,和轻盈的空气一起通过鼻孔,和吹拂的风儿一起通过皮肤,沁入您的心田。

我们为什么会这么清晰、亲切、深刻地留下和大地相爱的某些短暂时刻的回忆?我们为什么会像记得邂逅一个讨喜的美丽姑娘一样,留下在一条大路的转角、一个山谷的入口、一条河流的岸边发现一个美好景色的甜蜜而又迅疾的感觉的回忆?

记得有一天,我沿着布列塔尼的大西洋海岸,向菲尼斯泰尔角①走。我快步走着,什么也不想,傍着波浪起伏的大海。

---

*　本篇首次发表于一八八五年一月五日的《费加罗报》;一八八六年收入保尔·奥朗道尔夫出版社出版的莫泊桑小说集《帕朗先生》;一九〇三年收入同一出版社出版的插图版莫泊桑全集《帕朗先生》卷。

①　菲尼斯泰尔角:布列塔尼大区菲尼斯泰尔省西面深入大西洋的一个海角。

那是在堪培尔雷①附近,布列塔尼最温柔、最美好的部分。

一个春天的早晨,一个能让您年轻二十岁,重又萌生许多希望,充满少年时的梦想的早晨。

我走在麦子和波浪之间,一条几乎分辨不出的路上。麦子纹丝不动,浪花也不大欢腾。闻得到成熟的田野的香味和生满海藻的大海的气味。我走呀,什么也不想,一直向前,继续我开始了两个星期的旅行,布列塔尼沿海的一次周游。我感到自己精力充沛,身体矫健,幸福满满,心情愉悦。我走呀走。

我什么也不想!干吗要去胡思乱想,在这深心的、肉体的、无忧无虑的愉快的时刻,像在草地上奔跑和阳光下的蔚蓝色天空里飞翔的动物一样愉快的时刻!我听到远处唱着圣歌。也许是一些人在举行宗教仪式,因为这一天是星期日。转过一个小海角,我突然站住不动了,看得入迷了。五艘大渔船出现在我的视野里,船上满载着人,男人,女人,儿童,去普卢纳旺朝圣。

有气无力的软弱的微风稍稍鼓起棕色的船帆,勉强推动着这些船沿着海岸缓缓前进。接着,很快,风息了,松软的船帆就顺着桅杆垂下来。

沉重的船载着人们慢慢地滑行。这些人都在歌唱。男人们站在船舷上,头戴大礼帽,亮出他们强有力的歌喉;女人们喊开她们尖尖的高音;在这片虔诚的响亮的喧声中,孩子们的

---

① 堪培尔雷:法国市镇,位于菲尼斯泰尔省西北部。

纤细的声音就像走调的短笛。

五艘船上的乘客大呼小叫地唱着同一首赞歌,单调的节奏在静静的天空里飞扬;五艘船紧紧相连,一艘接一艘,鱼贯而行。

他们从我面前经过,紧挨着我;我看着他们远去,听着他们的歌声减弱,直到消失。

我梦想起一些美好的事情来,就像非常年轻的人那样梦想着,天真无邪,满怀憧憬。

消失得多么快哟,那纯真的年代,一生中唯一幸福的年代!一个人孤单时如果立刻就有沉湎于希望的神圣本能,他永远不会感到孤独,永远不会感到悲伤,永远不会感到忧郁和痛苦。在思想漫游的幻境中无所不至的国度,是多么神奇的国度!在梦幻的金粉下,生活是多么美好!

唉!这一切,都结束了!

我开始梦想起来。梦想什么呢?梦想一切人们不停期待的东西,梦想一切人们渴望的东西,梦想财富,梦想荣誉,梦想女人。

我走呀,迅速地迈着大步走,一边用手轻抚着麦子的金黄的脑袋;这些小脑袋在我的手指下低下去,蹭得我的皮肤痒痒的,就像我触碰的是头发。

我绕着一个小岬角走了一圈,远远看见一片狭窄的圆形海滩的深处有一座白房子,建在三层平台的上面,这三层平台一层层下降到沙滩。

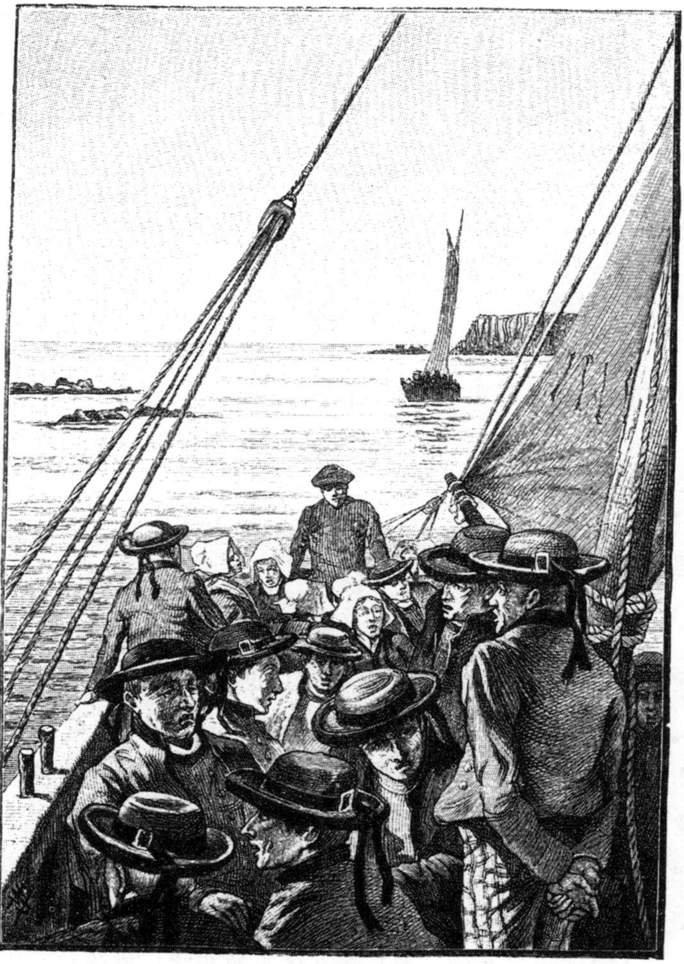

为什么看到这座房子我会激动得战栗呢?我怎么知道!像我这样旅行,人们有时的确会发现一些早已见过的角落,让您觉得它们那么熟悉,让您打心眼里高兴。

是否有可能您根本没见过它们呢?是否有可能您以前根本没在那里住过呢?一切都吸引您,让您着迷:视野的优美,树木的布局,沙滩的颜色。

啊!多么漂亮的房子,屹立在它高高的平台上!

高大的果树沿着层层平台生长,这些平台就像巨大的阶梯,降向海边。每个平台上都有一长排的盛开着鲜花的西班牙染料木,就像戴在它前额的金冠!

我太爱这座住宅了,不禁驻足观看。我多么希望拥有它,在里面生活,永远!

我走到它的门前,激动得心怦怦直跳,这时我看见一块牌子上写着:"出售"。

我惊喜万分,就好像人家要把这座房子献给我,白送给我!为什么?是的,为什么?我一点也不知道!!

"出售",这就意味着它几乎不属于任何人,也可能属于任何人,属于我,属于我!我为什么这么高兴,这么莫名其妙地打心眼里高兴?既然我很清楚我不会买它?我哪有钱买它呢?管它去,反正它在出售!鸟在笼子里属于它的主人,鸟在空中就属于我,既然它还不属于任何别的人。

于是我走进花园。啊!多么优美的花园!错落有致的花坛,贴墙种着的果树,像十字架上的殉道者伸长了臂膀,一簇簇金色染料木,还有每个平台尽头的两棵老无花果树。

我走到最上面的一层平台,驰目眺望。远处,小小的海滩在我的脚下展开,圆圆的,铺满黄沙,三块沉重的褐色岩石把它和大海隔开,封住入口,在大海发狂时的日子里还能阻挡浪涛冲击。

前方,在海滩的尖端,有两块巨大的岩石,一块立着,另一块躺在草丛里,是一个糙石巨柱和一个古石冢,就像一对奇怪的夫妻,被某种魔法定住了似的,一动不动,仿佛总在看着那座小房子。它们看着那小房子建起来,它们认识这个港湾已经几个世纪,那时这海湾还是一片荒凉,它们也将看着这座出售的小房子坍塌、粉碎、灰飞烟灭、彻底消失!

啊!古老的糙石巨柱和古老的石冢,我爱你们!

我就像到了自己的家一样拉响了门铃。一个女人来开门,是一个女仆,一个矮小的老女仆,穿一身黑衣裳,戴着白帽子,像个不发愿的修女。这个女人,好像我也认识。

我问她:"您不是布列塔尼人吧?"

她回答:"不是,先生,我是洛林人。"她接着又说,"您是来看房子?"

"哦!是的。当然。"

我便走了进去。

我好像什么都见过,墙壁,家具。我几乎惊讶在门厅里没有看见我的手杖。我走进客厅,一间用席纹图案装饰的漂亮客厅,三个宽阔的窗户可以观看大海,壁炉台上有几个中国大瓷花瓶和一张大幅的女人照片。我立刻向那张照片走过去,确信我也认识她。我认出她来了,虽然肯定我从来也没有遇见过她。这是她,就是她,我期待、渴望、频频呼唤、那面孔让我梦绕魂牵的,就是她。我永远到处寻找,我待一会儿就能在大街上看到的,我只要在麦田上看到红色阳伞,马上就能在乡村大路上找到的,就是她。我在旅途中登上火车车厢,走进旅馆,一定已经在里面、赶在我前面为我打开客厅门的,就是她。

这是她,肯定,毋庸置疑是她!从她看我的眼睛我认出了她,从她卷成英式发型的头发我认出了她,特别是从她的嘴,从我早就能猜想到的那微笑,我认出了她。

我立刻问老女仆:"这个女人是谁?"

那个脸就像不发愿的修女的女仆干巴巴地回答:

"这是太太。"

我接着问:"是您的女主人?"

她用虔诚而又坚决的声音回答:"啊!不,先生。"

我坐下,然后说:"请跟我说说这是怎么回事。"

她不知所措,一动不动,一言不发。

我便追问:"这么说,她是这个房子的业主了?"

"啊!不,先生。"

"那么,这个房子到底是谁的呢?"

"是我的主人图尔奈尔先生的。"

我用手指着那幅照片:

"这个女人是什么人?"

"这是太太。"

"您的主人的妻子吗?"

"啊!不,先生。"

"那么,是他的情妇了?"

不发愿的修女不回答。

一种隐隐的嫉妒,对得到这个女人的那个男人的一股无名愤怒,让我心如刀割,我接着说:

"他们眼下在哪儿?"

女仆低声说:

"先生在巴黎。不过,太太我就不知道了。"

我打了个哆嗦:"啊!他们不在一起了。"

"不,先生。"

我很狡猾;我语调严厉地说:"告诉我发生了什么事,我也许可以帮您主人的忙。我认识这个女人。她很坏!"

老女仆看了我一眼,见我一副坦诚的样子,对我产生了信任。

"啊!先生,她让我的主人很不幸。他是在意大利认识她的。他把她带回来,就好像娶了她似的。她歌唱得很好。他很爱她,先生,看他那样子真让人可怜。去年,他们到这个地方来旅行,发现了这座房子。这房子原先是为一个疯子、一个真正的疯子盖的,为了把他安置在离村庄两法里的地方。太太立刻就想把它买下来,好跟我的主人在这儿安家。为了讨她的喜欢,他买下了这座房子。

"他们去年在这儿待了一个夏天,先生,还有几乎一个冬天。

"后来,一天上午,吃午饭的时候,先生问我:'赛萨琳娜,太太回来了吗?'

"'没有呀,先生。'

"我们整整等了一天,我主人就像发疯了似的。我们到处找也没找到她。她走了,我们怎么也没搞清她去了哪儿,也不知道她怎么会走。"

啊!我真高兴!我真想拥抱这个不发愿的修女,把她搂在怀里,带着她在客厅里狂舞!

啊!她走了,她逃走了,她厌倦了、厌恶了他,离开了他!我多么高兴!

老女仆又说:"先生伤心得要命,他回巴黎去了,留下我和我的丈夫卖房子。这房子要两万法郎。"

不过我不再听她说话!我在想她!突然,我看出我只要离开去找就一定能找到她;这个春天,她肯定已经回到这地方来看这座房子;没有他,她是多么喜欢她这座可爱的房子。

我放在老妇人手里十个法郎,一把抓起那幅照片,就溜之大吉,一边忘乎所以地吻着框在硬纸板里的那张温柔的面孔。

我又来到大路上,继续走,一边看着她,看着她!她自由了,她逃脱了,多么让人高兴!我肯定很快会遇到她,不是今天就是明天,不是这个星期就是下个星期,既然她离开了他!她离开了他,我的时刻到来了!

她自由了,在世界的某个地方!我一定会找到她,既然我认识她。

我一直抚摸着成熟的麦子弯下的脑袋,我畅饮着充满心胸的大海的气息,我感到阳光在亲吻我的脸。我走呀走,幸福得发狂,希望得陶醉。我走呀走,坚信很快就会遇到她,把她带回来,住在轮到我们住的在"出售"的那座漂亮房子里。这一次,她一定会乐陶陶!

小 洛 克[*]

1

乡村邮递员梅德里克·隆佩尔,本地人都亲切地叫他梅德里。这一天,他像往常一样按时从鲁伊-勒托尔邮局出发。他迈着老兵的大步穿过小城,先经过维约姆牧场,来到布兰迪河边,然后沿着河岸走向卡尔夫兰村。他要从那儿开始递送邮件。

他沿着这条狭窄的河很快地走着。河水冒着泡,低声抱怨着,在青草夹岸的河床里,柳树搭成的拱廊下,翻翻滚滚,湍流不息。经常有一块巨石拦住流水,在石块周围隆起一个水

---

[*] 本篇首次发表于一八八五年十二月十八日至二十三日的《吉尔·布拉斯报》;一八八六年收入维克多·阿瓦尔出版社出版的莫泊桑小说集《小路易丝·洛克》;一九〇三年收入保尔·奥朗道尔夫出版社出版的插图版莫泊桑全集《小洛克》卷。

圈,就像是一条领带,最后是一个泡沫形成的结。有些地方,形成一尺来高的瀑布,不过往往在叶丛下,在藤萝下,被绿荫遮蔽着,隐而不见,只听到愤怒或者温柔的巨响。再往前,河岸变宽了,出现一个平静的小湖,在静静的湖底漂浮着游丝似的绿色水草,鳟鱼在其中来往穿梭。

梅德里克闷着头往前走,什么也不看,只想着:"第一封信送给普瓦弗隆家,然后的一封送给勒纳尔岱先生;所以我必须穿过大树林。"

他那件用黑皮带束腰的蓝罩衫,随着他快速而又有规律的步子在柳树排成的绿篱间穿行;他那根拐杖,一根冬青木棍,和他腿同步,在他身体的一侧移动。

一根树干搭在两岸,架成一座独木桥;两岸各插一根小木桩,拉一条绳子做成扶手,梅德里克就从这座桥上跨过布兰迪河。

大树林属于勒纳尔岱先生,他是卡尔夫兰村的村长,也是当地最大的地主。大树林里尽是像石柱一样笔直的参天古木,在河的左岸,绵延两公里,布兰迪河成了这片绿树编织的广阔顶棚的边界。沿着河边,大簇大簇的灌木在阳光烘烤下长得非常茂盛;但是在大树林下面却什么也没有,只有苔藓,厚厚的、柔韧的、绵软的苔藓,在凝滞的空气里散发出腐叶朽枝的淡淡的霉味。

梅德里克放慢了脚步,摘下带红饰条的黑军帽,擦了擦脑门上的汗;尽管还不到早上八点,牧场上已经很热。

他刚把帽子戴上,重新加快脚步,忽然看到一棵树的底下有一把刀,一把孩子用的小刀。他弯下腰捡这把刀时,又发现了一个顶针;接着,再过去两步远,又有一个针盒。

把这几件东西捡起来以后,他想:"我要把它们交给村长先生。"他又赶起路来;不过现在他留神看了,料想还会发现别的东西。

他忽然停下来,就像撞上一根木杆似的;因为在他前面十步远的苔藓上,仰面躺着一个浑身赤裸的孩子的躯体。这是个十二岁左右的小姑娘。她两臂伸展,两腿叉开,脸上蒙着一块手帕。两个大腿上沾着一点儿血。

梅德里克踮着脚尖轻轻走过去,就好像生怕弄出声响,担心发生什么危险似的;他还把眼睛睁得老大。

这到底是怎么回事呢?她也许在睡觉吧?可是他又想,早上七点半钟,绝不会有人这样一丝不挂地在阴凉的树底下睡觉。这么说,她死了;他眼前展现的是一桩罪行。想到这里,他不由得打了个寒战,虽然他是个老兵。再说,这种事在本地是那么罕见,凶杀,而且杀害的是一个孩子,他简直不能相信自己的眼睛。可是,她身上没有一点伤痕,只是大腿上有点儿血迹。她是怎样被杀死的?

他走到她身旁停下,拄着木棍仔细看。他肯定认识她,因为他认识这一带所有的居民。但是,看不到她的脸,他没法猜出她是谁。于是他弯下腰,要拿掉蒙在她脸上的手帕。可是手刚伸出去又停下来,因为他想到了一个问题。

在司法当局还没有鉴定之前,他有权挪动任何东西、从而破坏尸体的现状吗?他想象中的司法就像一位明察秋毫的将军,在这位将军眼里,一枚脱落的纽扣和一把插进肚子的刀同等重要。在这块手帕下面,司法人员也许能发现至关紧要的证据。总之,它是一个证物;一只笨拙的手动它一下,就可能失去它的价值。

于是,他直起身子,打算跑去找村长先生。但是又一个想法让他停住了。倘若小女孩还活着呢?他不能就这样把她扔下不管。他慢慢地跪下来,出于谨慎,离她挺远的,伸出手去摸她的脚。脚是凉的,而且冰凉,是那种死人的肉体让人恐怖的冰凉,不容置疑了。这一摸,正如邮递员后来说的,他感到心惊肉跳、口干舌燥。他猛地站起身,在大树林下向勒纳尔岱先生的家跑去。

他把木棍夹在腋下,紧握着拳头,头向前倾着,一路小跑。他挎着的装满信和报纸的皮包,有节奏地拍打着他的腰。

村长的住宅位于树林的尽头,树林成了它的花园;而宅院围墙的一角,浸在布兰迪河流经这里形成的一个小水塘里。

这是一座用灰色石头筑成的古老的方形大宅院,古时曾屡遭围攻,最后在水里建了一个二十米高的巨大塔楼。

从前,人们就是从这座城堡的高处监视全乡。人们也说不准究竟为什么,都叫它"勒纳尔[①]塔";这个名称大概来自勒纳尔岱这个姓,据说两百多年来,这块领地始终为一个家族所有,历代业主都姓勒纳尔岱。大革命[②]前,在外省经常可以遇

---

① 勒纳尔:法文 Renard 的音译,原意是"狐狸"。
② 大革命:指十八世纪末的法国资产阶级革命。

到几乎贵族化了的资产阶级,勒纳尔岱家族就属于这一类。

邮递员几乎是冲进了仆人们正在吃饭的厨房,高喊着:"村长先生起来了吗?我要立刻跟他说话。"人们知道梅德里克是个有分量、有威望的人,立刻明白一定是发生了什么严重的事。

勒纳尔岱先生得到通报,叫人把他带进来。邮递员脸色苍白,气喘吁吁,军帽拿在手里。他看到村长正坐在一个长桌前,桌子上散乱地摆满了文件。

勒纳尔岱先生肥胖而又高大,身体笨重,脸色通红,壮得像一头牛;他深受本乡人的喜爱,虽然他极其粗暴。他将近四十岁,半年前丧偶,在自己的土地上过着乡绅的生活。暴躁的脾气经常给他惹来麻烦的官司;不过鲁伊-勒托尔的法官们都跟他是朋友,对他宽宏大量、不给他张扬,而且总能帮他脱身。有一天,因为差点儿轧死他的猎犬米克马克,他不是把公共马车夫猛地从座位上推下车吗?因为他端着枪穿过邻居的土地,猎场守卫对这件事做了笔录,他不是把人家的肋骨都打断了吗?专区一位副区长行政视察时在本村停留,勒纳尔岱因为本家族传统上属于政府的反对派,他不是竟然揪住副区长的领子,硬说人家来做竞选宣传吗?

村长问:"究竟发生了什么事,梅德里克?"

"我发现一个小女孩死在您的大树林里。"

勒纳尔岱霍地站起来,脸顿时变成砖一样的红棕色:

"您说什么……一个小女孩?"

"是的,先生,一个小女孩,一丝不挂,仰面躺在地上,身上有血,死了,一口气也没有了!"

村长肯定无疑地说:"他妈的;我敢打赌是小洛克。刚才有人告诉我,她昨天晚上没有回家。您在什么地方发现她的?"

邮递员说了地点,交代了一些细节,并且自告奋勇要带村长到那儿去。

不料勒纳尔岱突然变得很粗暴:"不。我用不着您。您只管马上替我通知护林人、村政府秘书和医生,然后接着去送您的信。快,快,快去,告诉他们到大树林底下跟我会合。"

邮递员是个严守纪律的人,他遵照命令,走了出去;但是,不能参加现场侦查,他又恼火又遗憾。

村长也向外走。他拿起他的帽子,一顶柔软、边沿很宽的灰色大毡帽,在住宅门口逗留了几秒钟。他的眼前是一片宽广的草坪,草坪闪耀着红、蓝、白三大块色斑,那是三个鲜花盛开的大花坛,一个正对他家的大门,另外两个每边一个。再远处,大树林最近的一排乔木直耸云霄;左边,越过布兰迪河拓宽形成的水塘,看得见一马平川的长长的绿色牧场,一条条沟渠和一排排柳树纵横其间;这些柳树就像畸形的怪物,经过不断地剪枝,变得低矮而又粗壮,短而粗的树干上顶着一簇颤颤巍巍的毛发似的细枝。

右边,马厩、库房和所有属于他的产业的房舍后面,就是村庄。这个村子很富,村民都是养牛的。

勒纳尔岱慢慢走下门前的台阶,向左拐,走到河边;然后,手抄在背后,沿着河边缓步向前。他低着头一路走去,不时地向周围看一眼,看看是不是有他派去找的人赶来。

村长来到树荫下停住,像梅德里克刚才做的那样,摘掉帽子,擦擦脑门,因为七月的烈日正把热浪像火雨一般倾泻在大地上。然后他继续走起来;不过他再一次停下,往回走。他突然弯下腰,把手帕在脚边流淌的河水里浸了浸,铺在头顶,压在帽子下面。水滴顺着鬓角流在他那总是紫色的耳朵上,流在粗壮、通红的脖子上,然后一滴一滴地流到他的白衬衫的领子里。

仍然没有人来,他开始跺起脚来,接着就高呼:"喂!喂!"

右边有个声音回答:"喂!喂!"

医生从树下走出来。这是个精瘦的小矮个儿,退伍的外科军医,这一带的人都公认他医术高明。他服役期间受过伤,腿瘸,走路时拄一根手杖。

接着又远远看见护林人和村政府秘书;他们同时得到通知,所以一块儿赶来。他们慌慌张张,跑得上气不接下气,走一段,跑一段,行色匆匆;胳膊甩得那么带劲,好像胳膊比腿还要管用。

村长对医生说:"您知道发生了什么事吗?"

"知道,梅德里克在树林里发现了一个死去的孩子。"

"那好,我们走吧。"

他们并排走起来,另外两个人跟在后面。他们的脚步落在苔藓上毫无响声;他们的眼睛向前方搜寻着。

拉巴尔博医生突然伸出胳膊:

"瞧,在那儿!"

远远的树下,可以看到一个明晃晃的东西。如果不是已经知道那是什么,他们绝对猜不到。那东西似乎闪着光,它那么白,人们会以为是一件掉在地上的衬衫,因为透过树枝间隙射下的一道阳光照亮了肚子上苍白的肉,形成了一个很大的斜形的光带。他们越向前走,那东西的形状也就看得越清晰:蒙着的脸朝着河,两条胳膊像钉在十字架上一样张开。

"我热死了。"村长说。

他弯下腰,再一次把手帕浸在布兰迪河里,然后放在额头上。

医生被这个发现所吸引,加快了脚步。他一走到尸体旁,就俯下身去查看,不过并不碰它。他就像观察一件稀奇物件似的,戴上一副夹鼻眼镜,绕着尸体慢慢地移动。

他仍然俯着身子,说:"我们马上就能证实,这是一起强奸加谋杀案。这个小女孩几乎是个成熟女人了,您看她的乳房。"

两个已经相当丰满的乳房,由于人死了而已经变软,塌在胸脯上。

医生轻轻拿掉盖在死者脸上的手帕。她的面容露了出来,脸色铁青,非常恐怖,舌头伸在外面,眼球鼓了出来。他接着说:"显然,那人干完了事就把她掐死了。"

他触摸着死者的脖子,说:"用手掐死的,而且没有留下任何特别的痕迹,既没有指甲印,也没有手指印。好啦。是小洛克,没错。"

他小心翼翼地把手帕恢复原位:"我已经无能为力;她死了至少十二个小时了。应该立刻报告检察官。"

勒纳尔岱站着,手抄在背后,目不转睛地看着躺在青苔上的小尸体,喃喃地说:"多么可怜啊!一定要找到她的衣服。"

医生触摸着尸体的手、胳膊和腿,说:"她大概刚洗完澡。衣服应该就在河边。"

村长命令道:"你,普兰希普(村政府的秘书),替我沿着河边去找她的衣服。你,马克西姆(护林人),你跑步到鲁伊-勒托尔去,把预审法官和宪兵一起找来。请他们务必在一小时内赶来。听明白了吗?"

两个人立刻出发了;勒纳尔岱对医生说:"在咱们本地,哪个坏蛋能干出这样的事呢?"

医生喃喃地说:"谁知道呢?谁都可能干出这种事。在特定情况下,谁都可能;在一般情况下,谁都不可能。不管怎么说,也许是一个游民,或者一个失去工作的工人。自从成立了共和国,大路上尽是这种人。"

两个人都是波拿巴分子①。

村长接过他的话,说:"是的,干这种事的只能是一个外来人,一个过路人,一个无家可归的流浪汉……"

医生皮笑肉不笑地补充道:"和没有老婆的人。吃不好,睡不好,他就另找解决的办法了。我们没法知道,世界上哪些

---

① 波拿巴分子:指法兰西第二帝国皇帝拿破仑三世的拥护者。一八七〇年第二帝国被推翻,成立了法兰西第三共和国,这些人对共和国持敌对态度。

人,会在哪个既定的时间犯下大罪。您早就知道这个小女孩失踪了吗?"

医生用手杖的尖儿,一个个地点着死者的僵硬的手指,就像在按钢琴键似的。

"是的。她母亲昨天晚上九点钟光景来找过我,因为七点钟吃晚饭的时候孩子还没回家。我们在几条大路上喊她,一直喊到半夜;不过我们根本没有想到大树林。再说,要进行真正有效的搜索,也得等天亮。"

"您想抽支雪茄吗?"医生问。

"谢谢,我不想抽。看到这个我有点不舒服。"

他们面对着少女的尸体站着。这具单薄的尸体躺在深色的苔藓上,显得格外苍白。一只蓝肚子的大苍蝇沿着一条大腿爬;在血迹上停了一会儿,又离开,继续向上,一颠一跳地快速爬过肋部,登上一只乳房;然后又下来,去攀爬另一只乳房,好像在这死人身上寻找什么可以喝的东西。两个人注视着这个移动的黑点。

医生说:"皮肤上有一只苍蝇,这多么美啊!上个世纪的贵妇们很聪明,她们爱在脸上贴一颗假痣。这个习惯怎么会失去了呢?"

村长似乎根本就没有听见他说话,他完全陷在沉思中。

不过一阵响声让他吃了一惊,他突然转过身去。原来一个戴无边软帽、围着蓝围裙的女人从树林里跑过来。那是小女孩的母亲洛克大妈。她远远看见勒纳尔岱,就喊叫起来:"我的孩子,我的孩子在哪儿?"她是那么惶恐,根本就没往地上看。一下子看到了,她顿时站住,合起两手,举起双臂,就像一头被人宰割的牲口那样,发出撕心裂肺的尖叫。

接着她就冲到尸体旁,跪倒在地上,像抢什么东西似的,扯掉蒙在死者脸上的手帕。一看到那张扭曲、铁青、可怕的面孔,她震惊得猛地抬起身子,接着便脸朝地栽倒,对着厚厚的苔藓发出连续不断的惨叫。

她的衣服紧贴着的又高又瘦的身躯剧烈地抽搐着,痉挛着。透过粗糙的蓝袜子,看得见她的枯瘦的脚踝和干巴的腿肚子在可怕地战栗;她用钩子般的手指挖着泥土,就像要挖个洞,钻进去似的。

医生非常感动,喃喃地说:"可怜的老太婆!"

勒纳尔岱肚子里发出一种奇怪的响声;接着从鼻子和嘴里同时打了一个响亮的喷嚏;继而从口袋里掏出一个手帕,捂着脸哭起来,又是咳嗽,又是抽噎,还响亮地擤鼻子。他泣不成声地说:"该……该……该……该死的畜生,竟然做出这种事……我……我……真想看到他上断头台……"

这时普兰西普回来了,空着手,神情沮丧。他低声说:"我什么也没找到,村长先生,哪儿都没有。"

村长吃了一惊,用带着哭腔的含混的声音回答:"你没找到什么?"

"小女孩的衣服。"

"那就……那就……再去找……而且……而且一定要找到……否则我要找你算账。"

村政府秘书知道这个人违逆不得;他怯生生地扫了一眼

那具尸体,就又走了,尽管他已经失去信心。

树林里远远传来说话的声音,乱乱哄哄的嘈杂声,一群人逐渐走近的声响;因为梅德里克在送信的时候,已经把这个消息传得家喻户晓了。本地的人,先是震惊,在街坊邻里之间嘀咕;继而聚集起来,学舌、探讨、议论了一会儿;而现在,他们正在赶来,要亲眼瞧瞧。

他们三五成群地走来,因为对即将看到的场面心怀恐惧,都有点迟疑和不安。他们远远看到尸体就停下来,不敢再靠近,窃窃私语着;后来他们鼓起勇气,向前走了几步,又停下来;然后他们又向前走,很快就把死者、死者的母亲、医生、村长团团围住,形成一个厚厚的包围圈,人头攒动,一片喧嚷;在后来的人的猛烈推搡下,包围圈逐渐缩小。他们很快就紧挨着尸体了。有几个人甚至弯下腰去触摸尸体。医生忙把他们拉开。这时村长也突然从麻木的状态中清醒过来,大发雷霆,抓起拉巴尔博医生的手杖,冲向他管制下的民众,结结巴巴地说:"给我滚开……给我滚开……你们这帮没有教养的家伙,给我滚开……"一眨眼工夫,好奇的围观队伍便拉宽到二百米。

洛克大妈这时已经爬起来,翻了个身,坐在地上;她两手捂着脸,痛哭流涕。

人群里议论纷纷;小伙子们贪婪的眼睛,在这裸露的年轻的身体上搜索着。勒纳尔岱发现了,猛地脱下自己的布上衣,扔在小女孩身上;她的身体整个儿消失在那件肥大的衣服下面。

好奇的人们又慢慢围拢来;大树林里挤满了人;茂密的枝叶下响着持续不断的嘈杂声。

穿着衬衫的村长始终站着,拿着手杖,做出准备战斗的姿态。他似乎对群众这种好奇非常恼火,不停地说:"你们谁敢过来,我就像打狗那样砸碎他的脑袋。"

农民们都很怕他,离得远远的。拉巴尔博医生抽着烟,坐在洛克大妈身边,跟她说话,试图开导她。大妈很快就把捂着脸的双手放下来,眼泪汪汪地打开了话匣子,滔滔不绝地倾诉起她的苦情。她讲述她的整个身世,她的婚姻,她丈夫的死;她丈夫是牧牛的,被牛角挑死了;她说到女儿的童年,她们孤儿寡母没有任何收入的生活多么悲惨;除了小洛克,她什么也没有;而现在却有人把她杀了,在这个树林里把她杀了。突然,她要再看看女儿,于是跪着挪动到尸体旁边,把盖在上面的衣服掀开一角;然后松开衣服,又开始哭号起来。人群默默无言,全神贯注地看着这个母亲的每一个动作。

这时突然发生了一阵强烈的骚动,有人喊道:"宪兵来啦!宪兵来啦!"

两个宪兵在远处出现;他们正快步跑过来,护送着自己的队长和一个留着红棕色颊髯的矮个子先生。这矮个子先生骑在高大的白色母马上,像猴子似的颠动着。

护林人好不容易找到预审法官普图安先生。他正跨在他的马上做每日例行的散步,摆出英俊骑士的各种架势,让军官们看得乐不可支。

他和宪兵队长一起下了马,和村长、医生握了手,同时向被盖在下面的尸体鼓起来的上衣投去探询的目光。

他了解情况以后,首先吩咐疏散群众,宪兵们把人群赶出了大树林;可是这些人很快又出现在牧场上,形成一道人篱,一道排在布兰迪河对岸的激动、喧嚷的人篱。

医生接着也做了介绍。勒纳尔岱把他说的用铅笔写在记事本上。各种调查都做完了,笔录了,议论了,也没有发现任何线索。这时普兰西普回来了,他还是没有找到衣服的任何踪迹。

衣服丢失让所有的人都大感不解;除了抢劫,谁也没法解释这件事。不过这些旧衣服值不了二十个苏,说是抢劫也令人无法接受。

预审法官、村长、宪兵队长和医生,他们也两人一组,亲自沿着河边找起来。哪怕是一堆小树枝,他们也要拨开看看,绝不放过。

勒纳尔岱对法官说:"这个恶棍把旧衣服藏起来或者带走,让尸体无遮无盖,暴露在光天化日之下,究竟是为什么呢?"

法官精明而又敏锐,答道:"嘿嘿!也许是一个圈套吧。犯下这个罪行的,可能是一个粗人,但也可能是一个老谋深算的坏蛋。不管是哪种情况,我们一定能找到他。"

传来一阵车轮滚动声;他们不禁转过头去。代理检察官、法医和书记员到了。大家一边热烈讨论着,一边又继续寻找。

勒纳尔岱突然说:"你们知道吗,我留各位吃午饭?"

众人都微笑着表示接受;法官觉得,为小洛克的事,这一

天大家已经相当辛苦了,就转身对村长说:

"我是不是可以让人把尸体运到您那儿暂放一下?您总能腾出一个房间替我保存到今天晚上吧。"

村长有些不知所措,结结巴巴地说:"行,不……不行……说实话,最好不要让这尸体进我家……因为……因为我的仆人们……他们……他们已经在谈论我的塔楼……勒纳尔塔楼……闹鬼了……您要知道……我可能连一个仆人也留不住了……不行……最好别把它放我家。"

法官笑了笑,说:"好吧……我叫他们马上运到鲁伊去进行法检。"他转身问代理检察官,"我是不是可以用一下您的车?"

"当然,完全可以。"

大家又都回到尸体旁。洛克大妈还坐在女儿身旁,抓着她的手,目光茫然、呆滞地望着前方。

两位医生试图把她带走,免得她看到起运她女儿尸体的场面。但是她立刻明白人们要做什么,马上扑到尸体上,把它紧紧搂住。她趴在尸体上面,叫喊着:"你们不能把她拉走,她是我的,她是我的。有人杀了我女儿;我要留着她,你们不能把她拉走!"

在场的这些男子汉都被搅弄得心里很乱,没有主张,呆呆地围着她站着。勒纳尔岱跪下来对她说:"听着,洛克大妈,为了知道谁杀了她,必须这样做;不这样,就不可能知道;一定要找到这个人,惩罚他。等我们找到这个人,就会把女儿还给您。我向您保证。"

这个理由打动了洛克大妈,她如癫似狂的目光里焕发出一股仇恨的光芒:"这么说,你们一定能抓住这个人了?"她说。

"当然了;我可以向您保证。"

她直起身子,决定让这些人去搬了。不过宪兵队长低声说了一句:"找不到她的衣服,这事儿很蹊跷。"这倒让一个先前还没有的新的想法,突然进入她这农妇的头脑。她问道:

"她的衣服弄到哪儿去了;那是我的。我想要。衣服哪儿去了?"

有人向她解释衣服为什么还没有找到。但她还是不顾一切、执拗地非要不可,一边哭,一边哭号:"那是我的,我要这些衣服;衣服在哪儿,我要这些衣服。"

人们越想让她安静下来,她哭得越起劲,无休无止。她不再要尸体,转而要衣服,要她女儿的衣服。这可能是出于穷苦人对钱财的无意识的贪欲,因为对她来说一个硬币简直就等于一笔财富;当然这也可能是出于单纯的母爱。

人们用勒纳尔岱家找来的被单把小女孩的尸体包裹好,装进车里,老太婆站在树底下,由村长和宪兵队长搀扶着,还在喊叫:"我什么也没有了,什么也没有了,在这个世界上什么也没有了,连她的小软帽也没有了,她的小软帽;我什么也没有了,什么也没有了,连她的小软帽也没有了。"

本堂神父刚刚赶到。他年纪还很轻,却已经大腹便便。他负责送洛克大妈回家。他们一起向村子走去。神父用教会惯用的甜蜜话语许诺她会得到上千种补偿,母亲的悲伤果然减轻了。但是她仍然不停地重复着:"哪怕只是找到她的小软帽也行啊……"她对这个想法的固执,已经凌驾于所有其他的想法之上。

勒纳尔岱远远地喊道:"神父先生,过一个小时,您来跟我们一起吃午饭。"

教士回过头,答道:"非常高兴,村长先生。我十二点准到您家。"

大家都向村长家走去。透过树枝,可以眺见他家住宅正面的灰墙和矗立在布兰迪河畔的高大的塔楼。

午饭吃了很久;人们一边吃一边议论着这桩罪案。大家的看法不约而同:这起命案是一个游民干的,他偶然路过此地的时候,小女孩正在洗澡。

吃过饭几位司法官员就回鲁伊,临走时表示他们第二天一早再来;医生和神父也各自回去;而勒纳尔岱先去牧场转了很久,然后又来到大树林,手抄在背后、慢慢悠悠地散步,直到天黑。

他很早就睡下;第二天预审法官闯进他的房间时,他还在睡。法官搓着双手,得意扬扬地说:

"哈哈!您还在睡觉!听着,我的朋友,今天早上有新情况。"

村长在床上坐起来,问:

"什么新情况?"

"啊!有个很奇怪的事。您应该记得那个母亲昨天一再要她女儿的遗物,特别是女儿的小软帽。今天早上,她打开门的时候,在门口发现了女儿的两只小木屐。这就证明这桩罪行是一个本地人干的,他对这个母亲产生了怜悯。另外,还有邮差梅德里克交给我的死者的顶针、小刀和针盒。也就是说,那个人把衣服拿走藏起来的时候,口袋里的东西掉在地上。在我看来,最值得重视的是木屐;送还木屐这个举动,表明凶手受过一定的道德教育,具有一定的同情心。如果您愿意的话,让我们一起把本地的主要居民挨个儿审查一下。"

村长这时已经起身下床;他马上拉铃让仆人给他端来热水刮胡子。他说:"我当然愿意;不过这要用相当多的时间,咱们立刻开始吧。"

普图安先生倒骑在一把椅子上;就这样,即使在房间里,他也继续操演他的骑术。

现在,勒纳尔岱先生对着镜子在下巴上涂满白色泡沫,然后在皮条上鐾了鐾剃刀,又说:

"卡尔夫兰村的主要居民叫约瑟夫·勒纳尔岱,村长,富有的地主,性情粗暴,殴打过护林人和马车夫……"

预审法官笑了起来:"行了,下一个……"

"第二个主要人物是裴勒丹先生,村长助理,养牛的,同样是富有的地主,精明的庄稼汉,很滑头,在一切金钱问题上都很奸诈,不过我认为这个人不可能犯下这种大罪。"

普图安先生说:"下一个。"

勒纳尔岱一边刮胡子洗脸,一边继续对卡尔夫兰村的居民一一做道德上的审查。经过两个小时的讨论,他们的怀疑落在三个可疑分子身上:一个叫卡瓦勒的违禁打猎者,一个叫帕凯的偷捕鳟鱼和鳌虾的渔夫,以及一个叫克洛维斯的放牛人。

2

侦查工作进行了整整一个夏天,也没有找到凶手。受到怀疑的和被拘留的人,轻而易举地就证明他们是清白的,检察当局不得不宣布放弃追缉罪犯。

但是这桩谋杀案看来已经使全村受到异乎寻常的惊扰,在居民的心里留下一种不安,一种说不清的惊慌,一种神秘的恐怖感。这感觉不仅是由于没能找到任何线索,而且特别是由于第二天在洛克大妈门前发现了那双木屐,那真是太蹊跷了。由此可以肯定侦查时凶手也在场,他想必还生活在本村。这个想法始终萦绕在他们的脑海,令他们惶惶不可终日,仿佛有一个无形的威胁持续不停地在他们头顶盘旋。

此外,大树林已经变成人们避而远之的恐怖之地,因为人们认为那里有鬼。以前,每个星期天的下午,居民们都到这里来散心。他们在参天大树下的苔藓上闲坐;或者沿着河边走,看鳟鱼在水草下面嬉戏。小伙子们找到几块空地,把地面铲平、捶实,在那里玩滚球戏、九柱戏、瓶塞戏或者弹子戏;姑娘们三五成群,臂挽着臂散步,放开她们爱叫嚷的嗓子唱些刺耳的情歌,走了调的歌声搅扰着宁静的空气,让人像喝了醋似的牙根发酸。而现在,再也没有人到那片浓密高大的绿荫下面去了,仿佛料到在那里总是会发现某个躺着的尸体。

秋天到了,树叶落了。它们夜以继日地飘零,圆圆的、轻盈的树叶飞旋着,顺着大树坠落;透过树枝,开始看得见天空了。有时,一股强风掠过树梢,原本不间歇然而徐缓的落叶的细雨会突然密集起来,变成隐约有声的倾盆大雨,给苔藓铺上一层厚厚的黄色地毯,走在上面咯吱作响。几乎难以觉察的落叶的低语,那飘浮、绵延、温柔而又忧伤的低语,犹如一种哀吟;而总在坠落的枯叶就像大树流下的眼泪;大树在伤心地哭泣,它们日夜不停地哭泣,因为一年就要结束,因为和煦的晨曦和温暖的晚霞就要结束,因为暖和的微风和明亮的太阳就要结束,也许还因为它们曾经从梢头看到在自己的阴影里发生的罪行,看到在自己的脚下被强奸和杀害的女孩。它们在空旷、荒凉的树林里,在被人们抛弃和恐惧的树林的寂静中哭泣;这树林里,也许只有一个幽灵,那死去的小女孩的幽灵,在孤独地游荡。

被连番暴雨拓宽了的布兰迪河,在两边干燥的河岸和两排单薄光秃的柳树之间流得更加湍急,河水浑浊,仿佛满含怨愤。

勒纳尔岱却突然又来大树林散步了。每天,黄昏降临时,他就走出家门,缓步走下门前的台阶,向大树林走去。他手插在口袋里,若有所思。他在潮湿而又柔软的苔藓上久久地徘徊;而与此同时,从附近飞来、想在高高的树梢上过夜的乌鸦的大军,响亮、凄凉地嘶鸣着,在天空浩浩荡荡地铺开,像一张迎风飘摆的丧事的巨大黑纱。

秋天的晚霞映照得天空殷红如血。有时,乌鸦落在树梢上,把嵌入红色天空的树枝缀满黑色的斑点。接着,它们又突然飞起来,凄厉地叫着,在树林上空重新展开它们的翅膀组成的长长的黑幡。

它们终于栖落在最高的树枝上,逐渐停止它们的聒噪;而越来越深沉的夜色,也把它们黑色的羽毛和夜空混为一体。

勒纳尔岱仍然慢吞吞地在树下游荡;直到天黑得没法再走路,他才回家。他一屁股倒在面对燃旺的壁炉的扶手椅里,把两只潮湿的脚伸向炉火,烤得直冒热气。

不过,一天早上,一个重大新闻在全村不胫而走:村长要砍掉他的大树林。

二十名伐木工人已经在工作。他们从最靠近村长家的那一边开始砍,主人在场,进展很快。

先是打枝的工人顺着树干往上爬。

他们用一个绳圈把自己和树干套起来,先用两只胳膊搂着树干,然后抬起一条腿,用固定在鞋底上的钢刺猛蹬树干。钢刺插进树干,嵌在里面,他们就像踏上一个台阶一样上升一步。他们接着用另一只带钢刺的脚蹬树干,借用这只脚上的钢刺支撑自己,再拔出第一只脚上的钢刺,重复着同样的动作。

每上升一步,他们就把固定身体的绳圈往树干上方挪一下。他们腰间挂着一把明晃晃的小钢斧。他们像一个寄生虫攻击一个庞然巨兽一样,总是缓缓地攀登。他们顺着圆柱似的粗干,搂住它,用钢刺刺它,吃力地往上爬,就是为了去削光它的脑袋。

他们一爬到最下层的树枝就停下,从腰间拔出锋利的斧头砍起来。他们不慌不忙,很有章法,在树枝紧挨树干的地方切割;突然,咔嚓一声,树枝弯了、折了、断了,磕碰着旁边的树往下跌落。最后,树枝摔到地上,发出一声木头断裂的响声,它上面所有细小的枝子还要颤动好一会儿。

等地上铺满残枝,会有另一些人把它们修剪整齐,扎成捆,摞成垛;而仍然立着的树干,就像是一根根奇大无比的标杆,被刀斧的利刃砍削和剃刮过的高耸入云的木桩。

打枝工干完他们的工作,就把他们带上去的绳圈留在又直又瘦的树干的顶上,然后仅凭着鞋上的钢刺,顺着光秃的树干爬下来。接下去,就由伐木工上阵,猛砍树的根部;猛烈的斧凿声在尚存的大树林里回响。

树根部的伤口看来已经凿得够深了,几个工人就喊着有节奏的号子,拽那根固定在树干顶上的绳子;巨大的树干突然断裂,倒在地上,伴随着沉闷的巨响和一阵远处开炮似的震颤。

树林每天都在缩小。大树林的树一批批被砍倒,就像一支军队失去了战士。

勒纳尔岱再也寸步不离;他从早到晚都待在那里,手抄在背后,一动不动,注视着他的大树林缓慢地死亡。每当一棵树倒下,他就在上面踩一脚,就像踏在一具尸体上。他紧接着又把目光转向下一棵树,外表上若无其事,内心里却急不可耐,似乎期待着、盼望着这场屠杀结束后会发生什么大事。

砍伐工作越来越接近发现小洛克尸体的地方。一天,黄昏时分,终于砍到了那里。

因为天空多云,天色阴沉,伐木工们想要收工,打算把放倒一棵巨大山毛榉的活儿推迟到第二天再干。但是村长不同意,坚持要他们立刻把这棵树削光、砍倒。那桩罪行正是在这棵巨树的荫蔽下发生。

打枝工把这棵被判死刑的树的枝子削光,完成了对它行刑前的化妆;伐木工砍过了树根,五个工人就开始拽系在树干顶上的那根绳子。

可是这棵树纹丝不动;它那粗壮的树干的根部,尽管已经被砍断了一半,却仍然像铁柱一般坚挺。工人们齐心合力,有规律地猛拉,牵拉绳子的身体几乎平躺在地上;从他们气喘吁吁的喉咙里迸发出显示和调节他们的力量的号子声。

两个伐木工,手里握着砍斧,面对这庞然大物伫立着,就像两名刽子手,随时准备给它致命的一击。而勒纳尔岱,手搭在树干上,一动不动,怀着急切而又紧张的心情等着大树倒下。

一个工人对他说:"村长先生,您靠得太近了;树倒下的时候会伤着您。"

他没有回答,更没有后退;他好像准备像角斗士那样亲自抱着这棵山毛榉,把它摔倒在地。

可是突然,那高大的木头圆柱的根部断裂了,仿佛感到疼痛似的,整个树干一直到顶端都在震颤;不过那圆柱只是稍稍前倾,看似要倒,却还在顽抗。工人们兴奋起来,抻直了胳膊,更加地用力。但就在根部断裂、树干倾倒之际,勒纳尔岱突然向前一步,然后站住不动,挺起肩膀去迎接这不可抗拒的冲击,这一定会把他砸得粉碎的致命的冲击。

可是那棵山毛榉偏了一点,仅仅在他的腰部蹭了一下,把他撞出五米远,倒在地上。

工人们急忙冲过去搀扶他;他已经自己爬起来,跪在地上,头脑发昏,两眼发花;用手去摸脑门,仿佛刚从一场精神错乱中清醒过来。

等他站起来,大吃一惊的人们纷纷问他是怎么回事,不明白他刚才为什么要那样做。他结结巴巴地回答,是一时迷惑,或者更准确地说是一瞬间有了一个孩子气的想法,以为自己来得及从树下面跑过去,就像顽童们抢着从疾驶过来的马车前跑过去那样,他是在做冒险的游戏。他还说,一个星期以来他就感到有一种越来越强烈的欲望,每当一棵树咯吱作响、就要倒下的时候,他都会自问,是不是能从树底下跑过去而不被砸到。他承认他干了一件荒唐事;但是每个人都会有失去理智的时候,都会有一些幼稚愚蠢的欲念。

他搜索枯肠地找着话,慢吞吞地解释着,声音低沉:"明天见,朋友们,明天见。"他一边说着一边离开。

他一回到自己的房间,就在桌子前面坐下,桌子上有一盏带灯罩的明亮的台灯;接着他就两只手捂着脸痛哭起来。

他哭了很久,然后擦擦眼睛,抬头看了看挂钟。还不到六点。他想:"到吃晚饭,我还有时间。"他便走过去把房门锁上,然后又回来坐在桌前。他拉开中间的抽屉,从里面取出一把手枪,放在灯光直射着的文件上。钢制手枪亮闪闪的,反射出火焰般的光芒。

有好一会儿,勒纳尔岱用醉汉似的迷乱的目光凝视着这把手枪,然后站起身在房间里走起来。

他来来回回从房间这一头走到那一头,时而停一下,又立刻走起来。他突然打开盥洗室的门,把一条毛巾在水罐子里浸湿了,敷在脑门上,就像他在案发那天早上做的那样。他接着又走起来。每当他从桌子前面经过,那把闪亮的手枪就吸引他的目光,挑唆他的手;但是他一直瞟着挂钟,心想:"我还有时间。"

六点半钟敲响了。他便拿起那把手枪,把嘴张得大大的,露出一副可怕的表情,把枪管伸进嘴,仿佛要把它吞下去。他手指放在扳机上,一动不动,就这样待了几秒钟;接着他突然打了一个恐怖的寒战,把手枪吐在地毯上。

他重又倒在扶手椅里,呜咽着说:"我不能。我不敢!天主呀!天主!我怎么才能有自杀的勇气!"

有人敲门;他神色慌乱,连忙站起来。一个仆人说:"先生的晚饭准备好了。"他回答:"很好。我这就下楼。"

他捡起手枪,把它放回抽屉;然后在壁炉上的镜子里照了照,看自己的脸是不是太紧张。他脸色红红的,和平常一样,也许比平时更红了一点。如此而已。他走下楼,在饭桌前坐下。

他吃得很慢,像一个不愿再孤独一人待着、故意把吃饭的时间拖长的人似的。接着,仆人收拾餐具的时候,他又在饭厅里抽了好几斗烟,然后才上楼回到自己的房间。

一关好房门,他就查看床底下,打开所有的橱柜,检查所有的角落,搜索所有的家具。接着,他点亮壁炉上的蜡烛,原地转了好几圈,巡视整个房间,恐怖和紧张得脸都抽搐了;因为他知道,就像每天晚上那样,他又要看见她,小洛克,他先强奸、而后又掐死的那个小女孩。

那个可怕的幻象每天夜里都会重新开始。首先是耳朵里有一种轰轰隆隆的响声,像是脱粒机,又像是火车在远处的桥上经过。这时他就开始气闷,喘息,难受得必须解开衬衫的纽扣和裤带。他不停地踱步好让血液流通,他试着看书、唱歌,可这一切都徒劳无益。他的思想总是违抗他的意愿,回到凶杀案的那一天,让他把整个案情,它的每一个最隐秘的细节,以及从第一分钟到最后一分钟的每一种最剧烈的感情,都重新感受一遍。

那个可怕的日子的早上,他起床的时候就感到有点头昏脑涨,他以为是天气炎热引起的,所以在房间里一直待到叫他下去吃午饭。吃完饭,他睡了一会儿。接着,傍晚时分,他走出家门,到风凉的大树林下去呼吸新鲜空气。

但是,他一走到外面,平原上沉重而又灼人的空气让他感到分外压抑。太阳仍然高悬在天空,把它热烈的光芒倾泻在滚烫的、干旱饥渴的大地上。没有一丝风吹拂树叶。所有的动物、鸟儿,甚至连蝈蝈儿,都哑然无声。勒纳尔岱来到大树林下,在苔藓上走起来。布兰迪河的水汽向枝叶搭起的巨大绿棚下送来些许凉爽。不过勒纳尔岱还是很不舒服,仿佛有一只看不见的无形的手卡住他的脖子;他几乎什么也不想,再说他脑袋里平常就没有多少思想。三个月来,只有一个模糊的思想萦绕在他的脑海,那就是想再结婚。鳏夫生活令他痛苦,精神上和肉体上都令他痛苦。十年间,他已经习惯了一个女人在他身边,习惯了她的朝夕相守、日常的温存体贴;他有一种模糊然而强烈的需要,需要她的频繁不断的触摸和她的恰逢其时的拥抱。

自从勒纳尔岱太太去世,不知为什么他总是闷闷不乐。他苦闷,因为再也感觉不到她的连衣裙整天摩擦着他的腿,尤其是再也不能在她的怀抱里安静和销魂。他鳏居还不到半年,就已经在附近物色年轻的姑娘或者寡妇,以便服完丧就能把她娶过门。

他有一颗纯洁的心灵,但这心灵栖居在一个赫拉克勒斯的强壮的躯体里,一些肉感的形象开始搅乱他,让他睡着醒着都不得安宁。他赶它们;它们又回来;他时常微笑着自言自语:"我简直成了圣安东尼①。"

这一天早上他有过好几次这种驱之不散的幻象,因此突然产生了一个欲望,要在布兰迪河里洗个澡,凉爽凉爽,冷却一下自己血液中的热望。

他知道不远处有个比较宽比较深的地方,本地人夏天有

---

① 圣安东尼(约251—约356):天主教圣人。他出生于埃及一个信仰基督教的富有农民家中;十八岁时失去双亲;二十岁时施舍家产,在旷野一废弃要塞隐修;二十年间,经受住魔鬼的强攻和诱惑;他和弟子们建立了最早的隐修所。此处勒纳尔岱自喻受到色情蛊惑。

时会到那里泡一泡。他便向那儿走去。

浓密的柳树遮掩着这个清澈的池塘。河水在继续奔流之前就在这里打盹和小憩。勒纳尔岱走到近旁时,仿佛听到一种轻轻的响声,一种轻微的水的汨汨声,不过绝不是荡漾的河水拍岸的响声。他轻轻拨开树叶看去。透过清澈的水波,只见一个小女孩,浑身赤裸、雪白无瑕,正在双手击水,悠然地旋转着身体,微微舞动。

她已经不是个孩子,但也还不是成人;她身体丰腴,已经有模有样,但还保留着发育早、发育快、近乎成熟的小女孩的神态。他不再往前走;他惊讶、紧张得已经不能动弹,一种奇特而又令人兴奋的激情让他喘不过气来;他呆立在那儿,心怦怦直跳,仿佛他的一个肉感的梦境变成了现实,仿佛有一个淫邪的女妖让这个撩动人心但又太年轻的女孩出现在他眼前;这个农家小维纳斯,生于小河沟的清流,就像那个大维纳斯,出生在大海的波涛里。

突然,这女孩从水里出来了;她没有看见勒纳尔岱,径直向他这边走过来,找她的衣服穿。因为怕踩到尖利的石子,她迟迟疑疑地迈着小步往前走。她越走越近,他感到有一种不可抗拒的力量、一种兽性的冲动把自己向她推去;这兽性的冲动撩拨着他的整个肉体,令他智乱神迷,从头到脚一阵战栗。

她在他隐身的那棵柳树前面站了几秒钟。这时,他已经完全丧失了理智,他拨开树枝,向她扑过去,搂住她。她倒下去,惊愕得无力抵抗,恐惧得喊不出声来;他就这样糊里糊涂地占有了她。

他就像做了一场噩梦似的从自己的罪行中清醒过来。女孩开始哭泣。

他说:"别哭,你别哭呀。我给你钱。"

但是她不听;她仍然呜咽。

他又说:"别哭,别哭,你别哭呀。"

她一面哭喊,一面挣扎着要逃走。

他猛地明白:他完了;于是他卡住她的脖子,要把这撕心裂肺的可怕的叫喊声堵在她的嘴里。为了逃脱死亡,女孩以绝望的努力继续挣扎;而他也在她充满叫喊声的细脖子上收紧巨大的双手。他那么疯狂地掐,不一会儿就把她掐死了,尽管他并没有想杀死她,而只是想要她住口。

接着,他站起来,吓得不知所措。

她躺在他面前,血迹未干,脸已发青。他正要逃跑,慌乱的心里突然生出一种神秘模糊的本能,正是这本能引导着所有身临险境的人。

他差点儿把尸体抛到河里;但是另一个冲动把他推向了女孩的衣服,他把它们打成一个小包;正好他口袋里有细绳,他就把这一小包衣服捆起来,藏进小河边一棵树下的一个深洞,那树根浸泡在布兰迪河里。

处理完,他就大步离去。为了让离那里很远、住在本村另一头的农民们能看到他,他到牧场那边兜了一大圈;在惯常的时间回到家吃晚饭,一边吃一边把这次散步的整个过程讲给仆人们听。

这一夜他还是睡着了,而且睡得像个粗鲁人那样沉;有时被判死刑的人也会睡得很沉的。直到曙光出现时他才睁开眼；不过他生怕罪行被揭露，辗转反侧，等到平时醒来的时候才起床。

后来，他不得不参加了所有的调查工作。在整个过程中，他就像梦游症患者一样始终置身幻境，事和人都像是在梦中和醉酒迷茫时看到的；就像大灾大难突发时人们会头脑发昏、不知道是真是假，他始终怀疑这一切是不是真的。

只有洛克大妈的令人心碎的哭号刺进了他的心。那一刻，他差点儿跪倒在老太婆面前，大喊："凶手是我。"但他克制住了自己。不过那天夜里他还是去捞起了死者的木屐，送到她母亲的门外。

只要侦查还在进行，只要他必须引导、还能误导司法的工作，他就能保持镇定，控制住自己，保持着狡黠的微笑。他平心静气地和司法官员们讨论他们头脑里闪现的各种假设，对他们的见解表示异议，证明他们的论证不能成立。他甚至怀着辛酸和痛苦的快意干扰他们的侦查，打乱他们的思路，证实他们怀疑的人的清白。

但是，自从放弃追查那天起，虽然他克制住了自己动辄发火的脾气，他却变得比以前更神经过敏、更容易受刺激。突然的声响会把他吓一跳；一点点小事就会让他发抖；有时一只苍蝇落在他脑门上，他也会浑身战栗。于是他产生了不断活动的迫切需要，这种需要逼迫他做一些匪夷所思的奔波，通宵达旦不眠，在房间里走个不停。

这绝不是因为他受到良心的折磨。他生性粗暴，不会有任何细腻的感情或者道德上的恐惧。他精力充沛，强悍暴烈，生来就是为了作战、蹂躏被征服的国家、屠杀战败者；他充满猎人和好斗的人的野蛮本能，在他眼里人命是算不了什么的。尽管出于政治考虑他尊重教会，但是他既不信天主也不信魔鬼，因此也并不认为来生会因为今生的行为而受到惩罚或者奖赏。他的全部信仰还是由上世纪百科全书派①的各种观念合成的一种模模糊糊的哲学；他认为宗教只不过是对法律的一种精神上的认可，两者都是人为了处理各种社会关系而发明出来的。

如果是在决斗中，或者在战争中，或者在争吵中，或者由于意外事故，或者为了报仇，甚至或者仅仅因为吹牛，杀一个人，在他看来都属于有趣和勇敢的事，不会比向野兔开枪在他的心灵上留下更多的痕迹；不过杀害这个女孩却让他感到深深的不安。他当初是在不可抗拒的狂乱中，在让他失去理智的性欲的风暴中犯下这桩罪行的。他在心灵里、肉体里、嘴唇上，直至杀人的手指上留下兽性的爱，同时也留下对被他突然袭击和卑劣杀害的这个小女孩的强烈恐惧。他的思想会不停地回到这可怕的一幕；尽管他极力驱赶这个形象，恐惧而又厌恶地逃避它，他仍然感到它在他脑子里转悠，在他的周围徘

---

① 百科全书派：在法国思想家狄德罗（1713—1784）主持下，于一七五一年至一七七二年出版了二十八卷的百科全书，狄德罗、达朗贝尔（1717—1783）、卢梭（1712—1778）、伏尔泰（1694—1778）等人主笔撰稿，以启蒙思想对封建社会制度及其思想基础进行了无情批判。这些思想家被称为百科全书派。

徊,时刻在伺机重现。

从此他害怕夜晚,害怕降临在他周围的黑暗。他那时还不知道为什么黑暗让他害怕;他只是本能地害怕黑暗,感到黑暗中充满恐惧。白天就完全不会引起这种恐怖感,因为白天人和物都看得见,只能遇见可以显露在光明中的自然的人和物。但是黑夜,伸手不见五指、比围墙还要厚的黑夜,空寂、无止境的黑夜,那么黑,那么广阔,可能和许多可怕事物擦肩而过的黑夜,让人感到神秘的恐惧在身边游荡的黑夜,在他看来隐藏着一种还不知道、但是迫在眉睫的危险!哪种危险呢?

他很快就知道了。一天晚上,已经很晚了,他睡不着觉,坐在扶手椅里,似乎看到窗帘动了一下。他等着,很紧张,心怦怦直跳,可是窗帘纹丝不动了。然后它突然又动起来;至少是他以为它在动。他不敢站起来,甚至不敢再呼吸。然而他是条好汉;他过去经常打架斗殴,甚至很希望能在自己家里发现盗贼呢。

窗帘真动了吗?他连连自问,生怕是受了自己眼睛的欺骗。再说,这是多么细微的小事,窗帘轻轻抖了一下,褶皱微微颤了一下,也许仅仅是风吹了一下引起的涟漪般的飘拂。勒纳尔岱伸着脖子,凝神注视了好一会儿;突然,他为自己的胆怯感到羞愧,站起来,上前几步,两手抓住窗帘,把它用力拉开。起初他什么也看不见,只看见漆黑的玻璃窗,黑得像涂了闪光墨水的金属片。夜,穿不透的伟大的夜,在窗外展开,直到看不到的天际。他面对这无边的黑暗久久地站着;突然,他发现在这黑暗中,似乎远远地,有一个光点,一个移动的光点。

于是他把脸贴近玻璃窗看,心想大概是一个渔夫在布兰迪河偷抓螯虾,因为已经过了半夜,而这个光点贴着河边、在大树林下面移动。由于仍然看不清楚,勒纳尔岱拢起两只手护着眼睛;突然,那个光点变成了一片光明,他看见小洛克赤裸裸、血淋淋地,躺在苔藓上。

他吓得身子都僵了,踉跄后退,碰到他的座椅,仰面倒了下去。失魂落魄地在那里躺了几分钟以后,他坐起来,开始思索。他刚才有过一次幻觉,由于一个夜间偷庄稼的贼提着风灯在河边走而引起的幻觉,如此而已。尽管他有些惊讶,对那桩罪行的记忆,有时竟然也会给他带来死者的幻象。

他又站了起来,喝了一杯水,然后又坐下。他思忖着:"如果这种事再发生,我该怎么办呢?"而这种幻象肯定会再出现,他不但有这种预感,而且可以肯定。窗户已经在撩拨他的目光,在呼唤他、吸引他。为了不再看见窗户,他把椅子转了过去;然后他拿起一本书,试着看书。但是看了不一会儿他就仿佛听到身后有什么东西在动,他用一只椅子腿支着,猛地把椅子转过去。窗帘还在动;这一次,窗帘肯定动了,他不能再怀疑。他冲过去,一只手抓住窗帘,那么用力,连帘围都一起扯到地上了;然后,他把脸紧贴在玻璃上急切地向外看。他什么也看不见。外面漆黑一团;他像刚刚死里逃生的人一样,欣慰地松了一口气。

于是他又回去坐下。可是他几乎立刻又生出再向窗外看看的欲望。自从窗帘被扯下来,窗户就成了一个阴森森、诱人而又可怕的窟窿,开向黑暗的田野。为了不向这个危险的诱惑屈服,他脱掉衣服,吹灭烛光,上床睡下,闭上了眼睛。

他仰面躺着,皮肤发烫,汗水直流,一动不动地等待着入睡。突然一片强烈的光线穿透他的眼帘。他以为房间着火了,睁开眼。周围一片漆黑。他用胳膊肘支着身子,向那一直强烈吸引着他的窗口看。凝神细看的结果,他终于发现了几个星星。他起身下床,摸索着穿过房间,用伸出的手触到了玻璃,把脑门贴上去。不远处,大树林下,小女孩的尸体像磷火一样熠熠发光,把她四周的黑暗全都照亮!

勒纳尔岱尖叫一声,逃到床上,头埋在枕头底下,一直待到早晨。

从这一刻开始,他的生活变得无法忍受了。白天他惶惶不安,生怕夜晚来临;每天夜里,这个幻象都会重新开始。一关上房门,他就试图斗争;但是白费力气。一股不可抗拒的力量把他抬起来,推向窗口,就好像要召唤那个鬼魂似的,而且很快就看见她。起初那小女孩躺在罪案发生的地方,双臂展开,两腿叉开,就像尸体被发现时那样。接着死者站起来,迈着小步走过来,就像小女孩从河里上岸时那样。她慢慢走来,穿过草地,踏着已经凋敝的花坛径直走来;接着她腾空而起,飞向勒纳尔岱的窗口。她向他走来,就像罪行发生的那天向将要杀她的人走来一样。面对这再现的幽灵,勒纳尔岱连连后退,一直退到床边,瘫坐在床上。他很清楚,小女孩已经进来了,此刻就站在刚才动过的窗帘后面。他呆呆地凝视着窗帘,直到天亮,始终提防着他杀害了的人走出来。但是她却不再露面;她待在那里,在时而抖动一下的窗帘后面。于是勒纳尔岱用紧绷的手指揪住床单,像他曾经掐小洛克的脖子那样。他听着挂钟一小时一小时地敲着;在一片沉寂中,他听得见钟摆声和深沉的心跳声。这可怜的人,他经受着任何人都没有经受过的巨大痛苦。

后来,当天花板上出现一道白色光线,宣布翌日来临,他顿时感到解脱了,终于只有他一个人,房间里只有他一个人了。于是他重新睡下。他忐忑不安、心情烦躁地睡了几个小时,睡梦中又多次出现前几夜看到的可怕幻象。

下楼吃午饭的时候,他感到筋疲力尽,就像历尽了千辛万苦;他几乎什么也没吃,总在胆战心惊地想着下一夜又会看到她。

然而他心里很清楚,这不是什么显灵,人死了是绝不会回来的;他自己生了病的心,他的被唯一的念头和无法忘却的记忆纠缠着的心,才是他所受的折磨的唯一根源;正是他自己生了病的心在不断地唤醒记忆,把死者复活,把死者招来,把她矗立在自己面前,以致她的形象无法抹去。但是他也很清楚他这个病是治不好的,他永远也无法逃脱自己的记忆的残酷折磨;他决定死,也不愿再继续受这种酷刑。

于是他寻思怎样自杀。他希望把事情做得既简便又自然,不让人以为他是自杀。因为他很看重自己的名誉,看重父辈留下的姓氏。如果人们对他的死因产生了怀疑,势必会联想到那桩还没有得到解释的罪行,联想到还没有找到的杀人犯,很快就会指控他犯了这桩大罪。

他生出一个奇怪的想法,就是让自己在他杀害了小洛克的那棵树下被压死。于是他决定让人砍掉他的大树林,装作死于一场意外事故。但是那棵山毛榉却不愿压死他。

他灰心绝望至极,回到家,抓起手枪,但又没有勇气开枪。

吃晚饭的时间到了;他吃了饭,回到楼上。他不知道该怎么办才好。第一次退缩以后,他现在深感自己怯懦。刚才他已经准备好了,很坚强,很果断,满怀勇气和决心;而现在,他懦弱,他怕死,就像怕那个惨死的小女孩一样。

他结结巴巴地说:"我再也不敢了,我再也不敢了。"他恐惧地一会儿看看桌子上的手枪,一会儿看看遮住窗户的帘子。他似乎也感觉到,一旦他的生命停止,就一定会发生什么可怕的事!什么事呢?也许就是他们狭路相逢吧?她正在觊觎他,等着他,召唤他;她每天晚上都这样出现,就是为了抓住他,把他引出来向他复仇,要他死。

他像一个孩子似的哭起来,一边连声说:"我再也不敢了,我再也不敢了。"然后他又跪倒在地,结结巴巴地说,"我的天主,我的天主。"尽管他不信天主。事实上,他再也不敢看他的窗户,知道那里隐藏着幽灵;他再也不敢看他的桌子,因为上面放着锃亮的手枪。

当他重新站起来的时候,他高声说:"不能再拖下去了,必须做个了断。"他的声音在寂静的房间里发出来,把他吓得浑身打了个寒战。但他还是下不了任何决心,也清楚地感觉到他的手指仍然会拒绝扣动扳机,便走回去把头埋在被子下面思索。

他必须找到一种让自己非死不可的方法,发明出一个让自己不可能再有任何犹豫、任何迟疑、任何后悔的计策。他真羡慕那些被士兵强押上断头台的死刑犯。啊!他如果能请到一个人向自己开枪多好;如果他能向一个永远也不会泄露自己秘密的可靠朋友袒露自己的心灵、承认自己的罪行,请他杀了自己多好。可是请谁来帮这个可怕的忙呢?请谁?他在认识的人中寻找。医生?不行。他以后很可能会讲出去?突然,一个古怪的想法闪现在他的脑海。他要写信给跟他的关系亲密的预审法官,向他自首。他要在这封信里把一切都和盘托出:他犯下的罪行,他经受的折磨,他要死的决心,他的一再犹豫,以及他为了强迫自己软弱的意志行动而要采取的方法。他以多年友谊的名义请求他在得知罪犯向法律自首以后把信毁掉。勒纳尔岱可以信赖这位法官,他知道他稳重,守口如瓶,甚至不可能讲一句轻率的话。他是那种信念坚定的人,他们的信念只受他们的理智的支配、引导和制约。

他刚有了这个计划,心里就感到一阵异样的愉悦。他现在平静了。他就要写这封信,不慌不忙地写;然后,天亮了,就把它投进钉在他的农庄墙上的邮箱;然后,他就登上自家的塔楼去看邮递员到来;等这个穿蓝色罩衫的人一走,他就头朝下栽到承载塔楼基座的岩石上。他要先让砍伐他的树林的工人们看到他。他可以爬上竖着节日挂旗子的旗杆的那个突出的台阶上去,用力把旗杆折断,随旗杆一起摔下去。怎能不相信这是个意外事故呢?他身体重,塔楼高,他这一摔必死无疑。

他立刻下床,走到桌前坐下,写起信来。不论是犯罪的细节,还是痛苦生活的细节,心灵备受折磨的细节,他无一遗漏;

他在信的结尾宣称,他宣判自己有罪,而且将处决罪犯;他同时请求他的朋友、他的老朋友给以关照,永远也不要让人责难他死后的名声。

写完信,他发现天已经亮了,便封好信,盖上封印,写上地址,然后轻轻地走下楼,直奔挂在农庄拐角处墙上的信箱;把这封让他的手神经紧张的信丢进信箱以后,他就快步返回,插上大门,爬上塔楼,等待将要把他的死亡判决书带走的邮递员到来。

现在,他感到自己很平静,解脱了,得救了!

一阵干燥的寒风,冰冷的寒风,迎面吹来,他贪婪地吸着;他张开嘴,痛饮着它的寒彻心脾的爱抚。天是红色的,火一般的红色,冬天的红色。整个平原结了一层白霜,就像洒满玻璃粉末,在初升的阳光下闪烁。勒纳尔岱光着脑袋,站在塔楼上,凭眺广阔的家乡,左边是牧场,右边是村庄,村舍的烟囱开始冒烟了,正是做早饭的时候。

他看到脚下的布兰迪河在岩石之间湍流,而他马上就要在那儿摔个粉身碎骨。在这冰冷美丽的曙光中,他感到自己获得了新生,充满了力量,充满了生命的活力。阳光沐浴着他,包围着他,仿佛希望也渗透了他的身心。无数的记忆涌进他的脑海,他记起那些像今天这样美好的早晨,记起在坚硬的地上踏步有声的快步行走,记起在野鸭沉睡的水塘边打猎的欢乐。他热爱的各种美好事物,现实生活中的美好事物,一股脑儿涌上他的心头,激励他产生出新的希望,唤醒了他活跃而又健壮的躯体中的所有强烈的欲望。

他果真就要死了吗?为什么?只因畏惧一个幻影,畏惧一个根本不存在的东西,他就要愚蠢地自杀吗?他既富有又还年轻。真是发疯!他需要的只是散散心,出个远门,旅游一趟,把这件事忘掉!昨天夜里他就没有见到那个女孩,因为他心中有事,把注意力分散在别的事情上了。也许他再也见不到她了?如果说她在这座房子里缠住他不放,也许换个地方就不跟着他了?世界很大,来日方长!何必要死呢?

他的目光扫视着牧场,忽然在沿着布兰迪河的小路上发现了一个蓝点儿。那是梅德里克,正从城里带着信件过来,同时把村里的信取走。

勒纳尔岱猛然惊醒,一种痛苦的感觉传遍他的全身;他冲向螺旋楼梯,要去取回那封信,向邮差要回那封信。现在,即使被人看见他也不在乎了;他在夜间结了薄冰还在冒泡沫的草地上奔跑,恰好和邮递员同时来到农庄拐角处的信箱前。

梅德里克打开了信箱的小木门,取出居民们放在里面的几封信。

勒纳尔岱对他说:

"您好,梅德里克。"

"您好,村长先生。"

"喂,梅德里克,我投到信筒里一封信,我现在需要拿回来。我请您把它还给我。"

"好呀,村长先生,这就给您。"

邮差说着抬起头来。村长这张脸,着实叫他大吃一惊;勒纳尔岱脸呈紫色,目光慌乱,眼圈发黑,眼睛就像陷进脑袋里似的,头发乱蓬蓬的,胡子乱糟糟的,领带松垮垮的。一眼就能看出他一夜根本没有睡觉。

邮差问:"您是不是病了,村长先生?"

勒纳尔岱立刻明白自己的样子想必很怪,顿时慌了神,结结巴巴地说:"没有……没有……只是,我刚从床上跳下来,为了跟您要这封信……我睡觉来着……您明白吗?……"

老兵隐隐约约起了一点儿疑心。

他接着问:"什么信?"

"您要还给我的这封信。"

现在,梅德里克犹豫了,因为在他看来村长的态度有些不自然。这封信里大概藏有什么秘密,一个政治秘密。他知道勒纳尔岱不是共和派,他了解人们在选举中耍弄的各种阴谋伎俩和欺骗手段。

他问:"这封信是写给谁的?"

"给预审法官普图安先生的;您很清楚,普图安先生是我的朋友!"

邮递员在信件中寻找,找到了村长要的那封信。他把这封信拿在手里翻过来倒过去地看,非常困惑,非常不安,既怕犯严重的过错,又怕得罪村长。

勒纳尔岱见他还在犹豫,伸出手就要抓那封信,想要把它从邮差手里夺过来。这个鲁莽的动作更让梅德里克相信其中有什么重大的秘密,便下定决心:无论如何也要履行他的职责。

于是他一面把信放进挎包,把挎包关上,一面回答:

"不,我不能给您,村长先生。既然这封信是寄给法院的,我不能给您。"

这一下把勒纳尔岱急坏了,他结结巴巴地说:

"可是您明明认识我。您甚至认得出我的笔迹。我跟您说我需要取回这封信。"

"我不能给您。"

"喂,梅德里克,您知道我不可能欺骗您的,我跟您说我需要这封信。"

"不。我不能给您。"

生性暴躁的勒纳尔岱禁不住怒上心头。

"不过,该死的,您可要当心。您知道我是不开玩笑的;你这家伙,我可以砸碎您的饭碗,而且说到做到。再说,我是这里的村长;我现在命令您把这封信还给我。"

邮递员坚定地回答:"不,我不能给您,村长先生!"

这时,勒纳尔岱失去了理智,拽住他的胳膊,要夺下他的挎包;但是邮递员身子一挣,摆脱了他,向后退了两步,举起了他那根结实的冬青木的棍子。他仍然平心静气地说:"啊!请不要碰我,村长先生,不然我就要揍人了。当心,我,我是在履行我的职责!"

勒纳尔岱感到自己完了,突然变得低声下气,态度温和,像一个啼哭的孩子似的苦苦哀求起来。

"喂,喂,朋友,把这封信还给我吧;我一定会报答您,我会给您钱。听着,听着,我给您一百法郎,您听见了吗?一百法郎。"

邮递员转过身去,开始上路。

勒纳尔岱跟着他,上气不接下气,结结巴巴地说:

"梅德里克,梅德里克,您听着,我给您一千法郎,听见了吗?一千法郎。"

邮差不理他,一个劲儿往前走。勒纳尔岱又说:"我可以让您发财……您听着,您要多少都行……五万法郎……为了这封信我给您五万法郎……这对您有什么妨碍呢?……您还不愿意?……那么,十万……听着,十万法郎……您明白了吗?……十万法郎……十万法郎。"

邮差转过身来,脸色冷峻,目光严厉:"够了!不然的话,我就把您刚才对我说的话全都告诉法院。"

勒纳尔岱猛地站住。完了。他再也没有希望了。他转过身,像一只被追捕的野兽,朝自己的家狂奔。

现在轮到梅德里克站住了,他惊愕地看着勒纳尔岱一路奔跑。他看见村长回到了家;他等着,好像预感到还会发生什么惊人的事。

果然,不一会儿,勒纳尔岱的高大的身躯就出现在勒纳尔塔楼的顶上。他像疯子似的绕着平台奔跑;接着,他抓住旗杆,拼命地摇撼也没能折断它;接着,他突然像一个一头扎进水里的游泳者那样,两手向前,凌空扑下来。

梅德里克急忙冲过去要救他。他穿过花园的时候,看见去上工的伐木工人,便将两只手拢成喇叭,向他们高喊发生的事。他们在墙角下找到一具血淋淋的尸体,脑袋已经在岩石上摔裂。布兰迪河水绕着这块岩石;只见在这个变宽了的河段的清澈、平静的水面上,漂动着一缕长长的混杂着脑浆和鲜血的粉红色细流。

客　栈[*]

在巍峨的阿尔卑斯群山中,冰川脚下,在那些横断白雪皑皑的山峰、布满岩石、寸草不生的峡谷里,安扎着一些木屋客栈,施瓦伦巴赫客栈①就是其中的一家,它专为格米山口②那边来的过路的旅客提供食宿。

在六个月的营业期间,让·豪泽尔一家都住在客栈里;到了山谷被积雪覆盖,下山回勒歇村③的道路快不能通行的时

---

[*] 本篇首次发表于一八八六年九月一日的《文学与艺术》第三卷第二五一至二五四页;一八八七年收入保尔·奥朗道尔夫出版社出版的莫泊桑小说集《奥尔拉》;一九〇三年收入同一出版社出版的插图版莫泊桑全集《奥尔拉》卷。

① 施瓦伦巴赫客栈:从格米山口开凿的至伯尔尼州奥贝朗的约一米宽的小径是传统的远足路线,途经这个施瓦伦巴赫客栈。大仲马、马克·吐温、毕加索也曾至此。在此可以买到勒歇旅游局特印的莫泊桑小说《客栈》。

② 格米山口:海拔二三一四米,宽约十公里,连接伯尔尼州的堪代斯泰格和瓦莱州的勒歇。

③ 勒歇村:瑞士当时的村镇,在瓦莱州境内,海拔七三一米,现已扩大至罗纳河两岸。

候,这家的妇女、父亲和三个儿子就离开,留下年老的向导加斯帕尔·哈利和年轻的向导乌尔利希·昆西,带着肥壮的高山犬扎姆看守这座房子。

两个留守的男人和那条大狗将要在这积雪包围的监狱里一直待到来年春天。眼前只有巴朗霍恩山①一望无垠的白色山坡,四周都是白茫茫、亮晶晶的峰峦;雪越积越高,聚在房顶上,堆到窗户上,把门也堵住了,包围、窒息、损坏着小屋。他们就这样被围困、封锁、淹没在大雪中。

这是豪泽尔一家回勒歇村的日子,冬天临近,下山的路正变得危险难行。

三个儿子牵着三头满载衣物行李的骡子先走了。母亲雅娜·豪泽尔和女儿路易丝骑着第四头骡子随后也上路了。

两个留守人员陪伴着父亲跟在她们后面,一直要把这家人送到通向下山斜坡的峰口。

一行人先绕过已经冰封的小湖,小湖在一个巨大的石坑的底部,这石坑一直伸展到他们客栈的跟前。然后他们沿着床单一样洁净的小山谷走,四周都是高耸的雪峰。

阳光倾泻在这灿烂而又冰冷的白色荒原上,用耀眼而又严寒的火炬把它照亮;没有任何生物活动在这山的海洋里;没有任何运动打破这无边的孤寂;没有任何声响搅扰这深沉的静谧。

------

① 巴朗霍恩山:瑞士瓦莱州内阿尔卑斯山脉的一座山峰,海拔四一六七米,山顶有基督的塑像。

年轻的向导乌尔利希·昆西是个身材高大的瑞士人,有两条大长腿。他把豪泽尔大叔和年老的加斯帕尔·哈利渐渐甩在后面,赶上驮着两个女人的骡子。

那个年轻女人看着他走过来,似乎在用伤感的目光召唤他。这是个金黄色头发的乡村姑娘,白皙的面颊和浅色的头发,就好像在冰雪中日子过得久了,褪了色。

他赶上路易丝骑的那头骡子,把一只手搭在骡子屁股上,放慢了脚步。豪泽尔大妈跟他说起话来,列举出无数的细节,叮嘱过冬的各种琐事。他还是第一次留在山上,而老哈利已经在积雪覆盖的施瓦伦巴赫客栈度过了十四个冬天。

乌尔利希·昆西听着,却不像是听明白了;他不停地瞅着那个年轻的姑娘。他不时地回答一声:"好的,豪泽尔太太。"他的思想却仿佛在远处,他宁静的面孔一直无动于衷。

他们来到道贝湖边。长长的冰封了的湖面一平如镜,在谷底延伸开来。右边,高耸的道贝霍恩峰①裸露出它陡峭的黑色巉岩,旁边是维尔德施特鲁贝尔峰②俯视下的巨大的莱昂默恩冰川。

他们走到通往勒歇村的下坡路的格米山口,隔着深而宽广的罗纳河谷,瓦莱州③阿尔卑斯山脉的辽阔天际赫然呈现

---

① 道贝霍恩峰:瑞士瓦莱州内阿尔卑斯山脉的一座山峰,海拔三八三三米,其索道被评为"极限难度"。
② 维尔德施特鲁贝尔峰:瑞士阿尔卑斯山脉的一座山峰,横跨伯尔尼州和瓦莱州,海拔三二四四米。
③ 瓦莱州:瑞士西南部的一个州,位于上罗纳河谷和蕾芒湖之间。

在他们眼前。

远处是连绵的白色山峰,参差不齐,有的扁平,有的尖削,在阳光下闪耀:带两只角的米沙贝尔山①,雄劲的维泽霍恩群山②,沉重的布鲁嫩格霍恩峰③,突兀可怕的金字塔似的策尔文峰④这杀人的魔王,以及白牙峰⑤这轻佻的魔女。

另外,在他们下方,一个无比巨大的洼陷、可怕的深渊里,勒歇村跃入他们的眼帘,鳞次栉比的房屋就像撒在这巨大裂缝里的沙粒,裂缝的这边是格米山口,那边开向罗纳河谷。

骡子在小道边停下。这条小道沿右边的山蜿蜿蜒蜒,不停地曲折回环,视野变幻,美景迭出,直到山脚下那小得几乎看不见的村庄。两个女人从骡子背上跳到雪地里。

两位老人已经赶上她们。

"好啦,"豪泽尔大叔对两个向导说,"再见啦,好好干,朋友们,明年见。"

哈利大叔重复道:"明年见。"

他们互相拥抱。豪泽尔太太接着伸出面颊,年轻姑娘也

---

① 米沙贝尔山:阿尔卑斯山脉米沙贝尔高原的主峰,位于瑞士瓦莱州,海拔四五四五米,是瑞士的最高山峰。
② 此处指维泽霍恩高原的主峰维泽霍恩,海拔四五〇五米,它和策尔文峰、白牙峰的共五座四千米以上的山峰构成所谓"帝冠"。
③ 布鲁嫩格霍恩峰:瑞士瓦莱州内阿尔卑斯山脉的一座山峰,海拔三八三三米。
④ 策尔文峰:瑞士阿尔卑斯山脉的一座山峰,横跨瑞士和意大利的边界,海拔四四七八米,呈巨大的金字塔状。
⑤ 白牙峰:阿尔卑斯山脉的一座山峰,位于瑞士瓦莱州,海拔四三五七米,有"阿尔卑斯女王"之称。

同样和哈利大叔行了贴面礼。

轮到乌尔利希·昆西和大家道别,他在路易丝耳边小声说:"别忘了留在山上的人。"她回答:"不会的。"她说的声音那么小,他听不清,但是猜得到。

"好吧,再见啦,"让·豪泽尔又说了一遍,"祝你们身体健康。"

说完,他走到妇女们前面,开始下山。

不久,他们三人的身影就在下山小道的第一个拐弯处消失。

两个向导便回头向施瓦伦巴赫客栈走去。

他们慢慢地走,肩并着肩,默不作声。告别完了,他们就将单独留在这里,如影随形,度过四五个月的时光。

走了一会儿,加斯帕尔·哈利说起他上一个冬天的往事。去年他是跟米歇尔·卡尔诺一起留下的,卡尔诺现在年纪太大了,不能再干了;要知道在这种与世隔绝的漫长生活中很可能发生某种意外的事故。不过他们并没有感到过苦闷;重要的是第一天就下定决心;总能给自己发明出一些娱乐、游戏和很多消磨时间的花样来。

乌尔利希·昆西听着,低垂着眼睛。他思想还追随着下山的人,他们正踏着格米山口布满碎冰的雪迹向勒歇村走去。

很快,依稀可见的客栈就出现在他们眼前,它是那么小,小得就像绵延起伏的雪山脚下一个黑点。

他们推开客栈的门,硕大的卷毛狗扎姆蹿过来,围着他们欢蹦乱跳。

"好啦,年轻人,"老加斯帕尔说,"咱们现在没有女人可以指靠了,得自己做饭;你来削土豆。"

两个人在木凳子上坐下,把肉汤倒在面包上,开始做浓汤①。

第二天的上午在乌尔利希·昆西看来特别漫长。老哈利抽着烟,向炉膛里吐着唾沫;年轻人透过窗户看着客栈对面光辉夺目的雪山。

下午,昆西走出客栈,循着前一天送行的路走,一边走一边寻找驮着两个女人的那头骡子的蹄迹。走到格米山口,他就在深渊的边沿趴下,遥望勒歇村。

卧在岩石井底的勒歇村还没有被大雪淹没;大雪已经向它逼近,但是被围在它周边的松林截然分明地挡住了。村里的低矮房舍,从他所在的高处看去,就像大草原上铺着的一块块路石。

此刻,豪泽尔家的女儿就在那儿,在那些灰房子中的一座房子里。哪一座房子?乌尔利希·昆西离得太远,没法把它们分辨出来。趁着路还能走,他真想下山去看看!

但是太阳已经消失在庞然的维尔德施特鲁贝尔峰背后,年轻人只得回客栈。哈利大叔还在抽烟。见伙伴回来了,大叔提议打一会儿纸牌;他们便在桌子两边面对面坐下。

他们玩了很久,玩的是一种叫作布里斯克②的简单的纸

---

① 浓汤:法国人的浓汤通常都加有洋葱、土豆、白菜、面包等实料。
② 布里斯克:一种纸牌游戏,以"A"和"10"为王牌。

牌游戏。吃完浓汤,他们就睡下。

随后的几天跟第一天一样:天气晴朗,但是寒冷,没有再下雪。老加斯帕尔每天下午的时光都消磨在观察胆敢飞上冰峰的老鹰和寥寥无几的鸟儿,而乌尔利希则照例去格米山口眺望那个村庄。此外他们就打纸牌、掷骰子、玩多米诺骨牌,为了玩起来有兴趣,输赢一些小物品。

一天早上,先起床的哈利把伙伴叫醒。一片移动的云,深深的,轻轻的,夹着白色的雪末,正向他们和他们周围扑过来,悄无声息地把他们逐渐掩埋在厚重的海绵垫下面。这场雪下了四天四夜。十二个小时的严寒,已经把冰末变得比花岗岩似的冰碛层还要坚硬,他们不得不清除掉堵住门和窗户的积雪,挖出一个走道,凿出几个梯阶,才上到冰面。

他们从此就过起囚徒般的生活,再也不冒险走出自己的住所。他们把日常要做的活儿做了分工。乌尔利希·昆西负责打扫、洗涤、所有的杂活儿和清洁工作;劈木柴也是他。加斯帕尔·哈利做饭、管炉火。他们的工作很有规律,也很单调,间或长时间地打纸牌、掷骰子。他们俩都是性情稳静、心平气和的人,从来没有拌过嘴,甚至从来没有急躁、发脾气的时候,从来没有说过尖刻的话,因为他们已经做好了充分的准备,和衷共济,度过高山上的寒冬。

有时,加斯帕尔·哈利拎起他的长枪去寻找岩羚羊;他不时地能猎得一只。这时施瓦伦巴赫客栈就像过节一样,吃一顿新鲜美味的羊肉大餐。

一天早上,加斯帕尔照常出去打猎。室外的温度计指着零下十八度。太阳还没有升起,猎人希望在维尔德施特鲁贝尔山边给这些小畜生来个突然袭击。

乌尔利希一个人留在客栈,一直睡到十点钟。他天生爱睡;但是热情洋溢、喜爱起早的老向导在的时候,他也不敢任随自己的天性。

他和扎姆不慌不忙地吃了午饭,扎姆也是整天整夜在炉火前睡觉。后来,他感到有些烦闷,甚至孤寂得有些恐惧,很想像平常那样打一把纸牌。人们养成了某种难以克制的习惯,到时候自然就会生出强烈的愿望。

于是他走出客栈,去迎接他的伙伴。四点钟了,加斯帕尔应该回来了。

大雪已经把深深的山谷完全铺平,填满了裂隙,抹去了两个湖泊,覆盖了岩石;巍峨的峰峦之间别无他物,只剩下一个巨大的、齐整耀眼的冰槽。

乌尔利希已经三个星期没有再到深渊的边缘去眺望那个村庄。他想到那里看一眼,再去攀登通向维尔德施特鲁贝尔峰的斜坡。勒歇村现在也已经在大雪覆盖下,房屋都披上苍白的大衣,几乎都辨认不出来了。

然后,他就向右拐,走到莱昂默恩冰川。他迈着山地人的大步向前走,一边用铁头杖拍打着像石头一样坚硬的雪地。在这望不到边的银毯上,他用锐利的眼睛寻找着远处移动的小黑点。

他走到冰川边停下来,寻思了一下老头儿是不是走的这条路;接着,他便沿着冰碛层走去,心情更不安,脚步也更急促。

太阳徐徐降落,雪也随之变成粉红色;干燥而又冰冷的风,一阵阵猛烈地吹过水晶般的地面。乌尔利希发出一声尖锐的呼唤,呼声震荡,引起持续的共鸣。崇山峻岭都在酣睡,这声音在死一般的寂静中飞扬;它越过冰雪泡沫的静止而又深远的波浪奔向远方,犹如掠过大海万顷波涛之上的一声鸟鸣;他的喊声最后消失,没有丝毫回应。

他又开始走。远方,太阳已经沉入山峰的背后;天空的反射映红了峰峦,但山谷深处变得晦暗。年轻人突然害怕起来,就好像寂静、寒冷、孤独,山在冬季的死亡,正渗入他的身心,会停滞和冻结他的血液,僵化他的四肢,把他变成一个僵滞不动的冰人。他撒腿就跑,逃向他的住处。他想,他不在的时候,大叔也许已经回来了,他大概走的是另一条路,此刻正坐在炉火前,脚边放着一只猎杀的岩羚羊。

他不久就望见客栈。屋顶没有冒烟。乌尔利希跑得更快。他推开门,扎姆冲出来欢迎他,但是加斯帕尔·哈利没有回来。

昆西很惊讶,转过身,就好像他料到会发现自己的伙伴藏在一个角落里似的。然后,他就生起炉火、做晚饭,一边期盼着老人露面。

他不时地走到门外,看大叔是不是出现。夜晚已经降临,那是山区苍白的夜晚,晦暗的夜晚,在天边即将落山的一弯细细的黄色新月的微光下,显得灰突突的夜晚。

年轻人走回来,坐下,一边烘着手和脚,一边想着是不是出了什么意外。

加斯帕尔可能摔断了一条腿,跌进了一个窟窿,一失足挫伤了脚踝;也许他正躺在雪地里,受着严寒的袭击,浑身僵硬,心如刀割,惊慌无措,在夜晚的寂静中扯着嗓子向四面呼救援助。

可是他在哪儿呢？这山地那么广阔,那么空旷,这周围,尤其在这个季节,那么危险,要想在这样辽阔的范围里找到一个人,需要十个到二十个向导,朝各个方向奔走一个星期。

不过乌尔利希·昆西还是决定：如果半夜十二点到凌晨一点加斯帕尔·哈利还不回来,他就带着扎姆出发去搜寻。

而且他立刻做了准备。

他把两天的干粮放进一个背包,带上钢爪,把一条细长、结实的绳索盘在身上,查看了铁头杖和用来在冰里凿台阶的手斧。然后就等着。炉火熊熊;大狗在火光照耀下打着鼾;座钟像心脏一样在木罩子里发出有规律的响声。

他等着,支起耳朵倾听着远处的响声,轻风吹拂一下屋顶和墙壁也会让他战栗。

半夜十二点敲响了;他打了个激灵。他感到自己有点发抖,有点惊恐,便把水钵放到炉火上,好在上路以前喝一点热热的咖啡。

座钟敲响了一点钟,他站起来,唤醒扎姆,打开门,朝维尔德施特鲁贝尔峰的方向走去。在五个小时的时间里,他用钢爪攀爬,翻越一个个巉岩,在坚冰里开凿,义无反顾地前进;有时由于太陡峭,扎姆留在崖壁脚下,他把绑在绳子另一头的扎姆拽上来。大约六点钟光景,他到达老加斯帕尔经常来找岩羚羊的一座山峰。

他等待太阳升起。

在他的头顶,天空逐渐发白;突然,不知从何而来的一道奇怪的亮光,强烈地照亮了他周围百里广袤起伏的山的海洋。这说不清的亮光仿佛就是由积雪散发到空间的。渐渐地,远处最高的峰峦全变成肉一样的淡粉色,红彤彤的太阳出现在伯尔尼州①阿尔卑斯山沉重的巨峰背后。

乌尔利希·昆西又出发了。他像猎人那样前进,弓着身子,仔细寻觅着足迹,一边对扎姆说:"快找,胖子,快找。"

他现在往山下走,用眼睛搜寻着深坑,时而发出一声深深的叫喊,喊声旋即消失在死寂的无垠中。这时,他就把耳朵贴在地面倾听;他觉得似乎听到了一个声音,便连忙跑去,再一次呼喊,却什么也听不见了;他坐下,精疲力竭,十分绝望。将近中午,他吃了午饭,也让扎姆吃了些东西。扎姆跟他一样疲乏。

他继续寻找。

夜晚来临的时候,他已经走了五十公里山路,但他还在走。他离客栈太远,回不去了;他也太累,腿都拖不动了,便在雪里凿了一个洞,和狗一起蜷缩在里面,盖着他带来的一条被子。人和狗,互相依偎着,互相温暖着身体,不过仍然寒入骨髓。

乌尔利希并没有怎么睡,他的脑海被种种幻象萦绕着,四肢瑟瑟发抖。

----

① 伯尔尼州:瑞士的一个州,在阿尔卑斯山北面,位于蕾芒湖和阿尔戈维州之间,首府是伯尔尼市。

太阳快出来的时候,他又站起来。他的腿像铁棍一样僵直,他的精神虚弱得让他惶恐地大叫,他的心怦怦跳得听见一点声响他就会兴奋地瘫倒。

他突然想,自己也要冻死在这孤独无助的境地了。死亡的恐惧鞭打着他,反而激发起他的力量,唤醒他的勇气。

他现在下山向客栈走去,跌倒了,再爬起来。扎姆远远跟着他,三只爪子一拐一瘸。

他们下午四点钟左右才回到施瓦伦巴赫客栈。客栈里空无一人。年轻人把炉火生起来,吃了饭就睡下。他头昏脑涨,什么都不再去想了。

无法抑制的困倦让他睡了很久很久。不过,突然有一个声音,一个喊声,叫他的名字:"乌尔利希",把他从深沉的睡眠中惊醒,他猛然起身。他难道做梦了吗?难道是不安的灵魂,像梦中常有的那样,发出一声奇怪的叫喊?不,他依然听得见这叫喊;这震撼人心的叫喊钻进了他的耳朵,停留在他的肌体,直至神经末梢。可以肯定,有人叫喊过:"乌尔利希!"这人就在那儿,在房子附近。他毫不怀疑。他打开门,声嘶力竭地叫喊:"一定是你,加斯帕尔!"

没有任何回应。没有任何声音,没有任何低语,没有任何呻吟,什么声音也没有。夜深沉。雪苍白。

起风了,那是连石头都能冻裂、在这荒无人烟的高山上不留任何生命的风。它一阵阵猛烈地吹着,比沙漠上的热风更干燥、更致命。乌尔利希又连声叫喊:"加斯帕尔!——加斯帕尔!——加斯帕尔!"

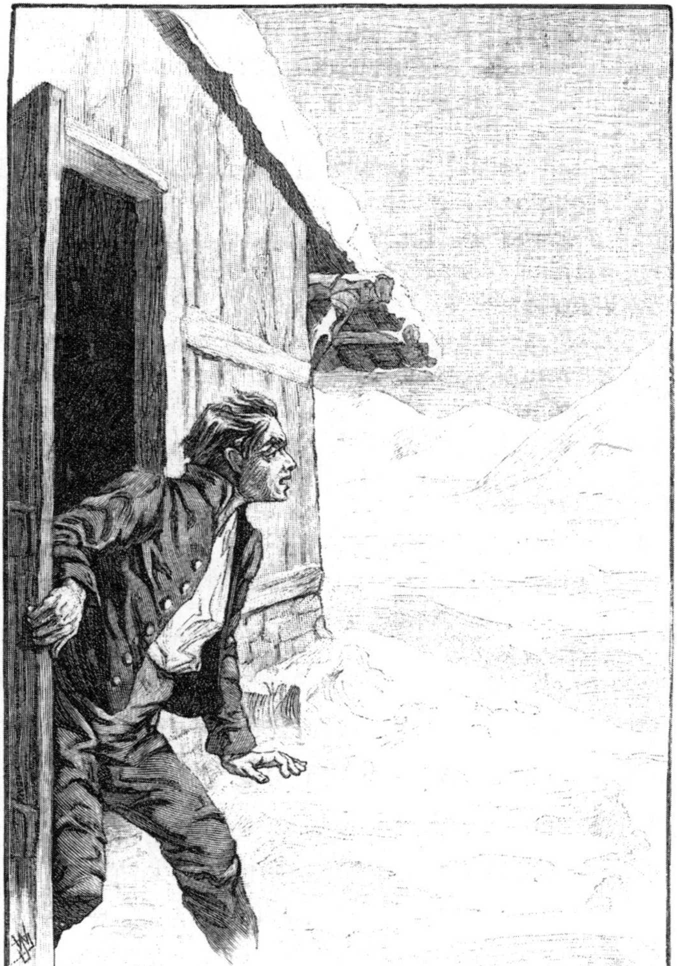

然后,他就等待。山上万籁俱静!恐惧重又震彻他的身心。他一步跳进客栈,关上门,推上门闩;接着,他浑身哆嗦着倒在一把椅子上。他回过神来的时候,肯定自己的伙伴刚才叫喊过他。

他对此深信不疑,就像他深信自己活着、吃着面包一样。老加斯帕尔·哈利一定在某个山谷,在某个地方的一个洞穴里躺了两天三夜,奄奄待毙。在洁白无瑕的深谷里,雪的洁白比地窟的黑暗更阴森可怕。他熬了两天三夜,刚刚死去,临死的时候还想着伙伴。他的灵魂,刚刚解脱就飞向客栈,乌尔利希正在那儿睡觉。死者的灵魂都有萦绕生者的神秘而又可怕的本能,它就是出于这种本能呼唤过他。这无声的灵魂在睡眠者疲惫的灵魂中呼喊;它喊出他最后的诀别,或者他的责怪,或者对没有尽力寻找他的人的诅咒。

乌尔利希感觉到它就在那里,近在咫尺,在墙后面,在他刚关上的门后面。它在徘徊,就像一只夜鸟用它的羽毛轻轻地击打着有亮光的窗户;惊慌的年轻人几乎吓得吼叫起来。他想逃,但又不敢出去;他不敢,而且再也不敢出去,因为亡灵还在那儿,日日夜夜,在客栈周围,只要老向导的遗体没有找到,没有安葬在公墓的祝圣过的土地上。

天亮了,太阳的辉煌归来让昆西恢复了少许镇定。他做好饭,也给他的狗熬了浓汤,然后就坐在椅子上,身子一动不动,内心却肝肠寸断,牵挂着躺在雪地上的老人。

当黑夜再次笼罩群山,他又被新的恐惧侵袭。他在厨房里踱来踱去。厨房昏黑,只有一只烛台照明,他迈着大步从这一头走到那一头,一边倾听着,听前夜那吓人的喊声是否又会刺破屋外深沉的寂静。他感到自己是那么孤独,那么可怜,仿佛从来也没有人像他这样孤独!他孤独一人在这无边的雪原上,孤独一人在高出人居的土地,高出人类的住房,高出躁动、喧闹、活跃的生活两千米的地方,孤独一人在冰封的高空。他像发了疯似的,想逃,不管逃到哪里,不管怎样逃;他要跳进深渊,下到勒歇村;但是他连开门也不敢,他确信另一个人,那个死者,会挡住他的去路,因为那个人也不愿独自留在这山上。

将近半夜十二点钟,他走累了,苦恼、恐惧得身心俱疲,他终于瘫倒在一把椅子上,因为他怕那张床,就像人们怕一个常有鬼魂出没的地方。

忽然,前夜刺耳的叫声又震耳欲聋,那么强烈,乌尔利希急忙伸出两手,要推开这幽灵,他连人带椅子仰面倒在地上。

扎姆被这响声惊醒了,惊骇得吼叫起来,绕着屋子奔跑,想弄清危险来自何处。它跑到门边,嗅着门底下,喘着大气,使劲用鼻子闻着,浑身的毛支棱着,尾巴挺直,喃喃地埋怨着。

昆西大惊失色,站起来,抓住一只腿,把椅子举起来,大嚷:"别进来,别进来,别进来,不然我就杀了你!"扎姆也被他这威胁的嚷声激怒了,冲着主人大声抗拒的那个看不见的敌人狂吠。

扎姆渐渐安静下来,又走到炉边躺下;但是它依然紧张,昂着头,目光灼灼,龇着牙,低沉地嗥叫着。

乌尔利希也冷静下来,不过,他觉得自己已经恐惧得有些失控,便去橱柜里取了一瓶烧酒;一口接一口喝了好几杯。他喝得神志模糊,勇气却倍增;火一样的热情在他血管里奔流。

第二天他几乎没有吃饭,只是喝烈酒。接连好几天,他醉得昏天黑地。一想到加斯帕尔·哈利的幽灵来找他,他就开始喝酒,一直喝得醉倒在地上。他躺在那里,脸朝下,醉得跟死人一般,四肢疲软,打着鼾,脑门冲地。不过,一旦消化掉那令人疯狂和燃烧的液体,那个"乌尔利希"的叫声,就像一粒射穿头颅的子弹,又把他唤醒;他站起来,踉踉跄跄地走着,一面伸着两手免得再摔倒,一面喊扎姆来帮他。可是扎姆,看来变得和主人一样疯狂,它向门冲过去,用爪子扒门,用白色的长牙啃门,而与此同时,年轻人仰着脖子,脸朝天,就像跑步以后喝凉水一样,大口大口地灌着烧酒。烧酒很快就麻痹了他的思想、他的记忆,以及他的强烈的恐惧。

在三个星期的时间里,他把储备的酒全喝光了。但这种持续的酗酒只能暂停他的恐惧,而这种恐惧一旦醒来,由于他没有能力平息,只会更加猖狂。那个摆脱不掉的念头,经过一个月醉酒的激化,在绝对的孤独中不断强化,像螺旋钻一样在他身上越扎越深。他现在就像关在笼子里的野兽,在屋子里走来走去;他时而把耳朵贴在门上,听听另一个人是不是在那儿,在隔着墙向他挑战。

他刚刚疲乏得睡着,立刻又听到那个喊声,吓得他一骨碌爬起来。

终于,一天夜里,他就像一个被推向极端的懦夫,冲到门边,打开门,想看看那个呼喊他的人,强迫那个人住口。

一股刺骨的凉气迎面扑来,他赶快把门关上,推上门闩,却没有发现扎姆已经冲了出去。他冻得发抖,向炉膛里添加了木柴,便坐在炉火前取暖。可是他猛地打了个哆嗦,因为有人在哭泣着抓挠墙壁。

他疯狂地叫嚷:"滚开!"回答他的是一声长长的痛苦哀鸣。

他仅剩的理智全都不翼而飞。他一迭连声地叫嚷:"滚开!"同时转着身子四面寻找可以藏身的角落。对方始终哭泣着,蹭着墙壁沿着房屋走过。乌尔利希冲向装满餐具和食品的橡木橱柜,使出超人的力气把它抬起,一直拖到门边,给门加一道屏障。接着,他把剩下的家具、床垫、草褥、椅子全都摞起来,堵住窗口,就像敌人包围时人们常做的那样。

这时,外面的那个人发出响亮的悲鸣,年轻人也开始回以同样的悲鸣。

一天又一天、一夜又一夜过去,两个人中谁都没有停止咆哮。一个不停地围着房子转,用指甲使劲地抠着墙壁,仿佛要把它拆掉;另一个在屋里,弯着腰,耳朵贴在石头墙壁上,探听着他的每一个动作,并且用可怕的叫喊回答他的每一声叫喊。

一天晚上,乌尔利希再也听不到任何声音了,他坐下;他那么疲惫,很快就睡着了。

他醒来时,什么也不记得了,什么也不想了,就好像在这场困倦难忍的睡眠中,他的头脑被掏空。他很饿,便吃了些东西。

冬天结束了。格米山口的小道又能走了,豪泽尔一家人上路返回客栈。

他们走到上山小道的顶上,妇女们爬到骡背上,谈起她们即将再见到的两个男人。

她们有些惊讶,几天前,路开始可以走的时候,两个男人中居然没有一个下山,说说他们在漫长冬天里的情况。

终于看到客栈了。柔软的白雪仍然覆盖、包裹着客栈。门和窗都关着,屋顶冒出微微的青烟,这让豪泽尔大叔放心了。但是,走近的时候,他看到门前有一具老鹰啄食过的动物的骷髅,一具很大的侧卧的骷髅。

众人一起查看。母亲说:"一定是扎姆。"她喊道,"喂,加斯帕尔。"里面回答的是一声叫喊,一声畜生般的尖叫。豪泽尔大叔也喊道:"喂,加斯帕尔。"又听到一声和第一声同样的尖叫。

于是,三个男人,父亲和两个儿子,试图把门推开。门纹丝不动。他们从空空的牲口棚里搬来一根破城锤似的大木梁,使尽全力用木梁杵门。木门咯吱响了几声,终于让步,门板的碎块飞溅;接着,一声巨响震撼了客栈,他们看见屋子里,在散了架的橱柜后面,站着一个人,长长的头发披散到肩膀,胡须垂落到胸脯,眼冒金星,衣衫褴褛。

他们认不出他了,但是路易丝·豪泽尔惊呼:"妈妈,这是乌尔利希。"妈妈也认出的确是乌尔利希,虽然他的头发全白。

他任随他们走过来,任随他们抚摸他,但是对人们提出的问题哑然不答。人们不得不把他送到勒歇村,医生们确认他疯了。

再也没有人知道他那个伙伴的下落。

这年夏天,豪泽尔家的女儿伤心欲绝,大病一场,几乎死去,据说是由于山里寒冷。

奥尔拉[*]

五月八日

多么美好的日子啊！我整个上午都躺在我的房子前面，那棵巨大的梧桐下的草地上。那棵树把我的房子盖住，遮住，整个儿笼罩在它的阴影下。我爱这个地方，我爱在这里生活，因为这里有我的根，那扎得深而又敏感的根，它们把一个人和他的祖先出生和死亡的土地紧紧联系在一起，和这里人们想的、吃的、习俗、饮食、方言俚语、农民的乡音、泥土和乡间乃至空气的气味紧紧联系在一起。

---

* 本篇首次发表于一八八七年保尔·奥朗道尔夫出版社出版的莫泊桑小说集《奥尔拉》，又称"二刊本"，以区别于一八八六年十月二十六日《吉尔·布拉斯报》发表的小说《奥尔拉》（又称"初刊本"）；一九〇三年收入同一出版社出版的插图版莫泊桑全集《奥尔拉》卷。"二稿本"是"初稿本"的改写本，二者的创作有一定的联系，但内容有很大的不同。"奥尔拉"法文为 le Horla，是莫泊桑创造的新词。研究者提出多种不同的含义，译者认为比较接近的是法文"hors"（在……之外）和"là"（那儿）的组合。那个"存在"在那儿，又看不到在哪儿，既肯定了其存在，又表达了其神秘性。

我爱这所房子;我就是在这里长大的。从窗口,我看得见大路后面,沿着我的花园,几乎就在我家里流过的塞纳河;大气磅礴的宽阔的塞纳河,从鲁昂奔向勒阿弗尔,河面上来往船只络绎不绝。

左边的远处,一群尖尖的哥特式钟楼下便是鲁昂,蓝屋顶的宏伟的城市。钟楼多得数不清,有宽阔的也有细长的,主教座堂的铸铁的尖顶君临其上。钟楼里挂满了钟,在晴朗的清晨的蔚蓝天空里敲响,把柔和、遥远的金属的嗡嗡声送到我的耳际;微风送来的青铜的歌声,有时响亮有时轻,这要看风是醒了还是半醒半睡。

今天上午的天气真好!

十一点左右,一支长长的船队,由一艘拖轮拖着,从我的栅栏前面鱼贯而过;拖船像苍蝇那么大,吃力地喘着粗气,吐着浓烟。

两艘英国双桅纵帆帆船,红色的旗帜在空中翻卷着,驶了过去。随后来了一艘极美的巴西三桅帆船,通体白色,光洁、亮堂得令人赞叹。不知道为什么,我向它敬了个礼;这艘船让我看了那么喜欢。

五月十二日

几天来我一直有点儿发烧;我感到不舒服,或者更确切地说,我有些焦虑。

把我们的幸福变成沮丧、把我们的自信变成消沉的那些神秘的影响力,是从哪里来的呢?就好像空气,那看不见的空气,也充满了不可知的"力量",我们感受到和它们的神秘的接近。我一觉醒来兴高采烈,喉咙痒痒的,很有放声歌唱的欲望。——为什么?——我沿着河边向下游的方向走;还没走多远,突然,我就遗憾地往回走,仿佛有什么不幸的事在家里等着我。——为什么?——是一阵寒战轻轻掠过我的皮肤,撼动了我的神经,伤了我的心灵?还是云彩的形状,或者白昼的颜色,周围物体的变化多端的色彩,通过我的眼睛,扰乱了我的思想?谁知道呢?包围着我们的一切,我们看到但却没有注视过的一切,我们擦肩而过但却并不认识的一切,我们感觉到但却并没有触摸过的一切,我们遇见但却并没有辨别出的一切,对我们,对我们的器官,并且通过我们的器官对我们的思想,甚至对我们的心灵,产生着迅速、惊人而又无法解释的作用!

　　多么深邃啊,这"不可见者"的奥秘!用我们可怜的感官,我们是无法探测它的。我们的眼睛,太小的看不见,太大的看不见,太近的看不见,太远的看不见,外星上的居民看不见,一滴水里的居民也看不见……我们的耳朵欺骗我们,因为它们总把空气的震颤转换成有声的音符;尽管它们是仙女,创造出把这运动变成声响的奇迹,并且通过这一变化产生出音乐,让自然界无声的骚动也唱出声来……我们的嗅觉还不如狗的嗅觉……而我们的味觉,只能勉强分辨出葡萄酒的年份!

　　啊!如果我们再多一些器官,替我们再多完成一些奇迹,我们该能再发现多少包围着我们的东西啊!

五月十六日

我病了，肯定病了！上个月我身体还那么好！我发烧，烧得难以忍受，或者更准确地说，我感到一种伴有发烧症状的神经紧张，它让我的心灵和肉体都同样地痛苦。我不断地有一种危险迫近的可怕感觉，有一种不幸将至或者死亡临近的恐惧，一种可能染上由血液和肌肉里萌生的、尚不为人知的疾病的预感。

五月十八日

我刚去见了我的医生，因为我睡不着觉。他发现我脉搏快，瞳孔扩大，神经兴奋，不过并没有任何值得担心的症状。我需要淋浴，喝溴化钾。

五月二十五日

没有任何变化！我的情况，真的，很奇怪。随着夜晚临近，我感到一种莫名其妙的不安，似乎黑夜为我隐藏着某种可怕的威胁。我匆匆吃了晚饭，然后试图看书；但我却看不懂那些字；我几乎连字母都分辨不清。于是，我怀着一种模糊然而无法抗拒的恐惧，对睡觉的恐惧和对上床的恐惧，在客厅里来回踱步。

十点钟左右，我上楼到了卧室。一进屋我就把门的钥匙转了两转，并且推上门闩。我怕……怕什么呢？这以前我还从来没有怕过什么……我打开衣橱，看看床底下；我听……我听……听什么呢？仅仅有一点不舒服，有一点大概是血液循环的障碍,一个神经末梢兴奋,一点充血。我们的生命机器本来就很不完善和脆弱的运行发生了一点小小的动荡,就能把一个最乐和的人变成一个忧郁症患者,把一个最勇敢的人变成胆小鬼,这岂不是荒唐吗?后来,我躺下,等着睡眠,就像等着刽子手似的。我等着睡眠,却又害怕它到来,心怦怦跳,腿直打哆嗦;我的整个身体都在热烘烘的被窝里颤抖,直到我像掉进一潭死水要淹死一样,突然坠入休眠状态。我并没有像以前那样感觉到睡眠来临;这狡猾的睡眠已经藏在我身边,窥伺着我,它过来抓住我的脑袋,闭上我的眼睛,便把我化为乌有。

我睡着了——而且睡了很久——两个或三个钟头——后来,一个梦——不——一个噩梦,纠缠住了我。我清楚地感觉到我躺着,而且睡着了……我感觉得到,我知道……我也感觉到有一个人走到我身边,看我,摸我,上了我的床,跪在我胸口上,两只手掐着我的脖子,掐呀……掐呀……使出他全身的力气,要掐死我。

我呢,我反抗,但那令我们在睡梦中瘫痪的可怕的无奈束缚着我;我想喊叫,可我办不到;我想动弹,可我办不到;我使出全身的力量,喘着气,试图翻一个身,把这个压在我身上要扼杀我的生物甩掉,可我办不到!

我突然醒了,惊魂未定,浑身虚汗。我点亮一支蜡烛。只有我一个人。

在这次发作以后,我终于踏实地睡着了,一直睡到天亮。不过这种发作夜夜重演。

六月二日

我的情况更严重了。我到底怎么啦？溴化剂没有起任何作用，淋浴没有起任何作用。下午，为了让身体疲劳，我便去卢马尔森林散步，尽管我的身体已经够疲劳的了。我起初以为新鲜空气清爽又温和，充溢着青草和绿叶的气味，可以给我的血管注入新的血液，给我的心注入新的力量。我走上一条打猎的林荫路，然后从一条狭窄的小路拐向拉布依①。小路两边是两大片奇高的大树，绿叶在天空和我之间搭起一个浓密得近乎黑色的顶棚。

我突然感到一阵战栗，不是寒冷引起的战栗，而是奇特的焦虑的战栗。

我加快了脚步。孤身一人在这片森林里让我有些不安，无缘由地，愚蠢地，只是由于深沉的孤寂而心惊肉跳。我突然觉得仿佛身后有人跟着，紧紧地跟着，离我很近，近到能碰到我。

我猛地回过头。只有我一个人。我身后只是那条笔直而又深远的小路，林木高耸，空荡荡的，空荡得令人毛骨悚然；而在另一头，这条路也望不到尽头，同样地肃杀，让人不寒而栗。

我闭上眼睛。为什么呢？我就像一个陀螺，在原地用一个脚跟快速旋转起来，险些跌倒。我又睁开眼：树在跳舞，地在漂浮。我不得不坐下。后来，啊！我连自己是从哪儿来的

---

① 拉布依：法国上诺曼底地区鲁昂市附近的一个市镇，位于塞纳河畔。

都不知道了！荒唐的头脑！荒唐！荒唐的头脑！我什么都不知道了。我向右边走，又回到把我引到森林深处的那条林荫路。

六月三日

这一夜很可怕。我要离开几个星期。一次出游，也许能让我恢复平静。

七月二日

我回来了。我好了。另外，我做了一次美妙的旅行。我游览了我还没去过的圣米歇尔山。

多么神奇的景象啊！如果你像我一样，在落日将尽的时分到达阿弗朗什！这座小城坐落在一个高岗上。我被领到城市尽头的公园时，不禁发出一声惊叹。一个辽阔的海湾在我面前伸展开来，一望无垠；相距遥远的两岸隐没在雾霭中。在那苍茫的黄色海湾中间，明亮的金色天空下，沙滩的环抱中，耸起一座阴暗、尖削的奇特山峰。太阳刚刚消失，在红霞依然燃烧的天际，勾画出这个头顶承载着一座奇幻建筑的奇幻巨岩的身影。

天刚破晓，我就向圣米歇尔山走去。就像昨晚那样，大海正在低潮。眼前那座气势非凡的修道院，我越走近它，它越显得巍峨壮观。走了几个小时①，我终于来到这块巨大的岩石

---

① 从阿弗朗什到圣米歇尔山的陆路距离为二十六公里多，步行约需六个多小时。

旁。岩石顶上是宏伟的教堂；教堂俯瞰下是一个小镇。我走过一条狭窄、陡坡的小街，走进为天主在人世建造的最雄奇的哥特式住所。它像一座城市一样宏大，布满了几乎被拱顶压垮的低矮的大厅和单薄的柱子支撑的长廊。我进入这硕大的花岗岩的瑰宝，它像花边一样轻盈，到处是塔楼和轻巧的小钟楼，里面有曲曲折折的阶梯可以攀登；它们向白昼的蓝色天空和夜晚的黑色天空伸出长满妖魔鬼怪、奇花异兽的古怪的脑袋；它们之间有精心制作的轻便桥拱相连。

来到山顶时，我对陪同我的那个修道士说："神父，您在这儿该有多么舒服啊！"

他回答："这里风很大，先生。"我们一边聊天，一边望着大海涨潮，大海正在沙滩上疾驰，给沙滩披上一层钢甲。

修道士给我讲了一些故事，全是关于当地的古老的故事，除了传说还是传说。

其中的一个故事给我的印象非常深刻。当地的人，也就是这座山里的人，声称有人听到夜间沙滩上有说话声，接着又听见两只山羊咩咩叫，一只的叫声响亮，一只的叫声微弱。持怀疑态度的人断言那是海鸟叫，声音有时像羊叫，有时像人的呜咽；但是迟归的渔夫发誓，在高潮和低潮之间，在这座远离尘世的小城周围，他们曾遇到一个老牧羊人在沙丘上游荡；他的脸让斗篷遮住，没有人看清过，只见他领着一只生着男人脸的公山羊和一只生着女人脸的母山羊；两只羊都长着长长的白头发，不停地说话，用一种听不懂的语言争吵，后来突然停止喊叫，使出全身力气咩咩地叫起来。

我问修道士："您相信吗？"

他喃喃地说："我也不知道。"

我接着说："如果世界上除了我们，还存在其他的人灵，我们怎么这么长时间都不知道呢？您怎么没有见过呢？我怎么没有见过呢？"

他回答："存在的东西，我们见过的有十万分之一吗？您瞧，这刮着的风，它是自然界最伟大的力量了，它能把人吹倒，把建筑物摧垮，把大树连根拔起，在海上涌起水的高山，冲塌悬崖，把大船抛向岩礁；那杀人的、呼啸的、呻吟的、咆哮的风——您看见过它吗？您能看见它吗？然而它存在。"

在这番简单的推理面前我无言以对。这个人是一个智者还是一个傻瓜，我无法做出准确判断；但是我无言以对。他刚才所说的，我以前也经常这么想。

七月三日

我睡得很不好。可以肯定，这里面有某种引起狂躁的力量的影响，因为我的马车夫受到和我同样的病的折磨。昨天回来的时候，我发现他脸色特别苍白。我问他：

"您怎么啦，让？"

"我呀，我再也没法休息了，先生，我的黑夜在毁掉我的白天。自从先生走了以后，我就像中了邪似的。"

不过其他的仆人都还好；我呢，我生怕再发作。

七月四日

可以肯定,我的病又发作了。过去的噩梦又来了。昨天夜里,我感到有人蹲在我身上,他的嘴对着我的嘴,在我的唇间吸食我的生命。是的,他从我的喉咙里吸食我的生命,就像一个蚂蟥会做的那样。吸饱了,他就起来了;而我,我也醒了。我是那么疲惫,那么憔悴,那么虚弱,再也不能动弹。如果这种事再继续几天,我肯定要再一次出走。

七月五日

我莫非失去了理智?昨夜发生的事,我亲眼看到的事,是那么奇怪,一回想起来,我的头脑都要失常了!

就像我每天晚上做的那样,我把门锁上;后来我渴了,我喝了半杯水。我偶然注意到,我的长颈大肚玻璃水瓶是满的,一直满到水晶瓶塞。

后来我就上床睡觉。我又陷入了那可怕的梦境。过了两个小时,我才被一次更可怕的震撼从这梦境中惊醒。

请您想象一下:一个人正在睡觉;有人来谋杀他;他醒过来的时候心口插着一把刀,浑身是血,捯着气,就要死了,而且不明白是怎么回事——我当时的情况就是这样。

我终于恢复了理智。后来我又渴了;我点亮一支蜡烛,向放着长颈大肚瓶的桌子走去。我端起大肚瓶要往杯子里倒水;一滴水也没有流出来。——瓶子空了!完全空了!起初,我根本不明白是怎么回事;后来,我一下子醒悟过来,顿时感到万分恐惧,坐下来,或者不如说倒在椅子上!后来,我一跃而起,向四周张望!后来,我又坐下,面对那透明的水晶瓶,惊讶和恐惧得简直要发疯！我目不转睛地盯着它，极力思索是怎么回事。我两手发抖！这么说，有人喝了这瓶子里的水？谁呢？我吗？我，也许是我？这只可能是我！那就是说，我是个梦游病患者，我在自己不知道的情况下过着这种神秘的双重生活。这种双重生活令人怀疑我们身上是不是有两个存在；是不是有一个外来的、不可知也不可见的存在，在我们的灵魂麻木不觉的时候，有时会驱动我们被俘虏的肉体，让我们的肉体对他俯首听命，就像对我们一样，甚至比对我们还要顺从。

啊！谁能理解我的难以忍受的焦虑？谁能理解一个头脑健康、十分清醒、非常理智的人，透过一个长颈大肚瓶的玻璃，惊恐地看到瓶里的水在他睡觉的时候消失，所感到的震惊？我在那里一直呆坐到天亮，不敢再回到床上去。

七月六日

我简直要疯了。昨天夜里又有人喝光了我的玻璃瓶里的水——或许更准确地说，是我把水喝了！

不过，真是我喝的吗？真是我吗？那又会是谁呢？谁？啊！我的天主！我真疯了吗？谁能救我呢？

七月十日

我刚做了一些令人惊讶的试验。

可以肯定，我是疯了！那也不妨碍我行动。

七月六日。临睡觉以前，我在桌子上放了葡萄酒、牛奶、水、面包和草莓。

有人喝了——我喝了——所有的水和一点牛奶。既没有动葡萄酒,也没有动草莓。

七月七日。我又做了同样的试验,得出的结果一样。

七月八日。我减去了水和牛奶。什么东西也没有动。

最后,七月九日。我又只把水和牛奶放在桌子上,而且把瓶子都用白色平纹细布包起来,把瓶塞也都用细绳捆起来。然后,我用石墨涂了嘴唇、胡子和手,就上床睡觉了。

我先被忍不住的睡意抓住,过了不久就被残忍地惊醒。我一点也没有动弹过;我的被褥上也没有一点污迹。我冲到桌旁。包着瓶子的布依然洁白无瑕。我战战兢兢地解开细绳:水全喝光!牛奶全喝光!啊!我的天主!……

我马上就动身去巴黎。

七月十二日

巴黎。这么说,我前几天是失去了理智。那么,我一定是成了我的神经质的想象的玩偶,除非我真的是个梦游病患者,或者我受到已被确认但迄今还无法解释的那些影响力中的一种,也就是催眠暗示的作用。不管是哪种情况,我神魂颠倒几乎到了疯狂的程度;而来到巴黎虽然只二十四个小时,却已经足以让我恢复平静。

昨天,我先去买了一些东西,访问了几个亲友;头脑里增添了清新的和爽人的空气以后,我去法兰西剧院看戏,这样结束了我的夜晚。那里正在上演小仲马的一出戏;那活泼、坚强的心态终于把我的病治好了①。的确,孤独对于应该工作的头脑来说是危险的。我们的周围需要有一些在思索和说话的人。我们独处的时间久了,就会让幽灵填满空间。

我经过林荫大道轻松愉快地回到旅馆。和人群的接触,让我想起一星期以来的那些恐惧和猜疑,不能不觉得好笑,因为我曾经以为,是的,我曾经以为有一个看不见的存在住在我家里。我们的头脑是多么脆弱啊,发生一点惊扰我们的闹不明白的小事,就会惊慌失措,甚至很快就丧失理智!

我们不是用这句朴实的话来做出结论,"我不懂是因为我还不知道原因",而是马上想象出一些骇人听闻的奥秘和超自然的力量。

七月十四日

共和国的节日。我上街散步。爆竹和彩旗让我像孩子似的开心。不过,根据政府法令在固定的日子里欢乐,这毕竟很可笑。老百姓是一群傻瓜,有时忍耐得愚蠢,有时叛逆得凶残。有人对他们说:"开心。"他们就开心。有人对他们说:"去跟邻居打架。"他们就去打架。有人对他们说:"投票拥护皇帝。"他们就投票拥护皇帝。有人对他们说:"投票拥护共和国。"他们就投票拥护共和国。

----

① 本篇写作期间,法兰西剧院于一八八六年九月二十二日再度上演小仲马的四幕话剧《德尼丝》。剧本写年轻姑娘德尼丝被引诱而失身,后来爱上另一男子,此人也深爱她,她以实情相告,他勇敢地娶了她。这篇小说中所说的应该就是这部剧作。

领导他们的那些人也是一些蠢货;不过这些蠢货不是服从一些人,而是服从一些原则;而这些原则只可能是幼稚的、徒劳的和虚假的,因为它们是原则,也就是说,是在这光是一种幻觉、声音是一种幻觉、一切都无法肯定的世界上,被视为万无一失和亘古不变的概念。

七月十六日

昨天,我看到了一些让我心绪不宁的事。

我在表姐萨布雷夫人家吃晚饭,她的丈夫是驻扎在利摩日①的七十六步兵团的指挥官。和我同时在她家的还有两位年轻女士,其中的一位女士嫁给了医生帕朗博士,他对神经病和目前在催眠术与暗示方面的实验引起的特异表现很有研究。

他用很长时间向我们讲了英国的学者们和南锡学派的医生们获得的惊人成果②。

他提到的那些事实在我看来是那么荒诞不经,我表示完全不能相信。

"我们即将揭开大自然的最重要的奥秘之一,"他言之凿凿地说,"我的意思是说,我们这个地球上最重要的奥秘之

---

① 利摩日:法国西南部一城市,利穆赞大区首府和上维埃纳省省会。
② 在本篇写作的年代,催眠和催眠暗示在法国很流行。仅一八八五年至一八八七年的两年间就有六部专著出版。英国学派在一八四〇年前后主要以 J. 布雷德博士为代表。南锡是法国东部城市。南锡学派创立于一八六六年,在莫泊桑时代以贝兰和博尼为代表。

一,因为在其他星球上大自然肯定还有其他许多更重大的奥秘。人类自从有思想,自从能说出和写出他的思想,就感觉到身边有一个奥秘,是自己粗糙和不完善的感官所不能参透的,于是力图以自己智力的努力去弥补自己器官的能力的不足。当这智力还处在低级状态时,萦绕着人类的不可见的现象普遍地被赋予各种可怕的形式。由此便产生出民众对超自然的信仰,关于来去无踪的精灵、仙女地精和鬼魂的传说,我甚至要说也包括有关天主的传说,因为我们关于创世者的观念,不管是从哪个宗教得来的,都是人类备受惊吓的头脑里最平庸、最愚蠢、最不可接受的想象的产物。再也没有比伏尔泰的这句话更真实的了:'上帝按照自己的形象创造出人类,人类也如法炮制了上帝。'①

"不过,一个多世纪以来,人们就似乎预感到了某种新的东西。梅斯迈尔②和其他几个人把我们引上一条意想不到的道路,而特别是最近四五年,我们也的确获得一些惊人的成果。"

我的表姐也很怀疑,露出不以为然的微笑。帕朗博士对她说:"您愿意我试试为您催眠吗,夫人?"

"好呀,我很愿意。"

她在一张扶手椅上坐下;博士开始用凝视的目光诱导她。我呢,我突然觉得自己有点心绪不宁,心怦怦直跳,喉咙发紧。

---

① 伏尔泰的这句话见于他的《蠢话录》。
② 弗兰兹-安东·梅斯迈尔(1734—1815):德国医生,动物磁性说的创始人,他用以施行一种类似催眠术的医疗。

我看见萨布雷夫人的眼皮沉重了,她的嘴在抽搐,胸口在起伏。

十分钟过后,她睡着了。

"您到她身后去。"医生说。

我于是坐到她后面。他把一张名片放到我表姐手里,对她说:"这是一面镜子;您在里面看到什么了?"

她回答:

"我看到了我表弟。"

"他在做什么?"

"他在捻胡子。"

"现在呢?"

"他从口袋里掏出了一张照片。"

"那是谁的照片?"

"他的。"

真的!那张照片是当天晚上刚给我送到旅馆来的。

"他在这张照片上是什么样子?"

"他站着,手里拿着他的礼帽。"

她居然在这张卡片里,在这张白纸片里,看到了在一面镜子里才能看到的东西。

年轻的女士们吓坏了,连声说:"够了!够了!够了!"

但是博士命令道:"您明天八点钟起床;然后去旅馆找您的表弟,要他借给您五千法郎,您的丈夫跟您要这笔钱,他下次旅行需要。"

说完他就让她醒过来。

回旅馆的路上,我一直想着这场奇怪的表演,不少疑问纷纷涌入我的脑海。不是我怀疑表姐的绝对可靠、不容置疑的诚实,我从童年起就了解她,像了解亲姐姐一样;而是怀疑博士可能作弊。他会不会把一面镜子藏在手里,和名片同时让睡着的年轻女人看?职业魔术师玩的花样比这邪乎多了。

我回来就睡了。

果然,第二天早上,八点半钟左右,我就被我的贴身仆人唤醒,他对我说:

"萨布雷夫人要求立刻和先生谈话。"

我连忙穿好衣裳,接待她。

她神色慌乱地坐下,低着头,连面纱也不撩起来,就对我说:

"亲爱的表弟,我要请您帮一个大忙。"

"帮什么忙,表姐?"

"我不好意思跟您说,可是又不得不说。我需要,绝对需要,五千法郎。"

"别开玩笑啦!您会需要钱?"

"是的,我,或者更确切地说,我丈夫,他托我筹措这笔钱。"

我感到太意外了,不知怎么回答才好。我心想:她是不是和帕朗博士合伙在作弄我?这是不是精心策划好的,表演得很逼真的恶作剧?

但是,再仔细打量她,我的怀疑就烟消云散了。她焦急得发抖,做这件事对她来说是那么痛苦,我感到她都快哭出来了。

我知道她很有钱,所以接着说:

"怎么!您丈夫手头上连五千法郎也没有!喂,您还是考虑一下再说。您能肯定他托您向我借钱吗?"

"是的……是的……我能肯定。"

"他给您写信了?"

她又迟疑了一下,思索着。我猜得到那折磨着她的思想活动。她不知道。她只知道她应该替她丈夫向我借五千法郎。她居然敢撒谎。

"是的,他给我写信了。"

"什么时候写的?您昨天怎么一点没跟我提到这件事?"

"我是今天早上接到他的信的。"

"您能把信给我看看吗?"

"不能……不能……不能……信里有些私密的事……太多的个人隐私……我把它……把它烧了。"

"这么说,您的丈夫欠了债。"

她又犹豫了一下,然后喃喃地说:

"我不知道。"

我断然表示:

"可是我此刻手上没有五千法郎,我的表姐。"

她发出一声像是痛苦的叫喊。

"啊!啊!我求您啦,我求您啦,想法去找……"

她激动极了,并拢双手,就像在向我祈求!我听见她声音都变了;她一面痛哭,一面结结巴巴地说着,被她接到的命令

261

纠缠着、控制着。

"啊！啊！我求您啦……您不知道我多么痛苦……我必须今天就借到这笔钱。"

我真可怜她。

"您马上就会有的，我向您保证。"

她大呼：

"啊！谢谢！谢谢！您的心真好。"

我接着说："您还记得昨天在您家里发生的事吗？"

"记得。"

"您还记得帕朗博士给您催眠了吗？"

"记得。"

"嘿！好呀，他命令您今天早上来向我借五千法郎，而您此刻就是服从他的暗示。"

她思索了几秒钟，回答：

"但这毕竟是我丈夫要这笔钱呀。"

我花了一个小时，试图说服她，但是我没能做到。

等她走了，我便跑去博士家。他正要出门；他微笑着听完我叙述，然后说：

"您现在相信了吧？"

"是的，必须相信。"

"咱们去看看您的表姐。"

她累得精疲力竭，坐在一张长椅上已经昏昏入睡。医生给她摸了摸脉，又看了她一会儿，向她的眼睛抬起一只手；在这强大磁力的不可抵挡的作用下，她渐渐闭上了眼。

等她睡着以后，医生说：

"您的丈夫不需要那五千法郎了。您就忘了他曾求您表弟借钱给您这回事吧，而且，即使他跟您谈起这件事，您也不要理会。"

然后，他就让她醒过来。我从口袋里掏出一个钱夹，说："亲爱的表姐，这就是您今天早上要借的钱。"

她是那么大惑不解，我也不敢再坚持。不过我还是试图让她回忆起借钱的事，但她矢口否认，而且认为我在嘲笑她，最后还差点生起气来。

就这些！我刚回来；我不想吃午饭，这次试验给我的震动实在太大了。

七月十九日

我把这件奇事讲给很多人听，他们都嘲笑我。我简直不知道该怎么想了。智者常说："也许吧？"

七月二十一日

我在布吉瓦尔①吃完晚饭，然后去划船爱好者的舞会度过了夜晚的时光。可以肯定，一切都取决于地点和环境。在蛙岛②相

---

① 布吉瓦尔：巴黎西面的一座市镇，位于塞纳河畔。莫泊桑常在此休闲和划船。
② "蛙岛"：巴黎西郊克鲁瓦西和布吉瓦尔之间塞纳河畔有一座设有餐厅的咖啡馆，由两艘并联驳船和一个小岛构成。岛呈圆形，被称为"卡芒贝尔"（法国最常见的一种干酪，包装为圆形），又称"蛙岛"。"青蛙"和"蛙岛"吸引了许多文人、艺术家。

信有超自然的东西,那简直就是发疯到了极点……不过要是在圣米歇尔山顶呢?……要是在印度呢?我们受周围事物的影响真是大得可怕。我下周回家。

七月三十日

我昨天回到自己家里。一切正常。

八月二日

没有任何新情况;天气好极了。我白天的时间都用来看塞纳河水流淌。

八月四日

我的仆人们之间发生了争吵。他们说有人在夜里打碎了大橱柜里的玻璃杯。贴身仆人说是厨娘干的,厨娘说是洗衣女工干的,洗衣女工又说是其他两个人干的。到底是谁干的呢?哪个聪明人能说得出来?

八月六日

这一次,我绝不是疯了。我看见了……我看见了……我看见了!……我再也不会怀疑……我看见了!……我此刻还浑身发冷……我此刻还心惊肉跳……我看见了!……

两点钟的光景,我在大太阳下我的玫瑰花圃里散步……在那条开始开花的秋玫瑰中间的小路上散步。

就在我驻足观赏一株结着三朵绚丽花朵的"战斗巨人"

的时候,突然看见,清清楚楚地看见,就在我身旁,其中一朵花的枝子弯了,仿佛有一只看不见的手在拧它;接着它断了,仿佛这只手把它折断了!接着那朵花,循着一只胳膊把它举到嘴边画出的曲线升起来,像一个吓人的红色斑点,悬在透明的空气里,孤零零的,一动不动,离我只有三步远。

我一时发狂,向这个红色斑点扑过去,想抓住它!我什么也没有抓到;它已经消失得无影无踪。我很生自己的气,因为一个理智的、严肃的人不应该有这种幻觉。

可是,这真的是一种幻觉吗?我转回去找那个枝子,很快就在那株灌木上,在依然留在枝子上的另两朵花之间找到了它,的确是刚被折断。

于是,我万分惶恐地回到我的房间里;因为,就像白昼和黑夜交替一样,我现在可以肯定:在我身旁有一个看不见的存在,他喝牛奶和水,他可以摸东西、拿起东西并且改变它们的位置,总之,他具有物质性,虽然我的感官发现不了他,但他就像我一样,住在我的屋里……

八月七日

我睡得很踏实。他喝了我瓶子里的水,不过一点也没有惊扰我的睡眠。

我问自己:我是不是疯了。我刚才在大太阳下沿着河边散步,忽然对自己的理智产生了一些怀疑,不是此前我有过的那些模糊的怀疑,而是一些明确的、绝对的怀疑。我见过疯子;我知道一些疯子依然是理智的、清醒的、有远见的,甚至在生活中的一切事情上都是如此,只有一点除外:他们谈论起一切来都很清晰、流畅、深刻,可是他们的思想会突然触到疯狂症的暗礁,撞成碎片,飞散开来,沉入那人们称作"神经错乱"的波涛汹涌、浓雾弥漫、风暴肆虐的可怕和疯狂的海洋。

如果我不是神志清醒,如果我不是充分了解自己的情况,如果我不是通过完全清醒的分析来探测它,我肯定会认为自己疯了,绝对是疯了。因此,总体上说,我只是一个还有推理能力的有幻觉的人。我的脑子里产生了一种尚不为人知的障碍,它是生理学家们今天正在试图记录和明确的障碍中的一种;这个障碍很可能在我的精神上,在我的思想的秩序和逻辑关系里,造成一个深深的裂缝。类似的现象,在引导我们漫游最匪夷所思的幻境的梦中时有发生,我们并没有感到意外,因为检验器官,因为起控制作用的感官已经沉睡;而想象的器官还醒着,活动着。莫非我的大脑键盘上那些不可感知的键中有一个不动了?一些人在意外事故中受伤,会失去对一些专有名词,对一些动词和数字,或者仅仅是对一些日期的记忆。思维的每一个细小的部分都是精确定位的,这一点今天已经得到证实。因此,我的检验某些幻象的不真实性的官能这时麻木了,也没有什么值得奇怪的。

我一面沿着河边漫步,一面想着这一切。太阳在河面上洒满金光,蒸发出泥土的香味,往我的目光里注满对生活的爱,对让我的眼睛愉悦地飞舞的燕子的爱,对令我耳朵舒适的瑟瑟蠕动的河边青草的爱。

然而,我逐渐感到一种无法解释的不适渗透我的身心。

似乎有一种力量,一种玄奥的力量让我举足维艰,要我停下,不让我再往前走,把我往回拉。我感到一种回家的痛苦需要,就像你把心爱的病人留在家里,你突然预感到他病情加重时会有的那种紧迫的感觉。

于是,尽管不太情愿,我还是回来了,心想肯定会在家里发现一个坏消息、一封信,或者一封电报。什么也没有;这让我比又看到什么幻象更感到意外和不安。

八月八日

我昨天度过了一个可怕的夜晚。他没有再出现,可是我感到他就在近旁,窥伺着我,盯着我,深入我的身心,驾驭着我;他这么藏着,比他通过一些超自然现象表明他不可见然而始终如一的存在更加可怕。

尽管如此,我还是睡着了。

八月九日

什么情况也没有,但是我害怕。

八月十日

什么情况也没有;明天会有什么情况呢?

八月十一日

还是什么情况也没有;怀着这种深入我心灵的恐惧和悬念,我再也不能在家里待下去了;我要离开。

八月十二日

晚上十点。——我一整天都想走;但是我没有走成。我想完成这个自由的动作,它是那么容易,那么简单——出去——登上我的马车去鲁昂——但是我没有去成。为什么?

八月十三日

一个人患上某些病,就仿佛物质存在的所有发条都断了,所有的活力都消失了,所有的肌肉都松懈了,骨骼变得像肌肉一样软,肌肉变得像水一样稀。我在自己的精神存在中奇怪地、苦恼地感受到了这一切。我再也没有一点力量,再也没有一点勇气,再也没有一点自主的能力,甚至连让自己的意志活动起来的能力都没有了。我不能再有自己的希望;而是有一个人在替我希望;我只是服从而已。

八月十四日

我完了!有一个家伙掌握了我的心灵,并且主宰着它!有个家伙在指挥我的所有动作,所有活动,所有思想。我在自己身上已经什么也不算了,只是自己完成的所有事情的一个惶惶不可终日的奴隶似的旁观者。我希望出去。我不能。他不愿意;我只能留下,不知所措,浑身发抖,待在他要我坐的扶手椅上。我仅仅希望抬抬身子,站起来一下,好让我相信还是自己的主人。我不能!我被固定在我的座椅上;而我的座椅粘着地面,任何力量也无法把我们拔起来。

后来,突然,我一定要,一定要,一定要去我的花园深处采一些草莓吃。于是我去了。我摘了一些草莓,吃了!啊!我的天主!我的天主!我的天主!果真有一个天主吗?如果有,请来解放我,解救我!援助我!宽容我!怜悯我!饶恕我!请快来救我吧!啊!多么痛苦啊!多么折磨人啊!多么恐怖啊!

八月十五日

可以肯定,当她来向我借五千法郎的时候,我可怜的表姐就是这样被控制、被主宰的。她承受着一个外来的意志,这意志进入了她的身体,成了另一个灵魂,成了另一个寄生的、占据主宰地位的灵魂。这世界真的要完了吗?

可是这个控制我的家伙,这个看不见的,这个无法认识的家伙,这个超自然的幽灵,他是谁呢?

这么说"不可见者"真的存在!那么,怎么自从世界起源以来,他们还没有像对待我这样,以一种明确的方式表现过呢?我从未读到过任何记载,有类似我家里发生的这种事。啊!如果我能离开,如果我能走,逃走,再也不回来,那有多好!那样我就得救了;但是我不能。

八月十六日

就好像一个囚犯偶然发现牢房的门开着,我今天溜出去两个小时。我感到一下子自由了,他离我远了。我吩咐赶快套好车;我到了鲁昂。啊!能够对一个人说:"去鲁昂!"并且这个人马上就服从,多么开心!

我让马车在图书馆前面停下,我借来了赫尔曼·赫莱斯匋斯①博士关于古今尚不为人知的居民的宏伟论著。

可是后来,在我重新登上我的双座四轮马车的时候,我想说:"去火车站!"我却喊——我不是说,我是喊——而且喊声那么响:"回家。"过路的人都回过头来看我。我震惊得简直发疯,立刻倒在马车的坐垫上。他又找到了我,又抓住了我。

八月十七日

啊!多么可怕的夜晚!多么可怕的夜晚!不过,看来我更应该高兴。直到凌晨一点钟,我都在读那本书!赫尔曼·赫莱斯匋斯,哲学和神谱学博士,记叙了在人类周围游荡或者人类梦到过的所有不可见的幽灵的历史和表现。他描述他们的起源,他们的活动范围,他们的能量。但是他们中没有一个像萦绕我的那一个。可以说,人类自从会思想以来,就预感到会有一个比自己更强大的新的存在,一个自己在这世界里的继承人,并对此心怀恐惧;他们感觉到它就在身旁,但是无法预见到这个主人的性质;于是他们在恐惧之中创造出整整一个神秘的"存在"的群体,由恐惧中产生出来的影影绰绰的幽灵。

读到凌晨一点钟以后,我坐在敞开的窗子旁,让黑暗中的宁静的风清凉一下自己的头脑和思想。

---

① 赫尔曼·赫莱斯匋斯:作者想象出的人物。

空气和煦,空气温馨!我以前是多么喜爱这样的夜晚!

没有月亮。星星在天空深处颤巍巍地闪烁。谁住在这些世界上呢?那上面是什么样的形体?什么样的生物?什么样的动物?什么样的植物?这些遥远宇宙中的思想者,比我们多知道些什么呢?比我们多些什么能耐呢?他们看到些什么我们根本不知道的东西呢?会不会迟早有一天,他们中的一个,穿越空间,出现在我们地球上,就像诺曼人①从前穿越大海去奴役弱小民族一样,征服地球呢?

而我们,在一个掺水搅和成的旋转的烂泥丸子上的我们,是那么孱弱单薄,那么缺乏自卫能力,那么愚昧无知,那么渺小。

我就这样在夜晚清凉的微风的吹拂下,遐想着,昏昏入睡。

睡了大约四十分钟,不知是什么模糊而又奇怪的冲动把我弄醒,我没有做一个动作,只是睁开了眼睛。我起初什么也没有看见;后来,突然,好像桌子上那本打开的书中的一页自动掀了过去。并没有风从窗口吹进来。我很惊讶,等候着。过了大约四十分钟,我看见,我看见,是的,我亲眼看见又有一页掀了起来,合到前一页上,就像有一个手指在翻阅一样。我的扶手椅上是空的,看上去是空的,但是我明白了,他就在那里,他,坐在我的座位上,正在读那本书。我愤怒地飞身一跃,

---

① 诺曼人:公元八至十一世纪自北欧原住地侵入欧洲大陆各国的日耳曼人,曾在法国西北部建立法兰克公国,在英格兰建立诺曼底王朝,在意大利南部建立西西里王国。

像一头反抗的野兽扑上去剖开驯兽师的肚子一样飞身一跃,穿过卧室,想抓住他,抱住他,弄死他!……可是我的座椅,在我扑到以前,翻倒了,似乎有一个人在我面前逃走了,我的书桌晃动了一下,我的灯跌落了、熄灭了,我的窗子也关上了,仿佛有一个被发现的歹徒刚刚使劲抓住两扇窗户,冲进黑暗中。

这么说,他逃跑了;他害怕,他,怕我!

好么……好么……明天……或者以后……不管哪一天,我一定会两手抓住他,在地上摔死他!狗不是有时候也咬它们的主人,甚至把他们咬死吗?

八月十八日

我一整天都在想。啊!是的,我要服从他,听凭他的驱使,履行他的意愿,装得谦卑、顺从、怯懦。他是最强者。不过一旦机会到来……

八月十九日

我知道了……我知道了……我全知道了!我刚才在《科学世界杂志》上读到这样的记载:"一个相当奇怪的消息刚从里约热内卢①传来。一种疯狂症,一种与曾经危害中世纪欧洲民众的那种传染性神经错乱非常相似的流行性疯狂症,此刻正在圣保罗省肆虐。惊慌失措的居民纷纷离开家园,逃离村庄,荒弃农田,声称自己就像两条腿的牲畜一样,被一些可

---

① 里约热内卢:巴西第二大城市和最大海港。

以触知但是不可见的幽灵追逐、控制和主宰。那是一种吸血鬼,在他们睡着以后吸食他们的生命,另外还喝水和牛奶,但好像并不碰任何其他的食物。

"唐·佩德罗·亨利凯斯①教授先生已经在几位学识渊博的医生陪同下动身去圣保罗省,以便现场研究这种惊人的疯狂症的起源和表现,并向皇帝提出他认为能够让疯狂的民众恢复理智的最适当的措施。"

啊!啊!我想起来了,我想起了五月八日那天在我窗前逆塞纳河而上的那艘漂亮的巴西三桅帆船!我当时觉得它是那么美观,那么洁白,那么赏心悦目!原来那个家伙就在那条船上,他就是从那边来的,他的种族就产生在那里!他看见了我!他看见了我的也是白色的房子;就从船上跳上了岸。啊!我的天主!

现在,我知道了,我猜到了。人类的时代结束了。

他已经来了,那原始人类最早惧怕的"他",忧虑的教士们驱逐的"他",巫师们在黑暗的夜晚召唤、但是还没见他出现过的"他",世界过往的主人们凭自己的感觉赋予其地精、幽灵、鬼怪、仙女、妖精等各种可怕或者可爱形式的"他"。继原始时代的恐怖中产生出的一些粗浅概念之后,一些更具洞察力的人更明确地揣想到他的存在;梅斯迈尔推测出了他;而医生们,早在十年以前,在他施展自己的力量以前,就准确地发现了他的力量的性质。他们已经使用新主宰的这个武器,

---

① 唐·佩德罗·亨利凯斯:作者想象出的人物。

玩弄起用一个神秘意志控制变成了奴隶的人的灵魂的把戏来。他们把这叫作磁气学、催眠术、催眠暗示……让我怎么说呢？我看到过他们像冒失的小孩子一样拿这可怕的力量闹着玩！该我们倒霉！该人类倒霉！他真的来了，奥……奥……他叫什么来着……奥……好像他对我喊出过他的名字，可惜我没有听清楚……奥……是的……他在喊那个名字……我在听……我听不清……再说一遍……奥尔拉①……我听见啦……奥尔拉……就是他……奥尔拉……他来了！……

啊！秃鹫吃掉了鸽子；狼吃掉了绵羊；狮子吞掉了长着尖角的水牛；人用弓箭、双刃剑、火药杀死了狮子；但是奥尔拉就要像我们对待牛和马一样对待我们，他只需用他的意志的力量，就能把我们变成他的东西、他的奴隶和他的食物。该我们倒霉！

不过，有时动物也会反抗和咬死驯服它的人……我也希望……我一定能……不过必须认识他，接触他，看到他！学者们说兽类的眼睛和我们的不同，它们分辨能力远不如我们……可是我的眼睛却分辨不出这个压迫着我的新来者。

为什么呢？啊！我现在想起了圣米歇尔山那位修道士的话："我们见过存在的东西的十万分之一吗？您瞧，这刮着的风，它是自然界最伟大的力量了，它能把人吹倒，把建筑物摧垮，把大树连根拔起，在海上涌起水的高山，冲塌悬崖，把大船

---

① 奥尔拉：法语 Le Horla 的音译。作家本人没有对这个名字做过说明，后世学者对它做了不少探讨，一般认为是由 Hors là 变化而来，意思是"界外""现实之外"。

抛向岩礁;那杀人的、呼啸的、呻吟的、咆哮的风——您看见过它吗？您能看到它吗？可是它却存在。"

我又想：我的眼睛那么弱，那么不完善，甚至连坚硬的物体都分辨不出，如果它们是像玻璃一样透明！……把一个没有涂锡汞的镜子挡在我的路上，我会撞在上面，就像进了屋里的鸟会在玻璃窗上撞破了头。此外还有无数东西都会欺骗和迷惑我的眼睛。如果它看不见一个光线能够透过的新物体，这有什么可奇怪的？

一个新的存在！为什么不呢？他肯定会到来！为什么我们就一定是最后的存在！我们不是也像以前的那些人类一样辨认不出他来吗？那是因为他的性质更完善，他的身体比我们更精致、更完美，而我们的身体是那么羸弱，设计得那么笨拙，里面塞满了总是疲惫不堪、像极为复杂的发条一样绷得紧紧的器官；我们的身体像一棵植物、一个兽类，艰难地以空气、草和肉为营养，像一架备受疾病、畸变、腐烂折磨的动物机器，负荷过大而马力不足，调节得不好，幼稚而又古怪，精心地粗制滥造，是既粗糙又雅致的作品，是有可能变得聪明和杰出的存在的毛坯。

从牡蛎到人，我们加起来只是一小部分，在这世界上只是极少数。一旦不同物种相继出现的间隔期已满，为什么就不能再增加一个？

为什么就不能再增加一个？为什么就不能有另外一些盛开着巨大花朵、光彩夺目、能让整个地区都弥漫芳香的树问世？为什么就不能有火、空气、泥土和水以外的别的元素产生?——"存在"的营养之父,数目只有四个,区区的四个而已!少得多么可怜!为什么不是四十个,四百个,四千个!现有的一切是多么贫乏、平庸、寒碜!施舍得太小气,发明得太乏味,制作得太蠢笨!啊!大象,河马,看它们有多么俊俏!骆驼,看它们有多么优雅!

可是,您会说,还有蝴蝶呢!这是一朵飞舞的花!不过我梦想的是一种有一百个宇宙那么大的蝴蝶,我简直无法描绘它的翅膀的形状、美丽、色彩和运动。而且我看到它……从一个星球飞向另一个星球,以它的和谐的飞奔、轻盈的气息,让这些星球凉爽,带给它们芳香!……那里的人民看到它飞过,都欣喜若狂,心醉神迷!……

我是怎么啦?是他,他,奥尔拉,萦绕着我,让我想到这些疯狂的事!他在我身上,他变成了我的灵魂;我要杀了他!

八月十九日①

我要杀了他。我看到他了。昨天晚上,我坐在桌前的时候;我装作在聚精会神地写字。我知道他会来我周围游荡,在我跟前,非常近,那么近,也许我伸手就能摸到他,抓到他呢?那又怎样!……那时,我就会有一种被逼到绝路的人奋不顾身的力量;我就会用我的手、我的膝盖、我的胸膛、我的额头、我的牙齿,勒他,打他,咬他,撕碎他。

---

① 八月十九日这个日期重复出现,可能是作者一时疏忽,但也可能是作者有意要引起读者对故事的这个关键时刻的注意。

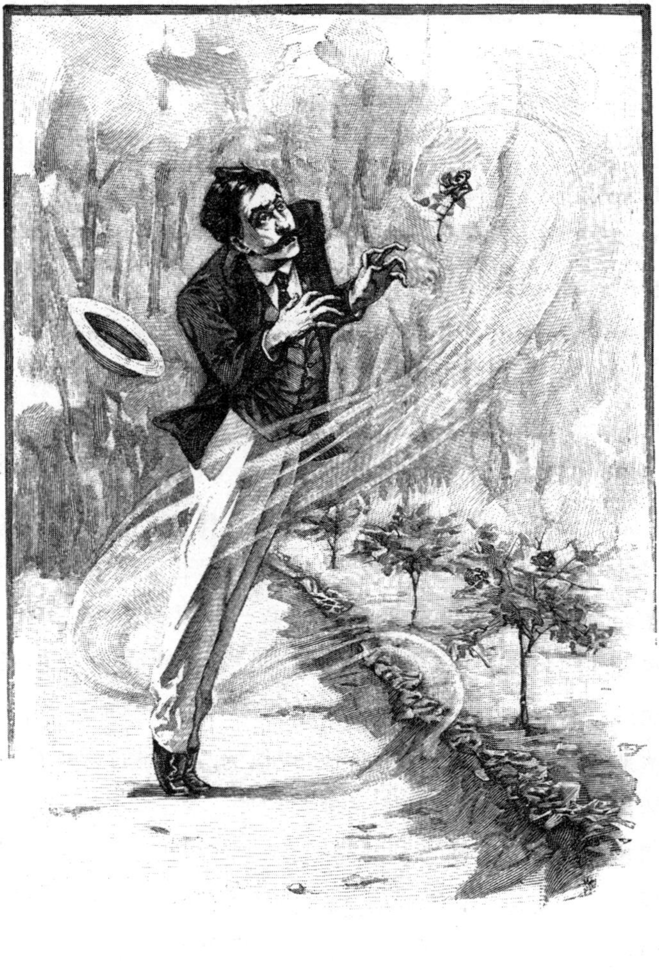

我的所有感官都进入高度兴奋状态,窥探着他。

我点亮了两盏灯和壁炉台上的八支蜡烛,就好像在这么明亮的光线里,我就能发现他似的。

我对面,是我的床,一张有天盖柱的旧式的橡木床;右边,是我的壁炉;左边,是我仔细关上的门,我先前让它开了很久,为了引他进来;我身后,是一个带穿衣镜的高大的衣柜,我每天对着这镜子刮胡子、穿衣服,而且每当我从前面走过时,习惯地在里面从头到脚地打量自己。

为了欺骗他,我装作在写字,因为他也在窥视我。突然,我感觉到,我甚至可以肯定,他越过我的肩膀在看书,他就在那儿,蹭到了我的耳朵。

我站起来,伸出双手,很快地转过身去,快得险些摔倒。结果怎么样呢?……屋子里像大白天一样什么都看得一清二楚,我却在镜子里看不到自己!……镜子里是空的,它清澈、深邃、充满亮光,唯独没有我的形象……而我,却面对着它!我看见的大玻璃,从上到下明净无瑕。看着这情景,我的眼睛都迷惑了;我不敢再向前一步,我不敢再做一个动作。我清清楚楚地感到他就在那里,但是他,用他的看不到的身体吞噬了我的形象的他,又要从我手里逃脱了。

我害怕极了!接着,我突然又开始看到自己出现在镜子深处的一片雾中,雾霭弥漫,犹如隔着一道水帘;我感到这水帘仿佛在从左往右缓缓地移动,我的形象也随之一秒比一秒地更加清晰。这就好像一次日食的结束。不过那原先遮挡住我的东西,似乎并没有界限分明的轮廓,而是一种逐渐清亮起来的朦胧的透明。

我终于完全辨认出自己来,就像我每天照镜子时看到的一样。

我看见他了!这次遭遇给我留下深深的恐惧,此刻还让我不寒而栗。

八月二十日

杀了他,可是怎么杀?既然我够不到他。毒死他?可他会看得见我往水里下毒;再说,我们现有的毒药,毒一个看不见的身体管用吗?不管用……不管用……毫无疑问……那怎么办?……那怎么办?……

八月二十一日

我从鲁昂找来一个锁匠,让他为我的卧室做了几扇铁百叶窗,就像巴黎的某些私人住宅为了防盗贼而在底层安装的那种。另外,他还为我做了一个同样是铁制的门。我让人把我当成胆小鬼,我才无所谓呢!……

九月十日

鲁昂,大陆旅馆。完事了……完事了……可是他果真死了吗?我看到的情景让我心乱如麻。

昨天,锁匠替我安装好铁百叶窗和铁门,我就让门窗大开着,直到半夜,尽管天气已经开始冷了。

突然,我感觉到他已经来了,不禁一阵喜悦,一阵疯狂的喜悦。我慢慢地站起来,在房间里来回走了很久,为了让他不起一点疑心;接着,我脱掉高帮皮鞋,漫不经心地穿上旧拖鞋;接着,我关上铁百叶窗,然后不慌不忙地走到门边,把门锁也转了两转;我又回到窗边,用锁头把窗子固定好,然后把钥匙放进口袋。

突然,我意识到他在我周围躁动个不停;他也有害怕的时候,他命令我给他开门。我差一点让步了;我没有让步,身子靠在门上,把门打开一个缝,刚好够我退着走出去;我的个子高,脑袋都碰到了门楣。我肯定他没能够逃跑,我把他关在屋里了,独自一个,独自一个。我真是太高兴了!我逮住他了!于是,我奔跑着下了楼;我在我卧室下方的客厅里拿了两盏灯,把里面的油全洒在地毯上,家具上,到处都洒上。然后,我在那里点着火,把大门锁转了两转锁好,就逃了出去。

我跑到花园深处,躲在一片月桂树丛里。时间过得真慢!时间过得真慢!周围一片黑暗,万籁无声,毫无动静;没有一丝风,没有一颗星,只有堆积如山的浓云,虽然看不见,但是沉沉地、沉沉地压在我的心头。

我看着自己的房子,等待着。时间过得多么慢啊!我担心火已经自行熄灭,或者他已经把火扑灭,正在这时,底层的一扇窗户在大火的压力下爆裂了;一股火苗,一股长长的、绵软的、温柔的、红里带黄的熊熊的火苗,沿着白色的墙壁向上攀升,一直舔到了屋顶。火光在树干间、树枝间、树叶间蹿动;还有战栗,恐惧引起的战栗。鸟儿都醒了;一条狗开始叫;我觉得天好像已经在亮起来!不久,另外两扇窗子也爆裂了,我看到我这座房子的整个底层只剩下一片可怕的火海。不过,一声呐喊,可怕的、特别刺耳的、撕心裂肺的呐喊,女人的呐喊,在黑夜中传来,顶楼的两扇老虎窗打开了!原来我忘了我的那些仆人!我看到他们满脸惊恐,挥动着胳膊!……

我方寸已乱;我向村里跑去,一边叫喊着:"救命呀!救命呀!救火呀!救火呀!"我遇见一些已经赶来的人,便和他们一起往回跑,看看到底怎么样了!

现在,房子只剩下一片可怕而又壮观的柴火,凶残无情,照亮了整个大地,里面燃烧着一些人,也燃烧着他,他——我的囚犯,新的"存在",新的主宰,奥尔拉!

突然,房顶整个儿塌陷在四面墙壁中间,烈焰像火山似的喷向天空。透过这大火炉上开着的每一扇窗户,看着火槽,我想:他就在里面,在这火炉里,已经死了……

"真死了吗?也许吧?……那么,他的身体呢?他那阳光可以穿透的身体,不是用杀掉我们身体的手段摧毁不了的吗?"

如果他没有死呢?……也许只有时间有办法控制这个不可见的和令人畏惧的"存在"。如果他也像我们一样,害怕疾病、伤痛、残疾和过早地毁灭,又何必生有这透明的身体,这不可认识的身体,这精灵的身体呢?

过早地毁灭?一切人类的恐惧皆来源于它!人类之后,是奥尔拉。——在每天、每小时、每分钟都可能因各种意外事故而死亡的人类之后,来了只应该在他的日子、他的时刻、他的分钟,因为到了他生命的大限才死的奥尔拉!

不……不……毫无疑问,毫无疑问……他没有死……那么……那么……我,我就只得自己杀死自己了……

艾尔梅太太[*]

疯子一直吸引着我。这些人生活在充满怪诞梦幻的神秘国度,在深不可测的神经错乱的云雾中,他们在人世看过的一切,爱过的一切,做过的一切,在想象的世界里别是一番情景,不受任何人世间统治事物和支配人类思想的法规制约。

对他们来说,"不可能"已经不复存在,"不真实"已经消失殆尽,神奇变成了常态,超自然成了习惯。逻辑——这古老的栅栏,理性——这古老的高墙,情理——这古老的思想的栏杆,在他们放纵无羁的想象面前断裂、崩溃、倒塌。他们的想象逃进无边无沿的幻想的境地,像在童话里飞跃着前进,势不可挡。在他们看来,什么都会发生,什么都可能发生。他们不费吹灰之力就能战胜艰难险阻,制服叛逆抵抗,荡平各种障

---

[*] 本篇首次发表于一八八七年一月十八日的《吉尔·布拉斯报》;一九一〇年收入路易·科纳尔出版社出版的莫泊桑全集《左手》卷;一九一二年收入保尔·奥朗道尔夫出版社出版的插图版莫泊桑全集《米斯蒂》卷。

碍。只需他们幻觉的意志灵机一动,他们就能摇身一变成为王子、皇帝或者神祇,就能拥有世界上的一切财富、生活里的一切美好的东西,他们就能享尽一切欢乐,他们就能永远健康、美丽、年轻,永远可爱!世上只有他们可以幸福美满,因为对他们来说真实已经不复存在。我爱观察他们的流浪的心灵,就像人们俯身在深渊的边缘,看未知的激流在底部翻滚,人们不知道这激流来自何处,也不知道它去向何方。

不过关注这些裂隙并没有丝毫用处,因为人们永远不可能知道这水从哪里来,到哪里去。归根到底,这和光天化日下流动的水一模一样,再怎么看也看不出多少东西。

观察疯子们的精神世界同样没有丝毫的用处,因为连他们最荒诞不经的念头人们也早已熟悉,不过是离奇而已,因为他们不再受理性的约束。他们层出不穷的任性,常把我们惊讶得糊里糊涂,因为看不出那些胡思乱想源自何处。但是这些疯子总是吸引着我,我总是听从这疯狂的平庸秘密的召唤,情不自禁地回到他们身边。

且说有一天,我参观一个精神病院,陪我的医生对我说:"嗨,我让您看一个很有趣的病例。"

他让人打开一个小单间,里面有一个犹有风韵的四十岁上下的女子,坐在一张大扶手椅上,手里拿着一面小镜子,一个劲地看着自己的脸。

她一看到我们,就立刻站起来,跑到房间的尽头,拿起放在一把椅子上的面纱,把自己的脸严严实实地包起来,然后走回来,点头向我们致意。

"好啊!"医生说,"您今天早晨怎么样?"

她深深叹了一口气。

"噢!很不好,很不好,先生,疤痕一天比一天多。"

他带着一副深信不疑的表情回答:

"绝不会,绝不会,我敢向您担保,您弄错了。"

她走到他身边,低声说:

"不会,我可以肯定。我数了,今天早晨多了十个疤痕,三个在右边脸上,四个在左边脸上,还有三个在额头上。

"这真可怕,太可怕了!我再也不敢让任何人看,连我儿子也不能看,不能,他也不能!我完了,我永远破相了。"

她又倒在扶手椅里,啜泣起来。

医生拿过一把椅子,在她身边坐下,用温和的声音安慰她:

"好啦!给我看看,我敢向您担保,没有一点事。稍稍烙一下,我就能让疤痕全没了。"

她一声不吭,只摇头表示"不"。他想揭开她的面纱,但她连忙用两只手使劲抓住,手指都深深陷进面纱了。

他又开始开导她,让她放心:

"好啦,您明知道我每一次都能把这些讨厌的瘢痕全去掉,我治了以后,别人就再也看不出来了。如果您不让我看,我就没法把您治好了。"

她低声说:

"让您看我还愿意,但是我不认识陪您来的这位先生。"

"他也是医生,他也要给您看病,而且比我看得还好。"

这时她才让人揭开面纱,露出她的脸。但是她依然害怕,激动,因为被人看到而羞得脸一直红到陷在连衣裙里的脖颈子。她垂下眼皮,扭过脸去,时而往右,时而往左,躲避我们的目光,一边结结巴巴地说:

"噢!让人这么看我,我很痛苦!这很可怕,是不是?这是不是很可怕?"

我看着她,大感意外,原来她脸上什么也没有,没有疤痕,没有斑点,没有痣点,连一个伤痕也没有。

她把脸转向我,依然垂着眼皮,对我说:

"我是看护我的儿子的时候染上这可怕的病的,先生。我救了他,但是我的脸毁了。我把自己的美给了他,给了我可怜的孩子。总之,我尽了自己的义务,我的良心安了。我现在的痛苦,只有天主知道。"

医生从衣袋里抽出一支很细的水彩画笔。

"您让我来处理,"他说,"我这就把一切都搞定。"

她把右面颊凑了过来,他开始用画笔一下子一下子轻轻触碰,就像是在敷上一小点一小点颜色。他在左脸上也如法炮制。接着是下颌,继而是前额;然后他大声说:

"您看呀,什么也没有了,全没啦!"

她拿过镜子,仔仔细细地打量了很久,聚精会神,目不转睛,想发现出什么问题来,然后才松了一口气:

"没了。看不大出什么了。我真是太感谢您了。"

医生已经站起来。他向她道别以后,就让我先出门,然后

他也跟着出来。门一关上,他就对我说:

"这个不幸的女人的故事,说起来是挺可悲的哩。"

她名叫艾尔梅太太。她曾经长得美貌、娇俏、让人爱,生活得很幸福。

她属于这样的女人,在这世界上支撑着她们、支配着她们和慰藉着她们的,只有她们的美貌和她们取悦他人的愿望。无时无刻不为保持风韵而操心,照料她的脸、她的手、她的牙齿、她的身体的每一个显露出来的部分,用去了她的所有时间和精力。

她丧偶守寡,和一个儿子在一起生活。孩子受到所有令人赞羡的上流社会子女那样的教育。她很爱他的。

他长大了,她变老了。她是不是看到了那不可避免的危机正在到来,我一无所知。她是不是像别的女人那样,每天早晨几小时几小时地查看昔日那么细嫩、白皙、滋润的皮肤,而今在眼睛下面起了褶子,许许多多纹路虽然还不明显,但是在日复一日、月复一月地加深?她是不是看到了额头那些小蛇般的长长的皱纹也在不断地、缓慢然而稳定地扩大,势不可挡?她是不是经受过折磨,那镜子,那带银把的小镜子的可恶的折磨?真折磨人啊,下不了决心把镜子放回桌上,愤怒得把它摔掉,马上又把它捡起,近些,再近些,端详正在走近的衰老的可憎而又静静的摧残!

她是不是每天十次、二十次无缘无故地离开在客厅里聊天的女友们,独自上楼到卧室,把自己关起来,又是锁门又是推门闩,反复观察着凋谢的肉体在进行的破坏工作,绝望地确认没有任何人发现、而她却看得出的病的进展?她知道自己遭到的最严重的进攻在哪儿,岁月对她的最深的损伤在哪儿。而镜子,雕花银框的圆圆的小镜子,向她道出最可怕的真情,因为镜子在说话,它像在笑,在嘲笑,向她宣布所有即将到来的真情,直到她死亡之日的所有身体上的苦难和精神上的残酷折磨。死亡才是她的解脱之日。

她可曾绝望地跪着,额头点地,放声痛哭,祈求,祈求,祈求天主,因为天主就这样残杀众生,给予他们青春仅仅是为了让他们的晚年更加凄惨,赋予他们美貌仅仅是为了马上收回。她可曾祈求,恳求过天主做出对任何人都没做过的事,对她格外开恩,让她常葆魅力、青春和风韵,直到她的末日?退一步,明白了恳求也无济于事,天主总要推动岁月年复一年地流逝,她可曾在房间里扭动着两臂在地毯上打滚?她可曾把痛苦的绝望呐喊忍在喉咙里,用脑袋撞击家具?

毫无疑问,这些折磨她都经受过,因为不久就发生了这样的事。

一天(那时她三十五岁),她的十五岁的儿子病倒了。

还没有断定他的痛苦从何而来,得的是什么性质的病,他就卧床不起。

一位本堂神父,也是他的家庭教师,几乎寸步不离地守护着他,艾尔梅太太则是一早一晚,过来看看他的情况。

早晨,她穿着晨衣,满面笑容,浑身散发着香味,一进门就问：

"怎么样,乔治,好些了吧？"

大男孩儿,肿胀的脸烧得通红,回答：

"是的,我的小妈妈,好点了。"

她在他的房间里待了几分钟,一边瞧着那些药瓶,一边噘着嘴发出"呸""呸"的声音,接着突然大喊："啊！我忘了一件很紧急的事。"然后撒腿就逃,身后留下她乔装打扮的幽幽的芳香。

晚上,她穿着袒胸露肩的连衣裙出现,更是匆匆忙忙,因为她总是迟到；她只有时间问一句：

"怎么样,医生怎么说？"

本堂神父总是回答：

"他还不能确定,太太。"

然而,有一天晚上,本堂神父回答："太太,令郎得了天花。"

她吓得大叫一声,赶快逃走。

第二天,贴身女仆走进她的卧室,一下子就闻到满屋刺鼻的烧焦的糖味；她发现女主人眼睛睁得老大,面孔因失眠而变得苍白,在床上痛苦得直打哆嗦。

女仆刚打开外板窗,艾尔梅太太马上问：

"乔治怎么样了？"

"啊！今天很不好,太太。"

她中午十二点才起床,吃了两个鸡蛋,喝了一杯茶,就好像是她自己病了；接着她就出门,到一家药房打听预防天花感染的方法。

她吃晚饭的时候才回来,满载着大大小小的药瓶,立刻就把自己关进卧室里,浑身洒满消毒剂。

本堂神父在餐厅里等她。

她一走进来,就焦急地大声问:

"怎么样?"

"噢!不怎么样。医生很不安。"

她哭起来,悲痛得连饭也吃不下去。

第二天,天刚亮,她就让人去打探消息。情况仍然不见好。她一整天都闷在房间里,小火盆冒着烟,散发出强烈的气味。另外,她的女仆还言之凿凿,听见她整晚都哼哼唧唧。

整整一个星期就这样过去了,她只是在下午三四点钟的时候,出去一两个小时换换空气,别的什么也不做。

她现在每个小时都要打听一下消息,一听说病情恶化,她就哭哭啼啼。

第十一天的早晨,本堂神父让人通知她以后,走进她的房间,神情沉重,脸色苍白。她请他坐,他没有坐,便说:

"太太,令郎的情况很不好,他要见您。"

她扑通跪倒在地上,大声叫喊:

"啊!我的天主!啊!我的天主!我不敢!我的天主!我的天主!救救我!"

教士又说:

"医生已经不抱什么希望,太太,乔治在等您。"

说完神父就走了出去。

两小时以后,年轻人自觉就要死了,再次要求见见母亲;本堂神父又到房间里来找她,见她还跪在地上,一边哭泣,一边一迭连声地说:

"我不能……我不能……我太害怕了……我不能……"

他试图说服她,让她坚强些,给她鼓劲。其结果是她神经崩溃,歇斯底里般地号哭乱叫了很长时间。

傍晚,医生又来了,听说她那么胆怯,表示不管她愿意不愿意,拖也要把她拖过去。可是,他费尽口舌也说不动她,便抱起她,要把她拖到儿子房间去,而她这时拽住门,使尽全身力气扒着门,怎么也拉不动她。后来,松开了她,她便俯伏在医生的脚边,请他原谅,原谅她这个可怜的女人。她哭喊着:"噢!他不能死,我求您啦,请告诉他我爱他,我非常爱他……"

年轻人病重垂危。看到最后的时刻临近了,他请求人们说服自己的母亲,来跟他说一声"永别"。临终的人有时具有一种预感,他全明白了,全猜到了,他说:"如果她不敢进来,那就求求她,只要从阳台走到我的窗外,让我看她一眼,至少让我用眼睛跟她说一声'永别',既然我不能亲身拥抱她。"

医生和本堂神父又来到那女人的房间:

"您不会有任何危险,"他们肯定地说,"既然有一层玻璃把您和他分开。"

她同意了,连头带脸地蒙起来,拿了一小瓶嗅盐,只在阳台上走了三步,便用手捂着脸,突然呻吟着说:

"不,不,我不敢看他……不敢……我太惭愧了……我太害怕了……不,我不能。"

　　人们想拖她,但是她使劲抓住栏杆,那么响亮地哀号,街上的行人都抬起头来看。

　　垂死的人等待着,把眼睛转向窗户;他等着在临死前最后看一眼那张温柔可爱的脸,母亲的神圣的脸。

　　他等了很久,黑夜来了。于是他把脸转向墙壁,再也不说一句话。

　　天亮时,他死了。第二天,她疯了。

死去的女人[*]

我曾经疯狂地爱过她！为什么爱她？在这世界上，眼里没有别人，只有她；头脑里没有别人，只想她；心里没有别人，只渴望她；嘴里没有别的名字，只有一个不断涌出，像泉水一样涌出，从灵魂深处涌到嘴边，说了一遍又一遍，像经文一样反复念叨、到处念叨的名字，这岂不荒唐？

我不会去讲述我们的故事。爱情故事只有一个，而且永远类同。我遇到了她，爱上了她。如此而已。我在她的抚爱中，在她的怀抱中，在她的目光中，在她的连衣裙中，在她的话语中，被包裹、捆绑、关闭在所有来自她的一切中，完完全全地，不论白天和黑夜，生活了一年，我是活着还是死了，是在古老的地球上还是在别处，都浑然不知了。

现在她已经死了。怎么死的？我不知道，我已经记不得了。

---

[*] 本篇首次发表于一八八七年五月三十一日的《吉尔·布拉斯报》；一八八九年收入保尔·奥朗道尔夫出版社出版的莫泊桑小说集《左手》；一九〇三年收入同一出版社出版的插图版莫泊桑全集《左手》卷。

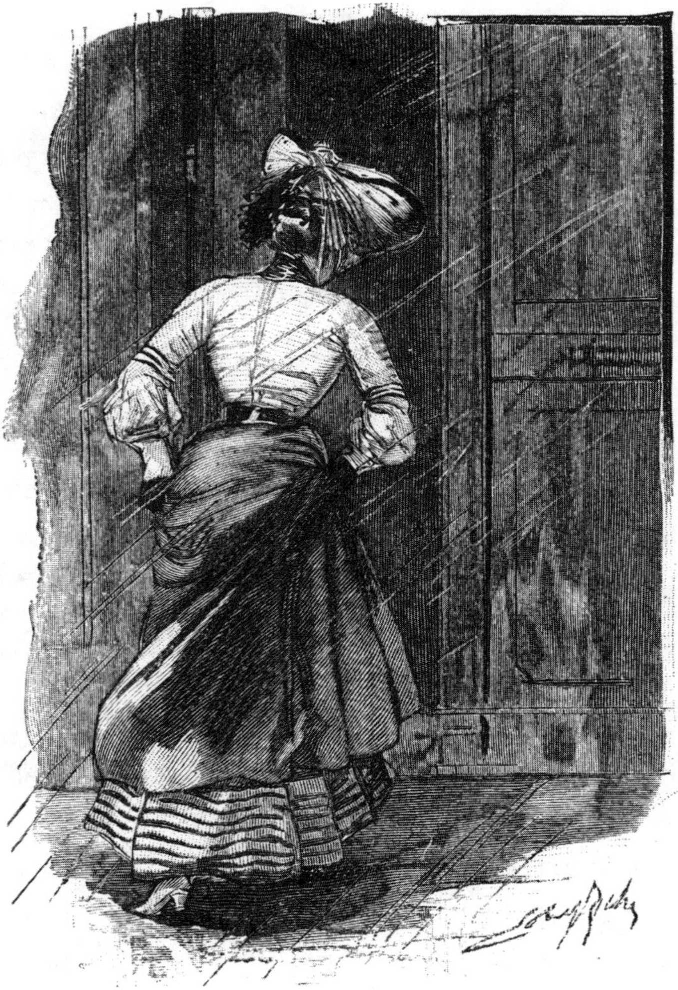

一个下雨的晚上,她回家时湿漉漉的,第二天,她就咳嗽。她咳嗽了将近一个星期,卧床不起。

发生了什么事?我记不得了。

来了几个医生,开完药方就走了。有人送了些药来;一个女人服侍她喝了。她的手滚烫,她的脑袋发烧而且潮湿,她目光灼灼而又忧伤。我跟她说话,她回答我。我们说了些什么?我记不得了。我全忘了,全忘了!她死了。我只清楚地记得她的轻轻的叹息,她那非常微弱的轻轻的叹息,她最后的叹息。女看护说了声:"哎呀!"我就明白了,我就明白了!

后来我什么也不知道了。一点也不知道了。我看见一个神父说出这样的话:"您的情妇。"在我看来他是在侮辱她。既然她已经去世,人们就没有权利说这种话。我把他赶走了。又来了一个神父,很友善,很和气,他谈她的时候,我哭了。

关于下葬的事,人们仔细征求过我的意见。我都记不得了。然而我清楚地记得那口棺材,还有把她钉在里面时一下下的锤声。啊!我的天!

她下葬了!下葬了!她!被埋在这洞穴里了!来了几个人,几个朋友。我赶紧离去。我跑起来。我在街上走了很长时间。然后我回到家里。第二天,我就动身去旅行。

昨天,我返回巴黎。

我又看见我的房间,我们的房间,我们的床,我们的家具,这座房子全都还像死者生前一样,我感到悲伤也随我回来了,而且是那么强烈,我差一点要打开窗户,跳到下面的街上。我不能再待在这些东西中间,我不能再待在这些容纳过她、庇护过她的墙壁中间,在那些看不见的缝隙里大概还保留着她、她的肉体和气息的无数原子。我拿起礼帽就往外跑。突然,走到门边的时候,我从过厅的镜子前面经过,那是她让人放在那儿的。她每天出去前都要在镜子里从头到脚打量自己,看看整个打扮是否完美,她的形象,从短筒靴到头饰,是否得体又漂亮。

我在镜子前面戛然停下,这面镜子是那么经常地映照着她,那么经常,那么经常,它应该还保留着她的形象。

我站在那里,激动得直打哆嗦,眼睛凝视着镜面,镜面平平的、深深的、空空的,但是它曾经像我、像我的深情的眼睛一样,整个儿容纳和拥有过她。就好像我也爱上这面镜子似的,我用手摸它,它是凉的!啊!记忆!记忆!痛苦的镜子,燃烧的镜子,活的镜子,可怕的镜子,让人备受折磨的镜子!有些人真幸福,他们的心像是镜子,里面的影像能移动和消失,它能忘记容纳过的一切,忘记在它面前发生过的一切,忘记怀着柔情蜜意端详和映照过的一切!我多么痛苦啊!

我走出家门,不由自主地,不知不觉地,向公墓走去。我找到了她的简朴的坟墓,一个大理石十字架上面刻着这些字样:

她爱过,被爱过,已故。

她就在那里,在地下,已经腐朽!多么可怕啊!我额头触着地面,泣不成声。

我在那里待了很久,很久。后来,我发现夜晚正在来临。

这时,一个荒诞的、疯狂的、绝望的情人才会有的愿望控制了我。我要在她身边过夜,过最后一夜,在她的坟上痛哭一场。但是人家会看见我,驱赶我。怎么办呢?我这个人很会想主意。我站起来,在这逝者的城市里游逛。我走呀,走呀。和另一个城市,人们生活的城市相比,这个城市多么小啊!但这里的死人却比那里的活人数量多得多!

为了四代人能够同时看到阳光,喝到泉水,喝到葡萄园的葡萄酒,吃到平原的面包,我们需要高楼、街道,需要那么多的地方。

而为了祖宗八代的逝者,为了一直下降到我们的人类的整个阶梯,几乎什么也不要,只要一块地,几乎等于零!大地把他们回收,遗忘把他们抹去。永别吧!

走到死者居住的墓地的尽头,我突然发现一片被遗弃的墓地,早年的逝者正在那里完成和泥土的混合,十字架正在腐朽,明天,将会有新来者在那里入住。这里面长满了野蔷薇、乌黑苍劲的万年青,真正是一个人肉滋养的悲凉然而凄美的花园。

我独自一人,孤零零一个人。我在一棵绿树下蜷缩成一团,把整个身体藏在茂密和晦暗的枝叶间。

我等着,像一艘沉船的遇难者一样,紧紧搂着树干。

等夜已经很黑很黑,我就离开我的藏身处,迈着慢步,蹑手蹑脚,在这满是死人的土地上轻轻走起来。

我绕来绕去走了很久,很久,很久。我怎么也找不到她。

我伸着胳膊,睁大眼睛,一个劲地走;我的双手、双脚、双膝盖、胸膛,甚至是脑袋,不停地磕碰着坟墓,也没有找到她。我像盲人探路一样探索着,我摸索着那些墓石,那些十字架,那些铁栅栏,那些玻璃花圈,那些凋谢的鲜花圈!我用手指读着那些名字,让手指在字母上漫游。多么黑的夜晚!多么黑的夜晚!我怎么也找不到她!

没有月亮!多么黑的夜晚!我很害怕,走在这些狭窄的小路上,两排坟墓之间。坟墓!坟墓!坟墓!还是坟墓!左边,右边,前面,周围,到处都是坟墓!我在一个坟墓上坐下,因为我的膝盖发软,我再也走不动了。我听见自己的心跳!我也听见别的声响!什么声响?一个说不出名字的模糊的声响!这声响是从我发了疯的头脑里,还是从伸手不见五指的黑夜里,或者从神秘的土地下,从散播着人的尸体的土地下发出来的呢?我四面张望!

我在那里待了多久?我说不清。我恐惧得瘫痪了,我被恐怖吓糊涂了,几乎要号叫,差点一命呜呼。

突然,我好像听见我坐的那块大理石墓盖在动,就好像有人把它顶了起来。我猛地一跳,扑到旁边那座坟墓上;我看见,是的,我看见,我刚刚离开的那块石盖笔直地立了起来;死人出现了,一副赤裸的骸骨,从它弯着的背上把石盖翻倒在地。尽管夜色很深,但我看得见,我看得非常清楚。

在那十字架上,我能辨认出;

> 这里长眠着雅克·奥利旺,殁于五十一岁。他挚爱家人,正直,善良,逝于我主赐予的安宁之中。

这时,那个死人也在读他自己的坟墓上写的字。然后,他从路面上捡起一块石头,一块尖尖的小石头,开始仔细地刮这些字。他用空洞的眼睛看着刚才刻着字的地方,慢慢地把这些字全部刮去;然后,他又用过去的食指的骨头的尖端,像人们用火柴头在墙壁上涂画一样,用发光的字母写出这些字句:

  这里长眠着雅克·奥利旺,殁于五十一岁。他狠心地加速了父亲的死,继承了他的财产,虐待妻子,折磨子女,欺骗邻居,一有机会就偷盗,最后死得很惨。

  写完以后,这个死人一动不动,端详着他的作品。当我转过身,我发现所有的坟墓都打开了,所有的尸体都出来了,他们都把家人在墓碑上写的谎言抹掉,在那里恢复了真相。

  我看到他们全是自己亲人的刽子手,他们恶毒、不诚实、虚伪、说谎、狡猾、诽谤、嫉妒,这些慈祥的父亲、忠实的妻子、孝顺的儿子、贞洁的姑娘、诚实的商人,所谓无可挑剔的男男女女,他们偷盗、欺骗,可耻可恶的事无所不为。

  他们全都同时写,在他们永恒的居所的门上,写下大家都不知道或在世时装作不知道的残酷、可怕的神圣真相。

  我想,"她"也应该在自己的坟墓上留下了字迹。我现在不害怕了,我在掀开的棺材中间、在尸体中间、在骷髅中间奔跑,我向她跑去,确信很快就能找到她。

  我老远就认出了她,无须看到她那用裹尸布包着的面孔。

  我刚才读到过她的大理石十字架上的字:

  她爱过,被爱过,已故。

我现在发现,它变成了:

  有一天,她背着自己的爱人外出偷情,淋雨着凉而死。

据说天亮时,在一座坟墓旁,人们发现了失去知觉的我。
…………

穆 瓦 隆*

听人们还在谈普兰奇尼①，曾在帝国②时期当过总检察官的马鲁娄先生对我们说：

啊！我从前办过一个很奇特的案子，从几方面来看，都可以说非常特别。我这就讲给你们听。

我当时是外省③的帝国检察官，靠了任巴黎法院首席院长的父亲，我颇得上司的赏识。当时有一个案子，后来以"小学教师穆瓦隆案件"的名字著称，就是由我提起公诉的。

---

* 本篇首次发表于一八八七年九月二十七日的《吉尔·布拉斯报》；一八八八年收入保尔·奥朗道尔夫出版社出版的莫泊桑小说集《月光》；一九〇三年收入同一出版社出版的插图版莫泊桑全集《月光》卷。

① 普兰奇尼：全名亨利·普兰奇尼（1857—1887），法国亡命徒，一八八七年三月十七日在巴黎蒙田街犯下三桩命案，被判绞刑，轰动一时。

② 帝国：此处指路易·波拿巴即拿破仑三世为皇帝的法兰西第二帝国（1852—1870）。

③ 外省：法国人通常称巴黎以外的地方为外省。

法国北部的小学教师穆瓦隆先生在当地享有盛誉。他睿智，审慎，信教虔诚，只是略微有点沉默寡言。他是在自己任教的布瓦利诺区结婚的。他有过三个孩子，不幸都因为肺的毛病先后夭折。从那时起，他就把隐藏在心里的全部的爱都转移到交他照管的一群孩子身上。他经常用自己的钱买些玩具给最好的学生，最听话最乖的学生；他给他们准备零食，甜食、糖果、糕点让他们吃个够。人人都称赞这个大好人，这个好心人，直到他的学生当中有五个，一个接一个死掉，而且都死得很奇怪。人们曾以为是由于干旱，水变了质，产生了传染病；可是追根究底，什么也没发现。这真怪了，尤其是孩子们的病症太离奇。他们好像得了一种衰弱病，不想吃东西，叫唤肚子痛，拖了一些时间，就在撕心裂肺的痛苦中停止呼吸。

对最后一个死去的孩子做了尸体解剖，什么也没找到。把内脏送到巴黎进行化验，也没有发现任何有毒物质的存在。

在一年的时间里，没有发生任何新的情况。接着，两个小男孩，班里最优秀的学生，也是穆瓦隆大叔最喜欢的学生，在四天里相继死去。再次下令做尸体检验，在两个孩子的体内发现一些器官嵌进了捣碎的玻璃碴。人们据此得出结论：这两个男孩一定是不慎吃了某种没有洗干净的食物。只要在盛奶的大碗上面打碎一个玻璃杯，就可能造成可怕的事故。若不是穆瓦隆的女仆在此期间也病倒，这件事也许就到此为止了。找来的医生认定这个女仆呈现和以前病死的孩子们同样的症状，询问的结果，她承认偷了并且吃了小学教师为学生们买的糖果。

遵照检察官的命令对校舍进行了搜查,发现一个橱柜里装满了要发给学生们的玩具和甜食。几乎所有这些食品里都含有玻璃碴和断针。

穆瓦隆立刻被逮捕。然而他对加在他头上的嫌疑非常气愤,大表惊讶,很像是发自真心似的,人们差一点把他放了。不过他犯罪迹象是那么明显,在我的脑海里和我的最初的信念在打架。我最初认为他清白的信念,是根据他的良好声誉、整个为人、一些假象以及绝对缺乏犯下这桩罪行的决定性动机得出来的。

为什么这样一个善良、单纯、虔诚信教的人,会杀孩子呢?而且那些孩子似乎是他最喜欢的,他宠爱他们,他塞给他们甜食吃,为了给他们买玩具和糖果,不惜花掉自己一半的薪水。

要承认这个罪行是他干的,必须得出他发了狂的结论!然而穆瓦隆看上去是那么通情达理,那么平静,那么充满理性和善意。说他疯狂,看来是无法证明的。

可是证据越积越多!在小学教师购买食物的店家,扣押的糖果、点心、蛋白松糕和其他产品里,经过查证,并不含有任何可疑的碎片。

这时他就辩称,一定是某个还未查明的敌人,用一把仿制的钥匙打开了他的橱柜,把玻璃碴和断针混到甜食里的。他还编了一个完整的有关遗产的故事,说这笔遗产必须等某个孩子死了才能继承,于是有个乡下人就决心害死那个孩子,想出了这个办法,害死了孩子,同时还把嫌疑都栽到小学教师身上。他说,那个坏蛋根本不关心其他可怜的孩子也会因此丧命。

这是可能的。看他那样子真像是对自己的说法把握十足,表情又是那么伤心,若不是接连有了两个确凿的发现,我们真会因为毫无证据而宣告他无罪。

第一个发现,是一个装满玻璃碴的鼻烟盒!他的鼻烟盒,在他放钱的写字台的一个隐秘的抽屉里发现的!

对这个发现,他又做出了真有点可以接受的解释,说这是那个尚未查明的真正罪人为了推脱罪责耍弄的最后一个诡计。幸亏这时一个圣马尔鲁夫①的服饰用品商来找预审法官,说有位先生曾经到他店里买针,来过好几次,要买他能找到的最细的针,还把它们弄断,看看是不是能让他满意。

我们让这个服饰用品商站到十二个人面前,他一眼就认出了穆瓦隆先生。调查结果显示,小学教师的确在商人指明的那些日子里去过圣马尔鲁夫。

我还忘了说孩子们的可怕证词,这些证词说,小学教师总是让孩子们当着他的面挑选甜食,吃下去,然后把最微小的痕迹都清除干净。

被激怒的公众舆论要求处以极刑,这呼声日渐高涨,那力量令人畏惧,不容有任何的抗拒和犹豫。

穆瓦隆被判了死刑。随后他的上诉也被驳回。他只剩下请求特赦这一条生路。我从父亲那儿得知皇帝不会恩准他的特赦请求。

----

① 圣马尔鲁夫:法国村镇,位于诺曼底大区芒什省。

不料，一天上午，我正在办公室工作，有人向我通报监狱的指导神父来访。

来者是一个年老的教士，深谙人性，对罪犯更是了如指掌。他看上去有些烦乱，困惑，不安。东拉西扯地聊了几分钟以后，他站起身，突然对我说：

"如果穆瓦隆被砍头，帝国检察官先生，您可就让人处决一个无辜的人了。"

说罢，他连招呼也不打，就走了出去，留下我体味着这番话的深深的压力。他说这些话时激动而又严厉，为了拯救一个人的生命，他才稍稍开启了秘密忏悔要求他紧闭和封锁的嘴唇。

一个小时以后，我就动身去巴黎，我的父亲得到我的预先通知，已经立刻让人为我请求觐见皇帝。

我第二天就获得召见。我们被带进去的时候，陛下正在一间小客厅里工作。我把事件的整个过程陈述了一遍，一直说到教士对我的访问。我正在叙述教士访问的情况时，君主的扶手椅后面的门开了，皇后以为他一个人在这儿，径直走了进来。拿破仑陛下便问她怎么想。她一明白是怎么回事，就大声说：

"应该特赦这个人。既然他是无辜的，就必须这么做！"

一个如此虔信宗教的女人这突如其来的信念，为什么会在我心里引起一个可怕的疑问呢？

直到那以前，我一直是热切希望为穆瓦隆求得减刑的。现在，我突然感到自己受到了一个狡猾的罪犯的玩弄和欺骗，这罪犯利用了教士和忏悔作为他最后防卫的手段。

我向陛下坦陈了我的犹豫。陛下犹豫不决,天性的善良敦促他赦免,但他又怕被一个坏人捉弄。不过皇后确信那个教士是遵从神的激励,她反复说:"没关系!即使饶过一个罪人也总比枉杀一个无辜者要好!"她的看法占了上风。死刑减为服苦役。

几年以后,我听说穆瓦隆在土伦苦刑犯监狱的模范行为被禀报给皇帝以后,监狱长雇他做了仆人。

此后,我很久都没有再听说过这个人。

然而,大约两年以前,我正在里尔①,在我的表兄德·拉利埃尔家过夏天,一天晚上,正当我坐下来要吃晚饭的时候,有人通知我,一位年轻的教士希望跟我谈话。

我吩咐让那教士进来,原来他请求我去见一个垂死的人,那个人一定要见我。在我任法官的漫长生涯中,这种事时有发生;虽然我受到共和国②的冷落,但是遇到一些情况,我还是时不时地被找去。

于是我跟着那个教士,他带我爬到一座劳工住的高楼的顶层,走进一间寒酸的小屋。

在那里,我看到一个奇怪的垂死者,坐在一张草褥上,为了喘气,背靠着墙。

那简直就是一具龇牙咧嘴的骷髅,眼睛深陷,目光灼灼。

---

① 里尔:法国北方的重要工业城市,诺尔省省会。
② 共和国:指法兰西第三共和国(1870—1940)。

他一看见我就低声说：

"您认不出我了吧？"

"认不出了。"

"我是穆瓦隆。"

我吃了一惊，问：

"那个小学教师？"

"是的。"

"您怎么在这儿？"

"这话说起来太长，我没有时间了……我就要死了……人们给我找来这位神父……我知道您在这儿，就请他去找您……我需要向您忏悔……因为以前您救过我的命……"

他隔着布套，用青筋暴跳的手紧紧抓住草褥的麦秸，用嘶哑、有力、低沉的声音接着说：

"好啦……我必须把真相告诉您……告诉您……因为在离开人世以前必须向某个人说出真相。

"是我杀害了那些孩子……所有那些孩子……是我……为了报复！

"请您听好。我曾经是个诚实的人，很诚实，很诚实……很纯洁——崇敬天主——那个仁慈的天主——人们教导我们要爱的那个天主，而不是那个假天主，那个刽子手，那个盗贼，那个统治人间的凶手。我从来没有作过恶，从来没有干过一桩坏事。先生，世上没有比我更纯洁的人了。

"结婚以后，我有了几个孩子，我开始爱他们，天下父母从未有过像我这么强烈地爱自己孩子的。我只为他们而生活。我爱他们爱得疯狂。可是他们三个全死了!为什么?为什么?我做了什么,我?我不甘心,不过只是有一种愤懑的不平。后来,我睁开了眼睛,我如梦初醒;我明白了,天主很邪恶。为什么他要杀了我的孩子呢?我睁开了眼睛,我看清他喜欢杀人。他只喜欢这个,先生。他让人活着只是为了毁灭!先生,天主是个杀人狂。他每天都需要死人。他用各种各样的方式杀人,以此为乐。他发明了疾病、事故,为了月复一月、年复一年地慢慢地消遣。等他厌倦了,他又散布传染病——鼠疫、霍乱、白喉、天花。这个恶魔究竟发明了多少天灾人祸,我怎能说得清?这还不能让他满足,这些灾害太雷同了!他还时不时地发动一场战争,好看到二十万战士尸横遍野,缺胳膊断腿地倒在血泊和污泥里,脑袋被炮弹炸碎,就像鸡蛋掉在大路上。

"这还没完。他让人类互相残杀。见人类变得比他还高明,他又造出野兽,好看到人类逐猎它们、屠杀它们,用它们来喂养自己。这还没完。他又造出只能活一天的很小很小的动物,每个小时都在数亿数亿地死亡的苍蝇,任人践踏的蚂蚁,还有其他的生物,太多了,太多了,我们想象都想象不出来。这一切互相残杀,互相逐猎,互相吞噬,不停地死亡。而仁慈的天主看着,很开心,因为他,他看见一切,最大的和最小的,在水滴里的和在其他星球上的,他看着它们灭亡,很开心。呸,这个坏蛋!

"于是,我,先生,我也杀人,杀孩子。我跟他开了个玩笑。这次不是他杀了他们。这些孩子,可不是他杀的,是我杀的。我本来还会杀害更多的孩子;但是您抓住了我。就是这样!

"我当时就要死了,就要被绞死了。我啊!那条毒蛇,又可以开怀大笑了!于是我请来一个教士,我撒了谎。我做了忏悔。我撒了谎;我活了下来。

"现在,我完了。我再也逃不出他的魔掌了。但是我不怕他,先生,我太瞧不起他了。"

看着这个卑鄙的家伙苟延残喘,断断续续地说话,有时把嘴张得老大,吐出一句几乎听不见的话,上气不接下气,手扯着草褥的布套,在几乎成了黑色的被子下动弹着他的两条瘦腿,仿佛要逃跑似的,那情形真可怕。

啊!多么丑恶的人,多么丑恶的回忆!

我问他:

"您还有什么要说的吗?"

"没有了,先生。"

"那么,永别了。"

"永别了,先生,如果有一天……"

我向教士转过身去,他脸色苍白,高大阴暗的身躯靠着墙:

"您留下吗,神父先生?"

"我留下。"

这时,垂死的人带着嘲弄的口吻说:

"是的,是的,他正在派他那些乌鸦来吃尸体。"

而我呢,我已经厌恶透了;我拉开门,逃之夭夭。

火 星 人[*]

我正在工作,仆人来通知我:

"先生,有一位先生要跟先生说话。"

"请他进来。"

我看到一个身材矮小的人走进来。他向我敬礼。他戴着眼镜,很像一个瘦弱的学监,纤细的躯体,哪一部分也撑不起他那一身过于肥大的衣裳。

他结结巴巴地说:

"我要请您原谅,先生,原谅我打扰您。"

我说:

"请坐,先生。"

他坐下,接着说:

---

[*] 本篇首次发表于一八八七年至一八八八年的一期《巴黎-圣诞节》杂志,莫泊桑生前未将其收入任何选集;一九〇九年收入路易·科纳尔出版社出版的莫泊桑小说集《奥尔拉》;未曾收入保尔·奥朗道尔夫出版社出版的插图版莫泊桑全集。

"我的天主,先生,我对自己采取的这个行动感到很困惑。但是我绝对需要见见某个人,只有您……只有您……总之,我鼓起了勇气……但真的……我现在却不敢了。"

"大胆点,先生。"

"是这么回事,先生,我一说,您一定会认为我是个疯子。"

"我的天主,先生,那要看您跟我说什么。"

"问题恰恰就在这里,先生,我要跟您说的事很离奇。不过我请求您证明我不是疯子,正因为我认识到自己的想法很离奇。"

"好吧,先生,就说吧。"

"不,先生,我没有疯,只是我像那些比别人思考得多,有点,稍稍有点超出了界限的人,看样子疯疯癫癫。您想呀,先生,在这个世界上,什么人都不思考。每个人都只操心'他的'事,'他的'财富,'他的'欢乐,总之,'他的'生活;或者只操心一些有趣而微不足道的蠢事,例如戏剧、绘画、音乐;或者政治,这最大的傻事;或者只操心工业问题。那么谁思考呢?谁?没有任何人。噢!我说远了!对不起。我言归正传。

"我到这儿已经五年了,先生。您不认识我,可我对您很熟悉……我从来不掺和到您的海滩或者您的游乐场的人群里去。我在悬崖上生活,我真的喜爱埃特尔塔的这些悬崖①。

---

① 埃特尔塔海岸边的悬崖,由石灰岩构成,高度在一百米上下,蔚为壮观。

我没见过比它们更美、更有益于健康的了。我想说有益于精神的健康。这是一条蓝天和大海之间的令人赞叹的大路,一条绿草如茵的大路,在这白色岩石的高墙上延伸,让您像在世界的边缘、大地的边缘、大西洋的上方漫步。我最美好的日子都是躺在一个草坡上,在阳光普照下,在高出于万顷波涛之上百米的地方,在梦想中度过。您理解我吗?"

"是的,先生,完全理解。"

"现在,您愿意允许我提一个问题吗?"

"提吧,先生。"

"您是不是认为其他星球上有人居住?"

我毫不犹豫地回答,而且并不显得惊讶:

"当然喽,我相信。"

他大喜过望,激动得站起来,又坐下,显而易见大有把我搂在怀里的欲望。他大声叫嚷;

"啊!啊!多么幸运!多么幸福!我放心了!不过我怎么会怀疑您呢?一个人如果不相信其他星球有人居住,不可能是个有智慧的人。一定是一个傻瓜,一个呆子,一个白痴,一个没有教养的人,才会认为亿万个天体闪亮和旋转,仅仅是为了让人类这种愚蠢的虫子开心和惊奇,而不明白地球只是多如尘埃的世界中的一粒渺不可见的尘埃。我们的整个星系也只是天体生命中的几个行将灭亡的分子。您看看银河这条星星的河流,请想象这只是广阔的'无垠'中的一个斑点。您只要想象十分钟,就会明白为什么我们什么也不知道,什么也猜不到,什么也不明白。我们只了解一个点,离这更远的,在这以外的,任何什么地方的,都一无所知。但我们却自以为是,无知妄说。哈!哈!哈!!!如果这地球之外的伟大生命的奥秘一下子向我们揭示出来,那该是多么令人震惊!可是,不……可是,不……现在我也是傻瓜了,我们不会了解这奥秘的,因为我们的头脑只能了解这地球上的事;它不能伸展得更远,它是有局限的,就像我们的生命,被捆绑在承载着我们的这个小球上,它通过比较来判断一切。您看见了吧,先生,所有的人都是那么愚蠢,那么狭隘,却深信我们勉强超过动物本能的理解力十分强大。我们甚至没有能力看出自己的残疾缺陷,我们注定了只能知道黄油和麦子的价钱,顶多只能讨论讨论两匹马、两条船、两个部长和两个艺术家的价值。

"就是这样。我们只适合耕地种田,笨拙地利用土地上的东西。我们刚刚制造出会走路的机器,每当我们发明一种东西,我们就像孩子似的惊奇,其实,如果我们属于高等生物的话,本该几个世纪以前就能做到的。即使现在,付出了几千年的智力生活,猜测到电的存在,我们仍然被未知包围着。您是不是和我有同感?"

我笑着回答:

"是的,先生。"

"很好。那么,您是不是有时也关心火星?"

"火星?"

"是的,火星这颗行星。"

"不,先生。"

"您一点也不了解它吗?"

"不,先生。"

"您是不是愿意允许我跟您说几句有关火星的话?"

"当然,先生,很乐意。"

"您想必知道,我们这个星系、我们的小家庭中的这些星球,都是从太阳星云先后释放出的原始气态环凝聚而成的天体吧?"

"知道,先生。"

"由此可以得出结论,越遥远的行星越古老,因而也应该越文明。它们诞生的顺序是这样的:天王星,土星,木星,火星,地球,金星,水星。您愿不愿意承认这些行星都像地球一样有人居住呢?"

"那是肯定无疑的。为什么要认为地球是个例外呢?"

"很好。火星人比地球人更古老……不过我太性急了。我应该首先向您证明火星有人居住。火星在我们眼里的外貌,应该和火星人观察到的地球的外貌差不多。那里的海洋占据的面积少一些,而且比较分散。我们能够从它们的黑颜色认出它们来,因为水吸收了阳光,而陆地反射阳光。在这个星球上地理变化频繁,证明它的生命的活跃。它的季节和我们的四季相仿,可以看到两极的雪随着季节增加和减少。它的一年很长,有地球上的六百八十七天,也就是火星上的六百六十八天,划分如下:春季一百九十一天,夏季一百八十一天,秋季一百四十九天,冬季一百四十七天。那里能够看到的云彩比我们这里少。由此也可以判断出那里冷起来比地球更冷,热起来比地球更热。"

我打断他的话:

"对不起,先生,火星距离太阳既然比我们远,在我看来,那里应该总是更冷呀。"

我的奇特的客人激烈地大嚷:

"错了,先生!错了,绝对错了!我们地球上的人,夏天就比冬天离太阳更远,布朗峰①山顶上就比山脚下冷。此外我请您参阅赫尔默尔茨②和恰帕莱利③关于热量的力学理论。地面的热度主要取决于大气中水蒸气的含量。原因是:一个水蒸气的分子的吸收能力,比干燥的空气的分子的吸收能力强一万六千倍,所以水蒸气是我们的热量仓库;火星的云彩少,就应该既比地球热,也比地球冷。"

"我不再有异议。"

"太好了。现在,先生,请您仔细听我说。我请求您啦。"

"我是在这么做,先生。"

"您听说过恰帕莱利先生一八八四年发现的那些赫赫有名的运河吧?"

"很少听说。"

----

① 布朗峰:欧洲著名山峰,阿尔卑斯山脉最高点,海拔四〇九米。
② 赫尔默尔茨(1821—1894):德国生物学家和物理学家,有声学、电学等多方面的贡献。
③ 恰帕莱利(1838—1910):意大利天文学家,一八八四年,他的研究揭示火星上有运河存在。

"这怎么可能！您要知道，一八八四年，火星处在冲①的位置上，距离我们只有两千四百万法里，恰帕莱利先生，我们世纪最杰出的天文学家，最可靠的观测家之一，突然发现大量的黑线，根据持续的地理形状不同，有直道的，有断裂的，把火星的一个个大陆和海洋连接起来！是的，是的，先生，一些笔直的运河，一些从头到尾宽度相等的呈几何形状的运河，一些由生物修建的运河！是的，先生，这就是火星有人居住的证明，有人在那里生活，有人在那里思想，有人在那里工作，有人在看我们。您明白了吧，您明白了吧？

"二十六个月以后，火星到了下一个冲日的位置时，人们又看到这些运河，而且更多了，是的，先生。那些运河规模巨大，宽度不小于一百公里。"

我微笑着回答：

"一百公里宽。要开凿这些运河，那得有多少力大无穷的工人啊。"

"啊，先生，您这说的什么话？您难道不知道这种工作在火星上要比在地球上轻松无数倍吗？因为那里建设用材的密度不超过我们的六十九分之一！重量的强度只有我们的三十七分之一。

"一公斤水在那里只有三百七十克重！"

他向我一口气报出这些数字，把握十足，像一个深知数目

---

① 冲：当地球在外行星和太阳之间通过，处在一直线位置时，就出现冲。该行星这时离地球最近，是观测它的好时机。

价值的商人那样满怀信心,我不禁要放声大笑,真想问问他,糖和黄油在火星上有多重。

他摇晃着脑袋。

"您在笑,先生,您起初把我当成疯子,现在又把我当成傻瓜。但是我向您引用的数字都可以在专门的天文学书里找到。火星的直径差不多比我们的一半还小;它的面积只有地球的百分之二十六;它的体积比地球的六分之一还小;它的两颗卫星的速度证明它的重量是我们的地球的十分之一。然而,先生,重量的强度取决于质量和体积,也就是说取决于重量和表面到中心的距离。其结果必然是在这个行星上,轻盈的状态使那里的生活完全不同,以我们还不知道的方式调节着机械的行为,必然令有翅膀的物种占据统治地位。是的,先生,火星的生物中的王者有翅膀。

"他们飞翔,从一个大陆飞向另一个大陆,像精灵一样围绕他们的星球转,不过他们无法穿过大气层,大气层把他们束缚在这个星球上,虽然……

"总之,先生,您能想象出这颗行星吗?它覆盖着植物、树木和动物,虽然我们甚至无法猜测它们的形状,它上面住着像画上的天使一样、长着有翅膀的巨大的人类。而我呢,我看见他们在平原和城市上空、在那边特有的金黄色空气里飞翔。人们以前以为火星的大气层是红色的,就像我们地球的是蓝色的,其实它是黄色的,先生,是很美的金黄色。

"您现在还为这些造物能够挖掘出一百公里宽的运河而感到惊讶吗?您只要想一想科学,一个世纪……一个世纪以来……在我们这儿做出的成就,再说火星上的居民很可能比我们高明得多……"

他突然沉默了,垂下眼睛,然后用很低的声音喃喃地说:

"现在您要把我当作疯子了……因为我要对您说,昨天晚上,我……我差一点看到了他们。您知道,或者您不知道,我们现在是在流星频繁出现的季节。在十八日特别是十九日的夜间,人们每年都能看到无数的流星;也许我们此刻正从一个彗星的残骸中穿过呢。

"我当时正坐在马纳门①上,在那条悬崖向大海迈出的那只巨足的顶上,看着在我头上像雨珠一样飞散的那小星球。那真比烟花更有趣更壮观,先生。突然,我看见在我的上方,很近的地方,有一颗闪亮、透明的星球,周围插着扇动着的巨大翅膀,至少我在半明半暗中以为看到的翅膀。它就像一只受伤的鸟儿,旋转着,画出几个钩形,发出巨大的神秘的响声,仿佛在喘息,挣扎,就要玩完。它从我面前掠过。它就像一个奇大无比的水晶球,里面装满了发狂的人,只能勉强分辨出来,就像一艘遇难船的船员惊惶万状,他们再也控制不住自己的船,从一个浪头滚向另一个浪头。这奇怪的星球,划出一条巨大的曲线,跌落在远处的大海,我听见它深深地栽进海里,发出一声大炮轰鸣般的巨响。

"再说,本地所有人都听到了这次可怕的响声,人们还以

---

① 马纳门:埃特尔塔的悬崖。有一部分像一只巨足伸入大海,和主体之间形成一个拱门,即马纳门,是著名的景点。

为是一声响雷呢。只有我,我看见了……我看见了……如果他们落得离我近些,我们就认识火星的居民了。您一句话也别说,先生,请您想象一下,想想,多想些时间,然后,有一天,如果您愿意,把这件事讲给人们听。是的,我看见了……我看见了……第一艘空间飞船。善于思考的生物向无垠的空间发射的第一艘星际飞船……除非我看到的只是被地球俘获的一颗流星。因为您不会不知道,先生,星球也在追捕在空间游荡的天体,就像我们这里追捕流浪汉一样。地球既轻盈又弱小,只能逮住在无垠中运行的小过客。"

他兴奋地站起来,像着了魔似的,展开两臂模仿着星辰的运行。

"彗星,先生,在浩大的星云的边缘游荡,我们就是由这星云凝聚而成,彗星,自由而又光辉灿烂的鸟儿,从无垠的深处向太阳飞去。

"它们拖着巨大的闪亮的尾巴飞向那光芒四射的天体;它们疯狂地飞着,越飞越快,但无论如何也赶不上那召唤它们的星辰;在和它几乎擦边而过以后,它们又以坠落时同样的速度被抛进太空。

"但是,如果在它们壮丽的旅程中,它们从一个强大的行星附近经过,如果它们被一种不可抵抗的力量吸引,偏离它们的道路,它们就会朝新主人飞过去,从此被新主人俘虏。它们那么大的抛物线就变成封闭的曲线,我们从而能计算出彗星周期性的归来。木星有八个奴隶,土星有一个,海王星也有一个,它的外行星同样有一个,此外还有一大批流星……这么说……这么说……我看到的也许只是一个被地球捕获的徘徊的小星球……

"别了,先生,什么也不要回答我,思考,思考,如果您愿意,有一天把这一切讲给大家听……"

我这样做了。这个有点神经兮兮的人,在我看来并不比一个头脑简单的靠年金过日子的人愚蠢。

一幅画像^{*}

"瞧,米利阿尔!"身旁有个人对我说:

我向所指的那个人看去,因为很久以来我就想认识这个唐璜①。

他已经不年轻。头发是灰色的,一种灰灰突突的灰色,有点像某些北方民族戴的毛皮软帽;胡子很细,比较长,一直垂到胸前,也像是毛货。他正在跟一位女士交谈,俯身向她,声音低低的,目光温和、充满敬意和友善地看着她。

我了解他的情况,至少是人们都知道的那些情况。曾经有好几个女人疯狂地爱恋他;甚至发生过几次把他的名字也

------

* 本篇首次发表于一八八八年十月二十九日的《高卢人报》;一八九〇年收入维克多·阿瓦尔出版社出版的莫泊桑小说集《无用的美貌》;一九〇四年收入保尔·奥朗道尔夫出版社出版的插图版莫泊桑全集《无用的美貌》卷。

① 唐璜:一个虚构的人物,勾引女人的人的典型,最早出现在十七世纪西班牙戏剧家迪尔索·德·莫利纳的剧本里,一六六五年法国戏剧家莫里哀的剧作《唐璜》让他广为所知。

牵扯进去的悲剧。人们谈到他,就好像谈论一个非常有诱惑力的男人,几乎无法抵抗。我问过几个对他称赞备至的女士,想知道他的威力究竟从哪里来,她们寻思了一会儿,总是回答:

"我不知道……就是有魅力。"

可以肯定地说,他长得并不美。他绝没有我们认为善于俘获女人心的征服者必备的风流倜傥。我兴趣满满地寻思,他的诱惑力究竟隐藏在哪儿。在智力上?……人们从来没有对我引述过他的话,甚至也没有称赞过他的聪明……在眼神里?……也许……或者在声音里?……某些人的声音的确有不可抗拒的性感的优美,有像吃爽口的东西的滋味。人们渴望听他说话,他说话的声音深入我们的心坎,像糖果一样甜蜜。

一个朋友经过,我问他:

"你认识米利阿尔吗?"

"认识呀。"

"你就介绍我们认识一下吧。"

一分钟以后,我们已经握过手,热络地聊起来。他的言辞在情在理,丝毫不故作高深,让人听了很舒服。声音的确悦耳、柔和、亲切、带有音乐性,不过我听过更动人、更让人心神缭乱的。人们听他说话很愉快,就像看清澈的泉水潺潺流淌。跟随他的谈锋完全不需要思想紧张,他不会使用任何暗示来激起你的好奇心,不须让你期待下文来维持你的兴趣。跟他谈话不如说是一种休息,不会燃起我们回答、反驳,或者大表赞同的热望。

另外，回答他的问题和听他说话一样容易。等他说完话，你的回答就自然而然来到嘴边，你回答他的话，就好像是顺着他说过的话脱口而出的。

一个感想很快就令我震惊：我认识他才一刻钟，就觉得他好像我的老朋友，他的一切：他的面孔、他的动作、他的声音、他的思想，在我看来都好像熟悉已久。

只谈了一会儿，突然，他就仿佛已经是我的知己了。我们之间敞开心扉，无所不谈，如果他问起我的情况，我也许会把平常只对最老的伙伴倾诉的知心话向他和盘托出。

这里面肯定有什么奥妙。所有人之间那些封闭的藩篱，当好感、相投的意趣、同样的知识修养和经常的联系把锁逐渐打开，时间会一个接一个把它们推开，就好像这些藩篱在他和我之间并不存在，也许在他和所有人、所有凑巧出现在他人生道路上的男女之间都不存在。

半个小时以后，我们分手了，说好以后经常见面；他邀请我大后天吃午饭，然后把他的地址给了我。

我忘了约会的时间，到得太早了；他还没有回来。一个恭敬、沉默寡言的男仆给我打开客厅的门。客厅很漂亮，有点暗，挺私密，便于静心沉思。我觉得很自在，就像在自己家里。住房对人的性格和精神的影响，我已屡见不鲜！有些房子，人在里面总感到自己很木讷；另一些，则相反，人们总觉得精神焕发。有些，虽然明亮、雪白、金光闪闪，但令人伤感；另一些，虽然挂着沉静的布幔，却让人快乐。我们的眼睛就像我们的心,有它的爱和恨,经常,它并不告诉我们,而是悄悄地、不知不觉地影响我们的心情。陈设和墙壁的协调,整体的风格,瞬间就可以作用于我们的智力本能,就像森林、大海、高山的空气可以改变我们的肉体的本性。

我在一张堆满靠垫的长沙发上坐下,顿时感到被这些装满羽毛、蒙着丝面的小口袋托住、撑住、紧紧裹住,就好像我的身体和位置事先就在这家具上留下过烙印似的。

然后,我就观赏。房间里没有任何富丽堂皇的地方;到处都是不名贵但是挺好看的东西,简单然而稀有的家具;不像是来自卢浮宫、而像是出自某个阿拉伯后宫的东方帷幔;在我的对面,挂着一幅女人的画像。这是一幅中等大小的画像,画着一个女人的头部和上半身,手里拿着一本书。她还年轻,没有戴帽子,直发从中间分开,平贴在两鬓,略带伤感地微笑着。是因为她没戴帽子,还是因为她那自然的风度给人的印象,在我看来,从来没有哪个女人画像,像这一幅在这所住宅里如此适得其所。

我所见过的女人画像,几乎都是在表演。画面中的女士,或者穿着华丽的衣裳,戴着相配的头饰,表情像知道先是为画家摆姿态,后是为所有将来看她的人;要不就是身穿一件刻意挑选的便装,摆出一副随便的姿态。

一些画中的女人站着,神情庄重,仪态万方,那副高傲的神气,恐怕在日常生活中她们也保持不了很久。另一些女人,在静止不动的画布里搔首弄姿;这些女人全都有一件毫无价值的点缀,一朵鲜花或者一件首饰,连衣裙或者嘴唇上的一个褶子，可以感觉是画家为了效果安在上面的。不管她们是戴帽子、束花边，或者头发上什么也没有，人们在她们身上都猜得出某种很不自然的东西。什么东西？不知道，因为人们根本不认识她们，但是感觉得出来。她们就好像在什么地方做客，在她们希望讨好的人、希望向其显示自己所有优点的人家里做客；她们研究过自己的态度，不管是谦逊还是高傲。

关于眼前的这个女人，能说些什么呢？她在自己家，而且是独自一人。是的，她独自一人，因为她那微笑，就像人们独自想着什么悲伤或者甜美的事，而不是那种被人观看时的微笑。她是那么孤独，而且是在自己家，她让这整个一大套房子都显得空荡，绝对地空荡。她独自一人住在这里，充满它，给它以生气；可以有很多人进到这里，这些人可以有说、有笑，甚至唱歌；她在里面永远是孤独的，带着她的孤独的笑容，独自一人；她的画像的目光，让这房子充满活力。

这目光也绝无仅有，它直落在我身上，温存而又执着，虽然并不是在看我。所有的画像都知道它们是让人注视的，它们用眼睛来回答，那眼睛会看人、有思想，从我们一进来就须臾不离地跟随着我们，直到我们离开它们住的套房。

这幅画像的目光不看我，什么也不看，虽然它的目光笔直地固定在我身上。我记起波德莱尔[①]那令人称奇的诗句：

你的眼睛诱人，就像一幅画像的眼睛

----

① 波德莱尔(1821—1867)：法国诗人，其诗集《恶之花》举世闻名。文中这句诗出自该诗集中的《对虚幻的爱》一诗。

的确,这双眼睛,这双画出的眼睛,曾经富有生命力,也许仍然富有生命力,它们吸引着我,不可抗拒地吸引着我,向我投来奇特的、强大的、新的力量,令我激动不已。啊!这深色画框和神秘莫测的眼睛流露出来的魅力多么神奇!它像掠过的微风那样无边无沿、让人轻松;它像淡紫色、粉红色和蓝色的黄昏将尽的天空那样令人神往;它像随后而至的黑夜那样还有点使人伤感。这双眼睛,这双用画笔寥寥几笔挥就创造出的眼睛,隐藏着那似有似无的秘密,那闪现在女人的一瞥中的秘密,那让我们心中萌生出爱的秘密。

门开了,米利阿尔先生走进来。他为迟到表示歉意。我为早到表示歉意。然后我对他说:

"恕我冒昧,请问这位妇女是什么人?"

他回答:

"是我的母亲,她很年轻就去世了。"

我终于明白了,这个男人的无法解释的诱惑力从何而来。

催　眠　椅[*]

塞纳河在我的房子前面伸展开去，没有一丝波纹；清晨的太阳给它抹上一层清漆。这是一条长长的美丽、宽阔、缓缓的河流，银光闪闪，间或也有些地方被染成紫红色。河的对岸，排列整齐的大树沿着河岸筑成一道绿色的高墙。

生活，充满朝气、欢乐、爱情的生活，每天都重新开始。我们可以感觉到它在叶丛中战栗，在空气里抖动，在水面上闪烁。

有人把邮差刚送来的报纸交给我。我走到河边，一面轻踱慢步，一面读着报纸。

我打开第一份报纸，几个大字赫然在目："自杀统计"；细读之下，得知过去一年里竟有八千五百多人自杀。

----

[*] 本篇首次发表于一八八九年九月十六日的《巴黎回声报》；一九一〇年收入路易·科纳尔出版社出版的插图版莫泊桑全集《米斯蒂》卷；一九一二年收入保尔·奥朗道尔夫出版社出版的插图版莫泊桑全集《米斯蒂》卷。

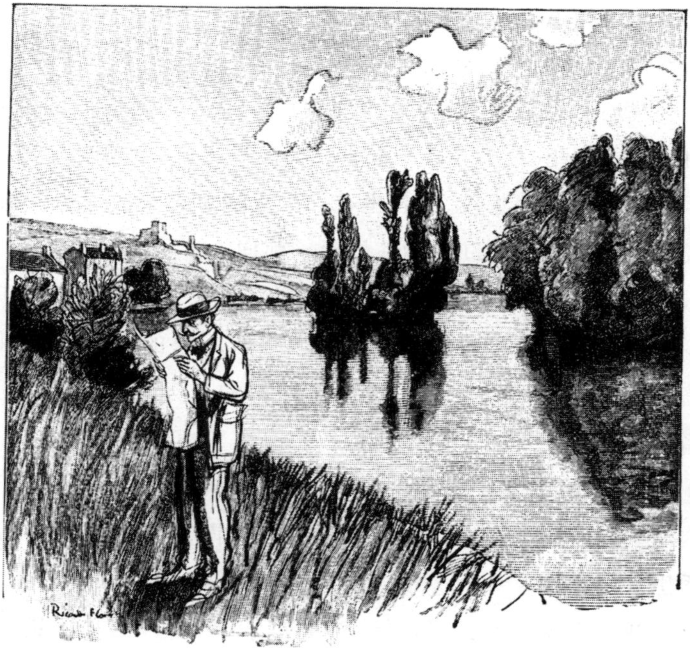

顿时,我仿佛看到了这些自杀者!看到了对活厌了的绝望者的这种丑恶却又是自愿的大屠杀!我看见一些人血流如注,被一颗子弹打碎下巴,打烂脑袋,射穿胸膛,孤零零地在旅馆的小房间里慢慢地苟延残喘,他们并不想自己的伤口,想的仍然是自己的不幸。

我还看见一些人,喉咙被割破,肚子被剖开,菜刀或者剃刀还拿在手里。

我还看见一些人,或者坐在一个浸泡着火柴的杯子面前,或者坐在一个贴着红色标签的瓶子前面。

他们两眼呆滞地望着这杯子或者瓶子,一动不动;然后喝下去,然后等着;接着他们脸上露出痛苦不堪的表情,嘴角抽搐;恐惧令他们眼神慌乱,因为他们不知道死亡之前是那么痛苦。

他们站起来,稍停片刻,便倒下去,两手捂着肚子,感到五内俱焚,毒液像烈火般吞噬着他们的肠胃,紧接着头脑一片昏黑。

我还看见一些人,吊在墙壁的钉子上,窗户的长插销上,天花板的钩子上,顶楼的房梁上,夜雨中的树枝上;我能猜想到他们伸出舌头、一动不动地悬在那里以前都干了些什么。我能猜想到他们内心的苦恼、最后的犹豫,以及他们系绳子、看看系得牢不牢、套在脖子上、让自己悬空的一系列动作。

我还看见一些人,倒在他们脏乱不堪的床上,有怀抱幼儿的母亲,有饥肠辘辘的老人,有被失恋的忧伤弄得柔肠寸断的姑娘,他们全都肢体僵硬,窒息了,断气了,而煤炉还在房间里冒着烟。

我还眺见一些人,黑夜里在空寂的桥上徘徊,这些人最凄惨。河水从桥洞下流过发出潺潺声。他们没有看河水……但是呼吸着它冷飕飕的气息,他们想象得到它的存在!他们需要它,他们又怕它。他们不敢啊!可是,他们又必须如此。远处某个钟楼响起报时的钟声;突然,在黑夜的广漠的寂静中,一个身体跌落河里的扑通声,几声叫喊,几下两手扑打水的响声,转瞬即逝。也有的时候只听得见他们落水的扑通声,因为他们把自己的两臂捆着或者在脚上绑了石头。

啊!可怜的人们,可怜的人们,可怜的人们啊,我那么强烈地感受到了他们的悲情,那么深切地体验了他们的死!我经历了他们的所有苦难;在一个钟头的时间里,我经受了他们受到过的所有折磨。我了解了把他们逼到这一步的所有苦恼,因为我清楚在生活的迷人外表下掩盖着卑鄙龌龊,再也没有人比我更清楚这一点了。

我多么了解他们啊,这些惨遭厄运虐待的弱者,他们失去了心爱的人,从迟早会得到奖赏的梦想中醒来,从对残暴的天主总会变得公正的幻想中醒来,看破了幸福的幻影,厌腻了,希望结束这出无间歇的悲剧或者可耻的喜剧。

自杀!这是已经精疲力竭的人们仅剩的力量,这是不再有信心的人们仅剩的希望,这是失败者的崇高的勇气!是的,这个生活至少还有一扇门,我们总可以打开它到另一边去。自然偶尔发了个慈悲,没有把我们关得严严的。为了那些绝望的人,谢谢啦!

至于那些仅仅是看破尘世的人,让他们随心所愿、放心大胆地向前走吧。他们没有什么可怕的,既然他们能够离开,既然在他们的后面总有这扇连梦中的神灵都无法关闭的门。

我想着这群自愿死去的人:一年八千五百多啊。我觉得他们就好像集结起来向世界发出一个祈求,喊出一个心愿,要求一件等世人更能理解时才能实现的事。我觉得这些自处死刑者,这些自割喉咙的人,这些自我下毒的人,这些上吊的人,这些自我窒息的人,这些投水的人,好像结成了一个可怕的部落,正在走来,如同投票的公民那样,对社会说:"请至少给我们一个轻松的死法!你们既然没有帮助我们活,那就帮助我们死吧!你们瞧,我们人数众多,我们有权在这自由的、哲学思想独立的和全民投票的时代发言。请施舍给那些放弃生命的人一个不让人厌恶也不令人恐惧的死法吧。"

……

我开始胡思乱想起来,任凭我的思想围绕着这个主题驰骋遨游,生出种种古怪和神秘的幻象。

一时间,我仿佛来到一个美丽的城市。原来是巴黎。但在什么时代呢?我在街上信步漫游,观赏着一座座房屋、剧院、公共机构。忽然,在一个广场上,我看到一座大楼,十分高雅、精致而又美观。

我大吃一惊,因为这座大楼的门脸上可以读到几个镀金的大字:"自愿死亡者协会"。

啊!清醒状态下的梦境真是怪哉,我们的精神竟然翱翔在一个既非现实而又有可能是真的世界！那世界里没有一样东西让人惊奇，没有一样东西令人不快；幻想摆脱了羁绊，再也分不清什么可笑与可悲。

我走近这座建筑。一些穿着短套裤的仆役坐在门厅的衣帽寄存处前面，和一个俱乐部的入口处别无二致。

于是我走进去看看。一个仆役站起来，问我：

"先生有什么贵干？"

"我想知道这地方是做什么的。"

"没有别的事吗？"

"没有。"

"那么，先生愿意让我领您去见见协会秘书吗？"

我犹豫不决，问道：

"可是，这不打扰他吗？"

"啊，不会，先生，他在这里就是专门接待希望了解情况的人的。"

"走吧，我跟您去。"

他带我穿过一条又一条走廊，走廊里有几位老先生在聊天，然后把我领进一间办公室，那办公室很漂亮，只是光线有点晦暗，所有家具都是用黑色木头做的。一个浑身肥肉、大腹便便的年轻人一边抽着雪茄，一边在写信。我一闻烟味儿就知道那是上等雪茄。

他起身。我们互相致礼。等仆役走了，他问：

"请问您有什么事需要我效劳吗？"

"先生，"我回答他，"请原谅我的冒昧。我从未见过这个机构。大楼门脸上的几个字让我感到非常惊讶;我希望知道这里究竟是做什么的。"

他还没有回答,先露出微笑,然后带着扬扬自得的神情低声说:

"我的天主啊,先生,我们在这里杀那些想死的人,让他们死得干净利落,从从容容,我不敢说舒舒服服。"

我并没有大惊小怪,因为在我看来总之这是自然而又正确的。我特别惊讶的是,在这个思想低下、功利至上、言必称人道、人人都自私自利、一切真正的自由皆受限制的星球上,居然有人敢从事这样一个配得上获得了解放的人类的事业。

我又问:

"您怎么会有这个想法的呢?"

他回答:

"先生,自杀的人数在一八八九年万国博览会以后的五年里急剧增长,采取对策已是刻不容缓了。大街上,集会上,餐馆里,剧院里,火车上,共和国总统的招待会上,到处都有人自杀。

"这不但对像我这样的热爱生活的人来说是一个丑恶的场面,对孩子们来说也是一个坏榜样。因此有必要把自杀集中起来。"

"这样的爆炸性增长原因何在呢?"

"我也不知道。归根结底,我认为是世界老朽了。人们开始看清这一点,却又不能容忍这一点。今天,命运就像政府一样,人们知道它是怎么回事;人们看到自己到处受骗,索性一走了之。人们看清了,连老天爷也在撒谎、作弊、盗窃、欺骗人类,就像议员对待选民那样,于是恼羞成怒,可是又不能像对付享有特权的代表那样,每三个月另选一个老天爷,于是只好离开这个肯定糟透了的地方。"

"确实如此!"

"啊!不过我本人倒没有什么可抱怨的。"

"您能不能跟我说一说你们协会是怎样运作的?"

"我很乐意。另外,如果您愿意的话,也可以加入。这是一个俱乐部嘛。"

"一个俱乐部!!!……"

"是呀,先生,是由国内一些最杰出的人士、最伟大的思想家、最有远见卓识的人士创建的呢。"

他发自内心地笑着,补充道:

"而且我敢向您保证,人们在这儿都很快乐呢。"

"在这儿?"

"是呀,在这儿。"

"您这话倒让我惊讶了。"

"我的天主!人们在这儿感到快乐,因为俱乐部会员不再畏惧死亡,而死亡是人间快乐的最大的破坏者。"

"可是,他们既然并不想自杀,何必还要做这个俱乐部的会员呢?"

"做俱乐部会员并不因此就非自杀不可呀。"

"那又何必呢?"

"我来解释一下吧。面对过度增长的自杀人数,面对自杀者让我们看到的种种丑恶场面,一个纯粹慈善性质的协会便应运而生。它的宗旨是保护那些绝望的人,即使不能为他们提供一个意想不到的死法,至少也能把一个平静的、不知不觉的死法交给他们支配。"

"那么谁会批准这样一个协会呢?"

"是布朗热将军①,在他短暂的执政期间批准的。他是什么也不拒绝的。再说,他所做的好事也只有这一件了。就这样,一些有远见的人,一些不抱幻想的人,一些无神论者,就组织了一个协会,希望在巴黎市中心竖立起一座蔑视死亡的殿堂。这幢房子最初曾经令人望而生畏,没有人敢走近它。创办者们不但自己经常在这里聚会,而且还在这里举行了一个盛大的揭幕晚会,到会的有萨拉·伯恩哈特②、朱迪克③、泰奥④、格拉尼埃⑤和其他二十余位夫人;德·雷兹凯⑥、柯克兰⑦、穆奈-苏利⑧、波吕⑨等先生;此后还举办过一些音乐会,

---

① 布朗热(1837—1891):法国将军和政治家,曾任陆军部长。因策划发动政变,推翻共和,建立军事独裁,被击败后流亡国外,后自杀。
② 萨拉·伯恩哈特(1844—1923):法国话剧演员,被认为是法国十九世纪最伟大的话剧明星之一,雨果誉之为金嗓子。据说她晚年在家中备棺木,常卧其中。
③ 安娜·朱迪克(1849—1911):法国著名话剧演员。
④ 路易丝·泰奥(1850—1922):歌剧演员。
⑤ 让娜·格拉尼埃(1853—1939):歌剧演员和女高音歌唱家。
⑥ 让·德·雷兹凯(1850—1925):活跃于法国歌剧舞台的波兰裔著名演员。
⑦ 伯努瓦-贡斯当·柯克兰(1841—1909):法国著名演员,尤以扮演西哈诺·德·贝尔日拉克著称。
⑧ 穆奈-苏利(1841—1916):法国著名话剧演员,与萨拉·伯恩哈特搭档演出古典悲剧,独步一时。
⑨ 波吕(1845—1908):真名让·保尔·阿邦斯,歌剧演员和男高音歌唱家。

上演过仲马①、梅拉克②、阿莱维③、萨尔杜④的剧本。我们只有一次演出砸锅了,那是贝克⑤先生的一个剧本,似乎凄惨了一点,不过这出戏后来在法兰西喜剧院上演获得巨大成功。总之,全巴黎的人都来了。我们的事业也就出了名。"

"在欢歌笑语中!多么令人可怕的死亡的游戏!"

"才不呢。死亡不应该是凄凄惨惨的,它应该是顺其自然的。我们把死亡变成愉快的事,我们用鲜花装饰它,我们让它充满芳香,我们使它轻而易举。大家还可以通过实例学习如何帮助人;可以来看看,没什么了不起。"

"人们为了寻欢作乐而来,这我完全能够理解;但是难道人们也会为了……它而来?"

"倒不是马上就来,人们起初还是有疑虑的。"

"后来呢?"

"人们来了。"

"来得多吗?"

"大批地来。每天有四十多。现在塞纳河里几乎再也没有发现淹死的人了。"

"最先尝试的是什么人?"

"俱乐部的一个会员。"

---

① 仲马(1824—1895):此处指小仲马,法国著名作家和剧作家
② 梅拉克(1831—1897):法国著名剧作家。
③ 阿莱维(1834—1908):法国著名剧作家。
④ 萨尔杜(1831—1908):法国著名剧作家。
⑤ 贝克(1837—1899):法国著名剧作家。文中所提剧作应是他的代表作《乌鸦》。

"一个有献身精神的?"

"我想不是。那是一个遇到烦恼的人,一个输得精光的人,他打巴卡拉牌①,一连三个月。"

"真的吗?"

"第二位是个英国人,一个古怪的人。当时,我们在多家报纸上大做广告,解说我们的方法,还虚构了几桩引人入胜的死亡范例。但是事业的发展主要还是靠穷苦人的推动。"

"你们采用的是什么方法呢?"

"您愿意参观一下吗?我会在参观时向您解释。"

"当然愿意。"

他拿上帽子,开了门,让我走在前面,然后进入一个赌博室。一些人正在里面赌钱,同在任何赌场里赌博一模一样。他接着领我穿过几个客厅。都有人在里面聊天,情绪激昂,气氛欢快。我还很少见过这样生气勃勃,这样活跃,这样欢乐的俱乐部。

见我甚感惊讶,秘书又说:

"啊!协会受到的欢迎真是史无前例。全世界的高雅社会人士都争相参加,以显示其藐视死亡的气概。他们既来之,便以为必须表现得高高兴兴,而不可显出半点畏惧。于是,他们就说笑话,逗乐,开玩笑,大家都很风趣,不会的也学着风趣。可以肯定地说,这是当今巴黎最热闹、最有趣的地方了。甚至妇女们现在也忙着筹建一个专门为她们服务的分

---

① 巴卡拉牌:一种纸牌赌博。

会呢。"

"即使这样,协会里还是有很多人自杀吗?"

"正如我对您说的,大约每天四五十人。

"上流社会的人寥寥无几;但是穷鬼却大有人在。出自中产阶级的也不少。"

"那么是怎样……做的呢?"

"窒息……慢慢悠悠地。"

"使用什么方法?"

"使用我们发明的一种气体。我们已经拥有这项专利。在大楼的另一边,有三扇向公众开放的门。那是三扇小门,开向一条小街。一个男人或者一个女人来了,我们先了解他的情况,然后向他提供救援、帮助、保护。如果顾客接受,我们就进行一番调查;我们往往还真能挽救他。"

"你们从哪儿弄到钱呢?"

"我们有很多钱。会费是很高的。此外,捐款给协会是有教养有风度的表现。所有捐款者的大名都会公布在《费加罗报》①上。况且,凡是有钱的人自杀,都得付一千法郎。他们死了也要体体面面呀。穷人自杀则是免费的。"

"你们怎么认得出是穷人呢?"

"啊!啊!先生,我们能猜得出!再说,他们也须带着所在街区的派出所发的贫民证来。您想象不到他们一进来时的情形是多么凄惨!我只去本机构的这个部分看过一次,我再

---

① 《费加罗报》:一八五四年创刊,最初为周报,一八六六年起改为日报。

也不忍到那里去了。就地方来说,跟这儿一样好,几乎一样气派,一样舒适;但是他们……他们啊!!!那些来寻死的衣衫褴褛的老人,您要是能看到他们来时的惨状就好了;有些人饱受贫困的煎熬,几个月来一直像街上的野狗一样在墙旮旯里觅食;有些妇女衣不蔽体,骨瘦如柴,疾病缠身,肢体瘫痪,无法谋生,她们讲述完自己的苦情,对我们说:'你们看得很清楚,这样的情况实在不能继续下去了,既然我,我什么也不能干,什么也挣不到了。'

"我看到一个八十七岁的老妇人找上门,她失去了所有的子女和孙子孙女,露宿街头已有六个星期。我真是难过极了。

"我们遇到的情况千差万别,还不算那些什么也不说、仅仅问一句'在哪儿?'的人。这些人,我们让他们进来,马上就完事。"

我一阵心酸,重复道:

"在……哪儿?"

"在这儿。"

他打开一扇门,说:

"请进,这是专门保留给俱乐部会员的部分,也是使用最少的部分。我们在这里还只进行过十一次消灭。"

"啊!你们把这个叫作……消灭。"

"是的,先生。请进呀。"

我犹豫了一会儿,终于还是进去了。这是一个雅致的长厅,有点类似温室,淡蓝色、浅粉红色、嫩绿色的彩绘玻璃像风景画挂毯一样围绕着它,诗意盎然。在这美丽的厅堂里有一些长沙发、挺拔的棕榈树、散发出芳香的鲜花,尤其是玫瑰花,桌子上都放着书籍、《两世界杂志》①、装在专卖局特制盒子里的雪茄,令我惊讶的是还有放在糖果盒里的维希糖衣片②。

见我有些惊讶,我的向导说:

"啊!人们常来这儿聊天。"

他接着又说:

"对公众开放的那些厅堂是一样的,不过陈设简单一些。"

我问:

"你们怎样操作呢?"

他指着一张蒙着绣白花的奶油色双绉布面的长椅;那长椅放在一棵我从未见过的高大灌木下面,环绕在这灌木脚下的是一个种着木樨花的花坛。

秘书压低声音补充说:

"花和香味可以随意改变,因为我们的气体是完全让人不知不觉的,它可以给死亡添加您所喜欢的花香。它和香精一起挥发出来。我帮您吸一秒钟好吗?"

"谢谢,"我连忙对他说,"现在还不想……"

他笑了起来:

"啊!先生,没有任何危险。我自己也试验过好几次。"

---

① 《两世界杂志》:著名的文化刊物,一八二九年创刊。
② 维希糖衣片:即碳酸氢钠片,俗称小苏打片。

我怕在他面前显得胆怯,于是说:

"我愿意。"

"那就请您躺在'催眠椅'上。"

我有点紧张,在双绉布面的矮矮的长椅上坐下,然后躺下,几乎立刻感到身处木樨花香的包围之中。我张大了嘴尽情地吸着,因为在窒息的最初昏迷状态,在令人舒服而又有剧毒的鸦片让人神魂颠倒的迷醉下,我的心灵已经麻木,忘记了一切,只知道贪婪地品尝。

有人抓住我的胳膊摇晃了我几下。

"喂!喂!先生,"秘书笑着说,"看来您已经上钩了。"

这时一个人的声音,一个真实的人的声音,而不是梦幻中的人的声音,带着乡下人的音调,跟我打招呼:

"您好,先生。身体怎么样?"

我的梦顿时烟消云散。我看见在阳光下闪亮的塞纳河,并且看见本地的乡警正沿着一条小路走来。他右手触了触飘着银线饰带的黑色军帽向我敬了个礼。我回答:

"您好,马利奈尔。您这是去哪儿?"

"我去察看莫里翁附近捞起来的一个淹死的人。又是一个跳进河里喝水的。他甚至脱掉裤子,把两条腿捆在一起。"

谁知道呢?[*]

1

我的天主!我的天主!这么说,我终于要把我遇到的事写出来了!可是我做得到吗?我敢吗?这件事是那么怪诞,那么离奇,那么费解,那么不可思议!

若不是我确信我所见到的是实事,确信我的推理没有任何漏洞,我的认知没有任何缺陷,我的持续连贯的观察中没有任何空白,我真会以为这只不过是自己爱幻想,是受了某种奇怪的幻觉的作弄。总之,谁知道呢?

我今天是在一家精神病院里;不过我是自愿进来的,出于

---

[*] 本篇首次发表于一八九〇年四月六日的《巴黎回声报》;同年收入维克多·阿瓦尔出版社出版的莫泊桑小说集《无用的美貌》;一九〇四年收入保尔·奥朗道尔夫出版社出版的插图版莫泊桑全集《无用的美貌》卷。

谨慎,也由于害怕。只有一个人知道我的故事:这里的医生。我要把它写出来。我不大清楚为什么?为了摆脱它,因为我感到它总在我心里,就像一个难以忍受的噩梦。

下面就是这个故事:

我从来就是一个孤僻的人,一个爱幻想的人,一个孤立、和善、容易知足、既不怨天也不尤人的哲学家。别人在身旁,我会感到不自在,因此我总是离群索居。如何解释这种情况呢?我没法解释。我并不拒绝和世人交往、交谈,也不拒绝和朋友们共进晚餐,但是当我感到他们在我身旁待的时间久了,哪怕是最亲密的朋友,也会让我厌倦、疲劳,搅得我心神不宁,会让我有一种越来越强烈的愿望,巴不得他们走,或者我走,总之我要独自待着。

这愿望不只是一般的需要,而是一种不可抗拒的必需。我和一些人在一起,如果他们老待在我身旁,我不但要听,而且还要久久地用心听他们谈话,毫无疑问,我就会出一个事故。什么事故?啊!谁知道呢?也许只不过是晕厥?是的,很有可能!

我是那么喜爱独处,我甚至无法忍受其他人跟我做邻居、跟我住在同一个屋顶下;我不能住在巴黎,在那里我会永远处在崩溃状态。我不但精神上苦闷得要命;在我周围麇集、生活的庞大人群,即便他们在睡觉,对我的身体和神经也是残酷的折磨。啊!其他人睡觉,比他们说话更让我痛苦。当我知道、感觉到隔着一面墙,有一些由于意识有规则地休眠而中断的生命,我就永远得不到休息。

为什么我会是这样?谁知道呢?原因可能非常简单:我对于自己身外发生的一切都会很快感到厌倦。再说,有我这种情况的人很多。

世界上有两种人。一种人需要其他人,其他人让他们得到消遣,让他们没有空闲,也让他们得到休息,而孤独就像攀登可怕的冰川或者穿越沙漠一样,让他们疲惫不堪、精疲力竭、萎靡不振。另一种人,与此相反,其他人令他们疲倦、厌烦、局促、心力交瘁,而孤独却让他们在思想的独立和放纵中获得安宁和充分的闲适。

总之,这是一种正常的精神现象。一些人天生适合外在的生活,而另一些人适合内在的生活。我呢,我对外界的注意力是短暂的,而且很快就会疲惫;一旦它达到了界限,我的整个身体和精神就会感到难以忍受的烦躁。

结果是:我喜爱,或者说我曾经非常喜爱无生命的东西,对我来说,它们像有生命的东西一样重要;我的住房成为,或者说曾经成为一个世界,我在里面过着孤独而又活跃的生活;我生活在物品、家具、日常小摆设的包围中,在我眼里它们像人的脸一样可亲。我一点点用它们把我的住房塞满,把我的住房装饰起来;我在里面感到满意、满足、十分幸福,就像在一个可爱的女人的怀抱中,她的熟悉的温存已经成了一种安详和温柔的需要。

我让人把这座房子建在一个美丽的花园里,和大路隔开;不过它又坐落在一个城市的门口,如果我偶然有了兴致,就可以去城里进行必要的社交活动。我的仆人们全都睡在菜园深处,离我老远的一座房子里,菜园四周还有高墙。我的住房偏僻,隐蔽,沉浸在参天大树的荫庇下,一片寂静;夜间黑暗的重围让我感到无比闲适和甜美,为了能享受得久一些,我每天晚上都拖延几个钟头才上床睡觉。

那一天,城里的剧场上演《希古尔》①。我还是第一次听这出美妙精彩的音乐剧。我从中获得了莫大的欢乐。

我迈着轻松的脚步走回家,脑海里回响着悠扬的乐句,眼前萦绕着动人的场景。天已经很黑很黑,黑得几乎认不出大路来,我好几次险些栽到路边的沟里。从入市税征收处到我家大约有一公里,也许稍多一点,反正慢步要走二十分钟。那时已经半夜一点钟,一点钟或者一点半钟,我前面的天空已经开始泛亮,新月,凄凉的下弦月,已经出来了。傍晚四五点钟升起的上弦月是明亮、愉悦、涂着银色的,但是午夜后升起的下弦月是淡红色的、忧郁的、令人不安的;这是不折不扣的巫魔夜会②时的下弦月。所有夜间在外游荡的人都会注意到这一点。上弦月,哪怕细如游丝,射出的些许光线也是赏心悦目的欢快的光线,在地上勾画出清晰的影子;而下弦月投下的只是一种无精打采的光亮,灰蒙蒙的,几乎没有一点影子。

------

① 《希古尔》:法国作曲家厄耐斯特·雷耶尔(1823—1909)的四幕歌剧,根据斯堪的纳维亚半岛的一个历史传说创作。一八八五年六月十二日在巴黎歌剧院上演,在这以前曾在布鲁塞尔、伦敦和马赛上演,五年中屡获成功。
② 巫魔夜会:中世纪传说中巫师巫婆在魔鬼主持下的夜间聚会。

我远远看见我的花园,黑压压的一片,想到自己就要进到那里面去,不知哪儿来的一种不舒服的感觉。我放慢了脚步。天气很暖和。那一大片树就像一座坟墓,而我的住房就埋在里面。

我打开栅栏门,沿着通往我住房的那条长长的林荫路往里走。林荫路两旁种着桐叶槭,树枝搭成弧形的拱顶仿佛一条高高的隧道,穿过一个个阴暗的树丛,绕过一片片草坪;在暗淡的夜色中,草坪上的花坛就像一个个色彩模糊的椭圆形的斑点。

离住房不远时,我突然感到一阵莫名其妙的慌乱。我停下来。什么声音也没听见。树叶丛中一丝风息也没有。我想:"我这是怎么啦?"十年来我常这样回来,从来也没有感到过一点不安。我没有害怕过。夜里,我从来也没有害怕过。要是看见一个人,一个偷庄稼的人,一个窃贼,我一定会拧眉立目,毫不犹豫地扑上去。何况我带着武器。我带着手枪。不过我根本没有碰它,因为我想克服正在我身上萌生的这种恐惧感。

这是怎么回事呢?难道是一种预感?那种人们就要看到不可解释的事物以前,控制了他们感官的那种神秘的预感?真是这样吗?谁知道呢?

我越往前走,我的皮肤战栗得越厉害。等我走到护窗板都关着的宽阔的房子跟前,我觉得需要等几分钟再开门进去。于是我在客厅窗户下面的一张长凳上坐下。我待在那儿,微微发抖,头靠在墙上,睁大眼睛看着树叶的影子。起初我并没有发现周围有任何异常的情况。我耳朵里有一些嗡嗡声,不过这是我常有的事。我有时似乎还听到火车经过,听见铃声,听见人群走动。

过了不久,这些嗡嗡声变得更清晰,更明确,更容易辨认。我错了。这不是平时我的嗡嗡响的动脉灌进耳朵的噪声,而是一种很特殊又很混乱的响声;而且毫无疑问,它是从我住房里发出来的。

我隔着墙分辨着这持续的响声,与其说是响声不如说是一种骚动,是一大堆东西在隐隐约约地蠕动,仿佛有人在轻轻地摇晃、挪动、拖拽我所有的家具。

啊!有好一会儿工夫,我甚至怀疑自己的耳朵是否可靠。不过,我把耳朵贴着一扇护窗板,聚精会神地分辨房子里的奇怪的混乱,我依然肯定并且确信家里发生着某种不正常和不可理解的事。我并不害怕,但是我……怎么解释呢?……我惊讶极了。我并没有给手枪上膛——因为我料想没有这个必要。我等着。

我等了很久,不知如何是好,虽然头脑清楚,但是内心惶惶不安。我站在那儿等着,始终倾听着那越来越大的响声,这响声有时是那么激烈铿锵,仿佛变成了一片急躁、愤怒和神秘的骚乱的隆隆声。

后来,我突然为自己的胆怯而感到羞愧,于是掏出了钥匙串,选出需要的那一把钥匙,捅进锁眼,转了两转。我使出浑身力气推开门,把一扇门撞到了隔墙上。

这一下碰撞声就像一声步枪的枪声;这碰撞声居然在我

的住房里从上到下掀起一片可怕的喧嚣。它像突如其来的轩然大波,那么猛烈,那么震撼,我不禁后退了几步;尽管觉得没有用,我还是从枪套里拔出了手枪。

我又等待,啊!只一会儿,我就听出在我楼梯的阶梯上,在地板上、地毯上有不寻常的踏步声,不是人穿的皮鞋、便鞋,而是拐,木拐、铁拐的踏步声,像铙钹一样铿锵震耳。就在这时,我突然看见门口有一把扶手椅,一把我读书时坐的大扶手椅,正摇摇摆摆地走出来。它穿过花园往前走去。另一些扶手椅,我客厅里的,跟在它后面;接着是低矮的长沙发,向前挪腾着,就像短腿爬行的鳄鱼;再后面是我所有的椅子,像山羊似的蹦蹦跳跳;还有那些小凳子,像兔子一样碎步小跑。

啊!多么令人震惊哟!我溜进一个树丛,蹲在那里凝神观望着这些家具的游行,眼看着它们全都走了,一个跟着一个,按照它们的个头和重量,有的走得快,有的走得慢。我的钢琴,我的三角钢琴,像烈马一样狂奔,胸膛里发出喃喃的音乐声。刷子、水晶器皿、高脚酒杯这样的小物件,就像蚂蚁一样在沙子上向前滑行,月光为它们点缀上萤火虫的磷光。帷幔在匍匐前进,像海里的章鱼一样摊开。我看见我的书桌走出来,那是上个世纪的一件稀有的摆设,里面装着我收到的所有信件,我全部的爱情故事,一段曾经让我心碎的旧事!里面还有一些照片。

我突然不再恐惧,向那书桌冲过去,像抓一个小偷、抓一个逃走的女人似的抓住它。但是,尽管我使尽了力气,它仍然势不可挡地向前奔跑;尽管我火冒三丈,我甚至不能让它慢点儿走。我奋不顾身地抵抗着这股可怕的力量,扑倒在地上和它搏斗。它居然把我打翻在地上,拖着我在沙子上走;而那些跟在它后面的家具开始践踏我的身子,踩我的腿,把我弄得遍体鳞伤;后来我松开了书桌,其他的物件便踩着我的身子走过去,犹如一支冲锋的骑兵部队从一个落马的士兵身上踏过。

我吓坏了,爬到大林荫路外面,又躲到树丛里,看着那些最菲薄、最微小、最不起眼、属于我但连我也不知道的东西走得无影无踪。

接着,我远远地听见,在我那现在像一般空房子一样回音很响的住房里,发出可怕的关门声。从楼上到楼下的门依次关闭,直到前厅的门,那是我被弄得晕头转向之际为这场大逃亡亲手打开的。

我也逃走了,向城里跑去,一直跑到大街上,遇见一些迟迟未归的人,这才冷静下来。我走到一家认识我的旅馆,拉响了门铃。我用手掸着衣服上的尘土,对人说我把钥匙串丢了,其中有开菜园门的钥匙,我的仆人们都住在菜园的一所孤立的房子里,有围墙围着,防止偷庄稼的人偷我的水果和蔬菜。

旅馆的人给我安排了一张床,我连眼睛都埋进了被窝。但是我睡不着,我一边听着自己的心跳一边等着天明。我已经吩咐天一亮就通知我的仆人,我的贴身男仆,要他七点钟就敲响我的房门。

他看上去满脸惶恐。

"老爷,昨天夜里出了一件非常不幸的事。"他说。

"什么事?"

"老爷的家具,所有的,所有的,直到最小的物件,都被盗了。"

听到这个消息我很高兴。为什么?谁知道呢?我很能控制自己,确信自己能够隐瞒、不告诉任何人我所看到的事,能够把它掩藏起来,像一个可怕的秘密一样埋在我的心底。我回答:

"这么说,偷了我的钥匙的就是这些人啰。你要立刻去警察局报案。我这就起来,过一会儿就去那里找你们。"

侦查进行了五个月。什么也没有发现,连我的一件最小的摆设、连盗贼的一点最细微的蛛丝马迹也没有找到。当然啰!如果我把知道的情况说了出来……如果我说了出来……他们关起来的就不是小偷,而是我,一个能看见这样一桩怪事的人。

啊!我会保持沉默。但是我再也不给我的住房添置家具。那没有好处。这种事只会一再重演。我再也不愿意回那里去。我没有回去过。我没有再见过它。

我来到巴黎,住在旅馆里。我去看过几位医生,请他们检查我的精神状况,因为从那个可悲的夜晚之后它让我很不安。

他们劝我去旅行。我接受了他们的建议。

2

我首先去了意大利旅行。太阳对我很有好处。在六个月的时间里,我从热那亚到威尼斯,从威尼斯到佛罗伦萨,从佛罗伦萨到罗马,从罗马到那不勒斯。接着,我遍游了西西里①,这块土地以其自然和古迹——希腊人和诺曼人的遗迹而令人赞叹。我又从那里前往非洲,一路平安地穿过宁静的黄色大沙漠,那里游荡着骆驼、瞪羚和流浪的阿拉伯人;在清新爽朗的空气里,无论白天还是黑夜都没有任何摆脱不掉的烦恼。

我在马赛登陆回到法国。尽管普罗旺斯景色宜人,但是天空的阳光少了不免令我沮丧。重返大陆,我又有一种奇特的感觉,仿佛一个病人自以为已经痊愈,但隐约的疼痛却告诉他病灶并没有消失。

接着我又到了巴黎。我在那里过了一个月就厌倦了。那时是秋天,我还没有去过诺曼底,我想在冬季到来之前去诺曼底一游。

当然啰,我从鲁昂开始。在一周的时间里,我把这座中世纪城市,这座非凡的哥特式古建筑的令人惊叹的陈列馆游了个遍,无忧无虑,兴高采烈,心醉神迷。

然而,一天下午,将近四点钟的光景,我走进一条奇怪的街道,街心有一条水沟,叫"罗贝克水",沟里的水像墨水一样黑②。我的注意力本来集中于那些奇特而又古老的房屋的外貌,现在突然被转向一家挨一家的一连串的旧货店。

------

① 西西里:意大利的一个地区,地中海上最大的岛屿,首府是巴勒莫。
② 罗贝克水街是鲁昂最古老的街道之一,因街上的一条名叫"罗贝克水"的水沟得名,街两旁文艺复兴时代的房屋鳞次栉比。这条水沟和这条街今日尚存。

啊！他们真会选地方，这些肮脏的旧货商，把店开在这样一条怪异的小街上，脚下是一道阴森的流水，头上是瓦和石板瓦的尖屋顶，昔日的风标还在屋顶上咯吱作响呢。

从街上看得见阴暗的店铺深处摆满了雕花的老式衣柜，鲁昂、纳维尔①、穆吉埃②的瓷器，基督、圣母和圣人的彩色塑像，还有他们的橡木雕像，教堂的装饰品，祭披，长袍，祭器乃至木质涂金的古老圣体龛，只不过天主已经不住在龛里了。啊！这些高大的房屋构成的奇特洞穴，从地窖到顶楼，装满了各种各样的物件。这些物件的生命似乎已经结束，但是它们却比它们最初的主人，比它们时兴的那个世纪、那个时代、那个样式活得长久，作为稀罕物被一代又一代地传购。

在这古董的乐园里，我对摆设的爱好又觉醒了。我从一个店铺走到另一个店铺，两步就跨过罗贝克水上的小桥，那一座座小桥是用四块令人作呕的朽木铺成的。

天哪！太让人震惊啦！我的一个最漂亮的衣橱竟然出现在一条拱廊的边上，那拱廊里堆满了物件，就像一个旧家具墓地的地下洞穴的入口。我浑身战栗地走过去；我战栗得那么厉害，甚至不敢去摸它。我把手伸过去，但又犹豫不决。不过，那确实是它，一件路易十三式样的衣橱的孤品，无论是谁，只要见过它一次，就能认出它来。我突然把目光投向稍远的地方，在这条拱廊的更昏暗的深处，瞧见了我的三把绒绣面的

---

① 纳维尔：法国中部城市，是传统的陶瓷生产地。
② 穆吉埃：法国东南部下阿尔卑斯山地区的一个城市，历史上以陶瓷产品著称。

扶手椅。接着,再远些,是我的两张亨利二世式样的桌子,可谓稀世珍品,甚至曾经有人专程从巴黎来一睹为快呢。

您想想看!您想想看我那时的心情!

我再往前走,虽然已经目瞪口呆,紧张得要命,不过我还是往前走,因为我是勇敢的,我就像黑暗时代①的一个骑士深入到巫术之乡。我一步步往前走,发现所有我丢失的东西都在那里:我的枝形吊灯,我的书,我的画,我的帷幔,我的兵器,全在那里,只是没看见装满我的信件的书桌。

我走呀走,先下到几条昏暗的走廊,然后又上了几层楼。只有我一个人。我叫喊,没有人回答。只有我一个人;这宽阔而又像迷宫似的曲里拐弯的房子里没有一个人。

夜晚来临,我不得不摸着黑在我的一张椅子上坐下,因为我根本不想走。我不时地呼喊:"喂!喂!来人呀!"

我在那里待了大约一个小时,忽然听见不知从哪儿传来脚步声,轻轻的、慢慢的脚步声。我差一点逃跑;但是我停住了,而且又呼喊起来。这时,我看到隔壁房间里有了亮光。

"谁在那儿?"一个声音问。

我回答:

"一个顾客。"

有人回答:

"这时候来店里,太晚了。"

我回答:

---

① 指欧洲中世纪时期。

"我已经等您一个多小时了。"

"您可以明天再来。"

"明天我就离开鲁昂了。"

我不敢往前走,他也不过来。我始终能看见他的灯光照着一张挂毯,挂毯上有两个天使在战场的死者上空飞翔。那也是属于我的。我说:

"喂!您过来好吗?"

他回答:

"我等您。"

我站起来,向他走去。

一个大屋子中间有一个非常矮的人,非常矮,但是很胖,胖得像一个怪物,丑陋不堪的怪物。

他那撮胡子很少见,长短不齐,稀稀拉拉,是淡黄色的;脑袋上没有一根头发!没有一根头发!他用胳膊把蜡烛举得高高的看我;在我看来,他的脑袋就像这装满旧家具的大房间里的一颗小月亮。他的脸布满了皱纹而且浮肿,眼睛小得几乎看不见。

我跟他讨价还价,买下了属于我的三把椅子,并且马上付给他一大笔钱,不过我只把旅馆的房间号告诉了他。椅子应该在第二天上午九点钟以前送到。

然后我就往外走。他彬彬有礼地把我送到门口。

我紧接着就去找警察总局局长,向他叙述了我的家具被盗的事和我刚才的发现。

他当即打电话向负责调查这起窃案的检察官了解情况,

请我静候答复。一个小时以后,他得到了在我看来十分令人满意的答复。

"我这就派人去抓这个人,并且立刻审问他,"他对我说,"因为他可能会起疑心,把属于您的东西藏起来。请您先去吃晚饭,过两个小时再来,那时我已经抓到他并把他带到这里,我要当着您的面再审问他一次。"

"好极啦,先生。我衷心感谢您。"

我去旅馆吃晚饭,没想到吃得这么香。不管怎么说,我还是相当满意的。他们抓到他了。

两小时以后,我回到警察局长那里。他正等着我。

"唉!先生,"他见我来了,说,"我们没有找到您说的那个人。我的人没能抓到他。"

"啊!"我简直要晕过去了。

"不过……您一定找到他的房子了吧?"我问。

"当然啦。我还要派人监视和把守,一直到他回来。至于他,失踪了。"

"失踪了?"

"失踪了。他平常在邻居毕杜安寡妇家过夜。她也是一个旧货商,一个古怪的巫婆。她今天晚上没有见到他,不能提供关于他的任何情况。只好等到明天了。"

我走了。啊!在我看来鲁昂的街道是多么阴森,多么可怕,有多少鬼魂在这里作怪啊!"

我睡得很糟,一次次被噩梦惊醒。

我不愿显得过分焦躁和着急,所以第二天等到十点钟才去警察局。

旧货商没有再露面。他的铺子还关着门。

警察局长对我说：

"我已经采取了一切必要的措施。检察院也知道了这件事。我们现在一起去这家铺子，让人把门打开，您把所有属于您的东西都向我指认一下。"

一辆双座四轮轿式马车把我们载去。几个警察和一个锁匠站在这家店铺门口。门被打开了。

可是进去以后我并没有看到我的衣橱、我的扶手椅、我的桌子；从前布置在我房子里的那些家具，我一件也没有看见，一件也没有。而前一天晚上，我每走一步都能看到我的一件物品。

警察总局局长大感意外，开始用怀疑的眼光看我。

"我的天主，先生，"我对他说，"这些家具的失踪和商人的失踪真是奇怪的巧合。"

他微微一笑：

"的确如此！昨天，您不该买那几件属于您的摆设，而且还付了钱。这引起了他的警惕。"

我接着说：

"在我看来更不可思议的是，原来放我的家具的地方现在都填满了别的家具。"

"啊！"警察局长说，"他有一整夜的时间，大概还有几个同谋。这座房子很可能和别的房子相通。先生，请不要担心，我会积极地办理这个案子的。既然我们把守着贼窝，强盗逃脱不了。我们抓捕的时间不会很长。"

啊！我的心，我的心，我可怜的心，它跳得多么厉害！

我在鲁昂待了十五天。那个人仍没有回来。唉！唉！这个家伙，谁能奈何他、抓住他呢？

不料，第十六天早上，我收到我的园丁的一封信，我的房子遭劫后一直是他看守着那座空房子。这封奇怪的信这样写道：

> 老爷，我荣幸地禀告老爷，昨天夜里发生了一件任何人都不理解，警察也和我们一样不理解的事：所有的家具都回来了，所有的，无一例外，直到最小的物件。房子现在和盗案发生前一天完全一样。这简直让人发疯。这件事发生在星期五到星期六的那个夜晚。路面都被弄得坑坑洼洼，就好像所有的东西都是从栅栏门拖到房门口的。丢东西那天的情形也是这样。
>
> 我们敬候老爷回来。
>
> 您最谦恭的仆人
> 菲利普·劳丹

啊！不，啊！不，啊！不，我绝不回去！

我把这封信交给了鲁昂警察局长。

"这是一次巧妙的物归原主，"他说，"我们要不动声色。几天之内我们准能抓到这个人。"

可是,不,他们没有抓到他。没有。他们没有抓到他。我现在很怕他,就好像他是一头被放出来追赶我的猛兽。

找不到!这个脑袋像月亮的怪物,找不到!他们永远也抓不到他。他也绝不会再回来。他才无所谓呢!只有我能遇到他,而我可不想遇到他。

我不想!不想!不想!

如果他回来,如果他回到他的店铺,谁能证明我的家具曾经在他那里呢?对他不利的只有我的证词;而我清楚地感觉到我的证词已经被人认为可疑了。

啊!不!这种生活再也不能忍受。我不能再保守我所看到的秘密了。如果总怀着对这样的事会重演的恐惧,我将无法像所有人那样正常地生活。

于是我来找主持这家精神病院的医生,把事情原原本本告诉了他。

他询问了我很久,然后对我说:

"先生,您愿意在这儿待一段时间吗?"

"当然愿意,先生。"

"您有财产吗?"

"有,先生。"

"您愿意住一座独立的病房吗?"

"愿意,先生。"

"您愿意接待朋友吗?"

"不,先生,不,任何人也不接待。鲁昂的那个人为了报复我,很可能追到这儿来。"

就这样,三个月以来我独自一人,独自一人,绝对地独自一人待在这里。我几乎已经恢复平静了。我只怕一件事……要是那个旧货商发疯了……如果他也被送到这家精神病院来……哪怕监狱也不保险。